추억을 먹고 사는 여자

어느 여교사의 인생노트

추억을 먹고 사는 여자

어느 여교사의 인생노트

미래문화사

작가의 말

좋은 글을 쓰고 싶은 욕망으로

이 글을 읽어 줄 사람들이 누구일지 나는 모른다.

그러나 슬기롭고 아름다운 어머니, 아버지이기를, 또한 꿈을 가지고 있는 소년, 소녀이기를 바라면서 글을 쓴다.

슬기롭고 아름다운 사람들이 내 글을 읽는다는 그 사실만 가지고도 커다란 기쁨이요, 보람이기 때문이다.

나는 내가 써야 할 말들에 대해서 걱정해 본 일이 없다. 가장 중요한 일은 가만히 앉아서 모든 생각에 대한 생각을 차단해 버리고, 나의 마음을 어머니께 집중시키면 어머니로부터 모든 재능과 사고가 나온다. 글을 쓴다는 것은 상상력의 거울을 통해서 흥분을 준다.

이 흥분이 귀찮다든가, 짜증스럽다든가 하는 생각은 들지 않는다. 말이 말을 물고, 문장이 지면을 채우면 나는 행복한 순간을 만끽한다. 말이 나오기가 그치면 그것은 나의 책 끝장면을 의미하며, 줄거리가 탄생된다.

나는 다시 어린 시절로 돌아가 잊어버렸던 보물들의 행방을 찾는다. 30년, 40년 멀리까지 회상할 수 있는 그 모든 기억을 불러

일으킬 수 있는 것은 멋있고 아름다운 일이다.

이제 내가 긴 시간의 여로를 다시 걸어갈 때 나는 어머니와 똑같이 이야기하고, 말하고, 꿈을 꾸는 나를 발견하게 된다. 그러므로 내가 쓴 책은 내가 믿고 있는 어머니에 대한 그리움이다. 어머니의 영혼에서 흰 천사가 날개를 달고 내려와 평온함과 기쁨으로 나를 바꿔 놓는다.

나는 지금 협소하고 낡은 책상머리에 앉아 있다.

눈앞의 10월 달력 속 사진에 코스모스잎 사이로 가느다랗게 뻗어 있는 나팔꽃이 예쁘다.

순간 누구에게인지 모르는 그리움이 엄습해온다.

내 인생과 같은, 내 나이와 같은 10월!

아침이면 아름답게 꽃을 피우다가 저녁이 되기 전에 시들어버리는 나팔꽃의 가냘픈 생명! 얼마 아니 있으면 그 이파리에도 붉은 물이 들어 시들어갈 터인데도 마지막 몸부림으로 끈질기게 뻗어나가는 생명력을 보면서 어쩌면 내가 그를 닮았는지도 모른다는 생각을 한다.

캘린더에서 눈을 떼지 못하고 앉아 있던 나는 한참만에야 창문을 열고 눈길을 어둠 속으로 던진다. 하늘이 잿빛으로 물들어 오는 걸 보니 오늘 하루도 다 지나가고 있나보다.

어느 틈으로 들어왔는지 날벌레들이 무수히 모여들어 정사情死하고 있다.

벽면 한쪽에는 내가 입어야 할 옷들이 줄줄이 포개져 걸려 있어 어지럽다. 큰방, 작은방, 끝방까지 구석구석에는 원고도 쌓여 있다. 정돈되지 못한 글들을 퇴고하려고 했던 것들이다. 내일 해야지, 저녁에는 해야지, 하면서도 생각뿐이지 실천을 하지 못한다. 이렇게 어질러진 가운데서 좋은 글을 쓰겠다고 하니 스스로 생각해도 한심스럽다.

주방에 뒤죽박죽으로 헝클어져 있는 식기들과 커피를 끓이는 주전자. 주전자는 한복판에서 짓궂게 '나는 왕이로소이다' 하고 자리를 차지하고 있다.

그런데 이런 속에서도 글의 영감은 쉴새없이 시간을 가리지 않고 떠오른다. 신기하고 희한하다. 사실 아무도 나의 영역을 침해할 수 없는 공간이 필요하지만 그것은 꿈같은 얘기다.

아침엔 식빵과 커피로 요기를 하니 위장이 말이 아니다. 안방 구석에는 한겨울 내내 침구를 깔아두는 넓은 테이블이 있다.

찌는 무더위에 에어컨도 없이, 게다가 모기 한 마리라도 들어올까봐 창문을 꼭꼭 닫아야 하는 것도 괴로움이다. 비록 비좁고 협소하지만 책과 원고가 있고, 우리 예쁜 손녀 예진이, 혜민이의 사진이 있어 나를 미소짓게 만들어 주는 종이 냄새가 푹푹 찌는 방에서 반드시 한번은 좋은 글을 쓰겠다는 끝없는 갈망을 품고 있다.

수필집과 소설과 시집을 탈고할 때까지는 마음의 여백을 느끼지 못하고 몹시도 혼란한 정신상태 속에서 살고 있다. 책을 출판하는 것은 여러모로 어렵다는 것을 새삼 느끼게 된다.

책이 출판되어 서점에 진열되었을 때의 기분은 흐뭇하고 벅차지만 현실은 냉혹하기만 하다. 그러나 모든 사람들이 긍정할 만큼 유익하고, 내용이 알찬 글을 쓰고 싶다는 욕망으로 계속 쓰고 있다. 다시 말하면 나를 진실에게로 이끌어 줄 작품의 세계가 나와 더불어 호흡하고 있기 때문에 끊임없이 글을 쓰는 것이다.

석양 노을 번지는 벌판에 사랑하는 엄니의 환상이 나타난다. 이 아름다운 꿈의 세계에서 부자집 소녀로 탄생되는 환시현상도 나타난다. 그러나 이런 것들은 모두 부질없는 망상일 뿐 어떠한 고통도, 어떠한 난관도 지금의 나에게는 두렵지 않다.

손으로 먹고 산다는 운명이 무엇을 의미하는 것인지 알 수 있을 것 같다.

2010년 초여름
박강순

목차

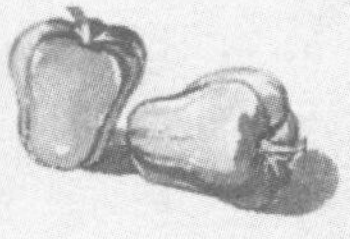

제1부
아픈 가슴을 위하여

불쌍한 나의 아부지

사람이 그리워질 때가 있다는 것은 나에게도 그만큼 소중한 사람이 있었다는 이야기다. 나는 나의 아부지를 무척 사랑했고, 그래서 나의 아부지는 나에게 대단히 소중한 분이셨다.

나 어릴 적 가난한 나의 아부지는
파도가 없는 잔잔한 바다로
멸치를 잡으러 나갔다

장날이면
오십 리 길 읍내에

당신이 끄는 소달구지에 나를 태워
데리고 다녔다.

노을이 불타는 하늘길 더듬으며
휘적 휘적, 휘적 휘적

옥수수 뻥!뻥! 튀기는 아저씨 앞에 나를 내려 놓고
우리 막내딸년 잘 봐주시오.
옥수수도 한 움큼 펴주시오.
어린 나는 어쩐지 남의 앞에 서 있기가 싫었다.
아버지도 부끄러워 어물 어물
사람의 눈을 피하기만 했다.

나의 아부지는 우리나라 시골에 가면 어디서나 볼 수 있는 그런 아부지였다. 아부지는 무학이셨는데 바다에 가면 어부이시고, 산에 가면 나무꾼이시고, 집에 오면 토박한 땅에 엎드려 평생을 일만 하셨다.

내 나이 30세 때 문득 기억에서 사라져버린 나의 아부지!

어쩌면 내 시심詩心의 뿌리일지도 모를 아부지에 대한 생각이 간절하다.

팔자 다리가 노쇠해진 사슴처럼 긴 목줄과 앙상하게 드러난 무릎뼈. 그야말로 초라하고 왜소한 노인이셨지만 여전히 그물을 꼼꼼히 손질하고, 바다로 나가지 않을 땐 지게를 지고 밭으로 나가곤 하셨다. 늦게 얻은 막내딸년이라 가끔 눈가에 눈물을 비치시며 두터운 손으로 내 손을 잡고 초등학교 일학년 초까지 학교엘 바래다 주셨다.

열 손가락의 손톱이 하나도 제 모습을 하고 있는 것이 없는 눈물겨운 아부지의 손! 슬프고 힘들었던 생애를 혼자서 고스란히 막아내느라 굳은살이 막대 같았던 손! 어쩌면 우리 민족의 고난의 역사를 그대로 생생하게 말해주는 듯한 손! 나는 그 손을 잡고 한없이 울었다.

큰오빠가 왜놈들에게 징용으로 끌려가 잃어버리게 되었을 때 마음이 얼마나 아프셨을까? 거기에다 어무이의 바가지 긁는 잔소리가 일상으로 계속되어도 묵묵부답 말씀이 없으셨다. 당신의 소중한 형제를 잃으시고, 아들까지 잃은 슬픔의 응어리를 홀로 조용히 다스리셨다. 새벽마다 마당을 당신의 가슴으로 쓸면서 우시는 모습을 어린 나는 찢어진 문틈 사이로 수없이 보았다.

실로 60여 년의 세월을 거슬러 올라간 옛날, 그때의 현실이 그대로 다가온다.

숙명인 양 땅과 바다와 산을 믿으며 평생을 일만 하셨던 우리 아부지.

동네 서당에서 양반 흉내나 내는 어르신네들과는 거리가 멀었다. 무언의 인내와 침묵의 의지로써 가난한 역사의 굴레를 쓰고 지금도 나의 가슴속에서 살고 있는 우리 아부지. 나는 아부지가 참으로 불쌍한 사람이라는 생각을 떨쳐 버릴 수가 없다.

일찍이 아부지와 사별하려고 그랬던가. 나는 어려서부터 유난히 아부지의 모든 것을 바짝 가까이에서 들여다 보며 슬퍼하곤 했다. 아버지의 가슴에 귀를 대고 심장이 울리는 소리를 들으면서 손등 위에 솟아 있는 힘줄을 꼬막만 한 손으로 쓸어 드렸다. 막걸리에 취하여 흐려있는 눈동자 속에는 언제나 쓸쓸한 애수가 담겨 있었다.

가난이 가난을 낳는다는 말처럼 노동력이 없는 우리집에 파고드는 가난은 막을 수 없었다. 끼니조차 걱정해야 했던 아부지는 늘 내일을 두려워하시다 생을 마치셨다.

유난히도 구변이 없으셔서 어무이가 팍팍 잔소리를 할 때면 번번이 지셨다. 그런 아부지가 어린 마음에도 어쩐지 가엾고, 불쌍하다고 생각되었다. 그래서 아부지를 괴로운 심정으로 바라보면서 어서 빨리 커서 그야말로 기막히게 효도를 해야 하겠다고 작은 가슴을 부풀리곤 했었다.

어무이도 그렇지만, 아부지는 눈물 없이는 생각할 수가 없다.

눈이 하얗게 내린 겨울의 새벽, 장작을 패러 방문을 나서시던 아부지! 으스스한 여명 속에 나무토막을 향해 도끼를 내리치던 아부지의 모습을 아슬아슬한 심정으로 바라보아야 했다.

왜정시대 말, 식민지 시대의 무능한 남자였던 아부지가 새벽마다 장작을 패야 했던 그 심정을 나는 지금 이 나이에야 어렴풋이 짐작할 수 있다. 새삼스레 그때 그 모습이 눈에 선연히 밟힌다.

해방의 기쁨도 잠깐, 6.25 때에는 인민군을 피하느라 어두운 다락에서 숨어 지내셔야 했던 아부지는 9.28 수복 후에는 방위군 소집 때문에 또다시 숨어 지내셔야 했다.

그런 아부지가 전쟁이 끝났는데도 사람답게 한번 살아보지 못하시고 그 무서운 가난과 맞서서 허둥대다 그만 세상을 떠나시고 말았다.

초등학교 2학년 초.

어느 날, 아부지는 바닷가에서 막바로 학교 교문 앞으로 오셔서 나를 기다리시다가 '우리 막내딸년 업고 갈려고 왔다.' 고 하시며 귀여워해 주셨다.

나는 아부지의 등에 업혀 가는데 그날따라 왜 서쪽하늘에 펼쳐져 있던 노을이 그렇게도 곱고 슬프던지……. 아부지의 낡은 무명 저고리 인생은 내 가슴속 깊은 상처로 남아, 지금도 그 때의 일을 생각하면 뜨끔 뜨끔 가슴에 통증이 온다.

특별한 재주도, 돈도, 배운 것도, 남자다운 배짱도, 아무것도 가지신 것 없었던 나의 아부지! 지은 죄 하나 없는데도 어린 막내딸의 눈치마저 흘금흘금 살피시던 슬픈 나의 아부지.

60년이 지난 지금은 바다가 보이는 공동묘지에 초라하게 누워 계신다. 그러나 지금도 내가 외롭고 슬퍼할 때면 당신의 슬픔과 처절함은 버리고 그리운 모습으로 다시 살아나 내게로 오신다.

아부지의 고달픈 인생을 호소하는 듯한 고운 눈빛은 깊은 샘과도 같았다.

외할아버지를 본 적이 없는 내 아들들은 에미의 이런 심정을 어찌 알겠는가!

육십여 년 전, 바닷가가 아니면 산 골짜기에서 묵묵히 허리 구부려 부지런하게 일하시던 아부지. 내 아부지!

허황한 세상에 떠밀리어
당신을 생각하는 일에 너무 인색하셨습니다.
항상 이 막내를 바라다 보고 계실 아부지.
저는 참말 부끄럽고 염치없는 딸입니다.
외로움과 고통으로 해어진 상처에
소금을 뿌리는 아픔으로
저의 가슴이 저밀 때도 있었습니다.

아부지.
참으로 많은 날들을
당신을 잊고 지냈습니다.
70이 넘어 이젠 아부지 옆으로 갈 날을 세어봅니다.
바람처럼 가볍게 달려 오셔서
가난을 견디는 지혜와,
자기를 이기고 세상을 이기는 법을 가르쳐주신 아부지.
어떻게 두려움 없이 당신을 부를 수 있겠습니까?
미안하고 부끄러워 얼굴을 들 수 없습니다.
당신 말고는 이 세상에 아무것도 두려울 것이 없습니다.
당신 말고는 이 세상에 아무것도 부끄러울 것이 없습니다.

아부지.
당신의 깊은 마음의 끝에 닿고 싶습니다.

왜정시대 큰오빠를 징영으로 일본군에 빼앗겼다가 사망통보를 받았던 그때, 마음이 얼마나 아프셨을까? 어무이는 기절하고 쓰러지셨다고 했다. 그런데 그때 먹지 못하고 울부짖고 있는 어무이의 뱃속에는 내가 들어 있었다. 그리고 얼마 있지 않아 내가 태어나게 되니 아부지는 어무이가 죽는지 사는지 챙기지도 못하고 핏덩어리 나를 돌봤다고 한다.

당신의 연세 50줄에 얻은 늦둥이, 염치없이 태어난 이 못난 딸에게 큰 꿈이나 어떤 기대 같은 것은 없었고 그저 무탈하게 자라 주기만을 기원했다고 한다. 그런 아부지를 이때까지 잊고 지냈다는 자책과 아울러 아부지에 대한 연민의 정이 되살아나 하염없는 슬픔을 주체할 수가 없다.

아부지를 옆에서 지켜보고 지냈던 어린 철부지는 가난과 고독을 누구보다도 뼈저리게 실감했다. 장바닥에서 가루나무와 갖가지 채소 나부랭이를 놓고 손님을 기다리는 어무이의 마음, 어쩌면 돌아가신 아부지의 영상을 그리며 애태우는 마음으로 나를 키웠을 것이다.

산에 가서 나무도 해야 하고, 새끼도 꼬고, 이엉도 엮는 등 머슴과 같은 생활을 하면서 한과 가난에 얼룩진 일생을 끝맺은 나의 아부지! 나는 외로움이 왈칵 치밀어 왔다.

사실 나는 어려서부터 아부지가 참으로 불쌍한 사람이라는 생각을 떨쳐버릴 수가 없었다. 아부지는 전쟁이 끝나고 해방이 되었어도 무서운 가난과 맞서서 허둥대다가 인생의 즐거움이 무엇인지 한번도 느껴보지 못하고 세상을 떠나시고 만 것이다.

초등학교 교문 앞에서 이 늦둥이를 기다리고 계시던 아부지. 땟물이 드러나 보이는 무명저고리가 부끄러워 쭈뼛쭈뼛 등 뒤로 옷을 말아 감추시던 아부지. 가난한 시대의 슬픔을 다 풀지도 못하고 이 늦둥이를 가슴에 넣고 가셨다. 불쌍한 나의 아부지.

아부지.
아부지는 날 태어나게만 하시고 그냥 가셨습니다.
가난이 가난을 낳던 시절.
생존의 먼지 속에 끼여
늙어가는 나의 뇌리에서
당신의 생애가 떠오릅니다.
인간의 삶이란 실로 순간입니다.

아부지.
지금 제가 확실히 알고 있는 것이 있다면
이렇게 당신의 딸이 이 세상에 있다는 신비스런 사실입니다.
아부지 몸과 나의 몸 역시 먼지이지요.
이제 저는 아부지 옆으로 갈 것입니다.
무엇 때문에 살아 왔을까요?
모릅니다.
그냥 목이 긴 사슴마냥
하늘을 쳐다보고 지내렵니다.

다 늙어가는 지금
마음과는 달리 아부지의 희생과
어무이의 사랑에는 턱없이 모자라고
부족한 딸이기는 하지만…….

나 또한 어머니 되어

세상 울음소리는 모두 다
내 어머니나 내 아들의 울음소리로 들린다.
자면서도 듣는 어머니의 울음소리
머언 바람소리 낙엽소리 물결소리.
내 어머니와 내 아들은 내내 부대끼다가
안개 자욱한 새벽을 달려
어제도 오늘도 내일도
내 연약한 품으로 뛰어든다.
어머니 울지 마세요.
아들아, 이젠 울음을 그쳐라.

어머니는 불러도 대답이 없다. 행여나 하고 눈을 감고 어머니의 모습을 되살려 보려고 혼자서 넋두리를 해본다.

어머니와 자식 사이는 억겁의 인연으로 이루어진 것이리라. 억겁의 세월 저편에서 맺혀 있던 뿌리가 현세에 나타나서 어미가 되고, 자식이 되어 다시 억겁으로 이어질 숙명의 응어리를 짓는 것 아닐까?

서러운 세월과 가난한 생활에 쫓기면서 짓궂게도 나로 인해 마음 고생만 하다가 돌아가신 나의 어머니! 어느 부모나 자라나는 아이들을 보는 눈은 다 같겠지만 나의 아들 훈이를 바라보는 내게는 말이나 글로써 표현할 수 없는 그 무엇이 있다. 훈이가 어렸을 때부터 얽힌 사연이 너무 많기 때문이다.

내 나이 35세 때 훈이를 출산했다. 그런데 아기가 너무너무 작아 출산하는 데 별로 힘이 들지 않았다.

부산 초량동에 있는 부민병원의 침침한 뒷방에서 젖을 물리기 시작했는데 처음 훈이를 품에 안았을 때에는 쏟아지는 눈물을 막을 수가 없었다.

그때 나의 어머니는 산모인 내 옆에서 피를 토하는 절규를 했다. 나는 그때까지 그렇게 목놓아 울음을 터트리는 어머니를 본 적이 없었다. 아무리 괴로워도 항상 남몰래 울던 어머니가 참았던 울음보를 터뜨린 것이다.

"애비 얼굴도 보지도 못하고……. 저 불쌍한 새끼를 어쩌면 좋노?"

끊을 수 없는 모정 때문도 아니고, 애비 없는 처지가 가여워서도 아닌, 마음속에 굳어져 있던 절규였다.

36년 전, 어머니는 나를 생산했을 때 미역국 한 그릇도 먹을 수 없는 가난이 서러워서 통곡을 했단다.

내가 태어나고, 내 아들이 태어날 때까지 오랜 세월을 태반에서 탯줄을 빨 듯 살아왔고, 지금도 그런 고통을 겪는 자신이 지겨워서, 또 앞으로 살아갈 생이 평탄치는 않을 것이라는 두려움으로 절규를 했을 것이다.

어린 훈이는 밤이면 그냥은 잠을 자지 못하고, 나의 젖가슴에 볼을 부벼야만 잠을 자곤 했다.

이런 시련과 고통을 알고 있는 어머니는 훈이에게 정성을 다하셨다. 그때부터 나는 어머니가 당신의 전체를 희생한 대가로 존재한다는 생각을 늘 하고 있다. 그러므로 어머니의 눈물과 희생에 조금이라도 보답을 해야 하는데도 오히려 어머니에게 많은 고통을 주었다.

사랑, 그 가운데서도 으뜸인 어머니의 사랑! 그 사랑이 내 아들에게도 가능하리라 믿어 왔다.

이 세상의 어머니들은 나의 어머니가 그랬듯이 자식을 사랑하기 위해 태어났다가 그것을 완수함으로써 소명을 다하는 것이 아닐지…….

나의 어머니는 최소한 나에게만은 짓궂은 어머니였다.

그런 어머니가 훈이가 신열이 나고 아플 때는 말로는 표현할 수 없을 정도로 정성을 다하셨다. 고열에 시달리며 고통스러워할 때면 뜨거운 열을 내뿜는 아이의 입에 당신의 입술을 직접 대고 열기를 빨아내셨다.

“이 불쌍한 손주에게 고통을 주지 말아 주십시오. 이 갓난아이의 고통을 제게 주십시오. 이 갓난아이에겐 아무 죄가 없습니다. 이 아이 대신 제발 제가 아프게 해 주십시오.”

하고 춥고 눈오는 새벽녘에 정화수를 떠 놓고 기도해주셨다.

그러나 나는 아직 한번도 훈이를 대신해서 아팠던 일은 없었던 것 같다.

어머니의 지극정성과 내 사랑의 힘이 아들 훈이에게 전해져 조금씩 나아갔다.

십여 년 전, 나는 우연히 법정에서 사형선고를 받은 젊은 청년을 본 일이 있다. 그때 그 청년의 어머니가 땅을 치며 통곡하던 모습, 그 절규가 지금도 내 귓전을 때리고 있다.

그 어머니는 아들 대신 자기를 죽여달라며 발버둥을 쳤다. 엄정한 법의 선고를 어떻게 하지 못하고 통곡으로 모정을 쏟아내던 그 모습을 지금도 잊지 못하고 있다.

나는 지금 누구 앞에서라도 내 아들을 사랑한다고 말한다. 그러나 나는 내 어머니 앞에서는 내 사랑의 무능함과 불효를 깨달을 때가 많다. 어머니도 길고 긴 세월들을 오직 하나의 아픈 생명을 살리기 위하여 그렇게 많은 노력을 했던 것이다. 날마다 날마다 빛나는 생명으로 접근하는 꿈을 꾸기 위하여 깊은 어둠 속에 묻히어 지내셨다.

나는 그때 머언 별빛에까지 닿도록 나의 소망을 빌었다. 무서운 고통을 이기게 해달라고, 위대한 생명이 되게 해달라고, 간절하게 간절하게 기도했다.

내 생명보다 아이의 생명이 더 소중하다보니 내 가슴의 속살을 바늘로 찔러오는 것 같은 아픔을 느꼈다.

나는 내 아이에게만은 특별한 에미로 살아왔다. 큰아이는 에미의 정을 동생에게 빼앗기는 것을 못마땅하게 생각하면서도 크게 불만스런 표정을 나타내지 않아 다행스러웠다. 그러나 앞으로 얼마나 길고 긴 세월을 하나의 생명을 지키기 위하여 고난의 길을 걷게 될지 염려스러웠다. 그 후로 어머니의 아픔, 나의 슬픔과 외로움, 어머니의 고통이 서로 교차하며 계속되었다.

나는 목숨을 바쳐 훈이를 사랑하기로 했다. 내가 아들의 어머니가 되었음은 한없는 기쁨이자 두려움이었다. 이제 훈이와 지난 날의 아픔에 대해서 얘기를 나누고 싶다. 그리고 내 아픈 가슴에 언젠가 한번은 찬란한 나래가 펼쳐질 것이라는 소망을 가져본다.

끝으로 어머니에게 당신의 마음을 기리는 글을 바친다.

내 몸살을 대신 앓아주지 못하는 괴로움으로
내 추위를 대신 추워해주지 못하는 안타까움으로
내 세월을 대신 살아주지 못하는 슬픔으로
아, 괜히 나를 탄생시킨 후회로
어머니는 늘 정화수 앞에서 하얀 서리를 맞으며
두 손 모아 비셨다.
얼마나 고독하고 무서운 싸움이었을까?
얼마나 슬프고 아픈 세월들이었을까?
나는 때로는 같이, 때로는 혼자서
아무도 없는 빈방에서 흐느껴 울었다.
무엇 때문에 나는 이렇게 슬픈 것인가?
영혼은 시들어 눈에 띄지 않는 조그만 것으로
없어지고 말것이다.
자라서 빛을 내야 할 영혼이 서서히 굶주려
아무 가치 없는 것이 되는 것은
가장 슬픈 일일 것이다.

언니

일요일 아침, 늦잠을 잤다.

열어놓은 창문으로 불어오는 싸늘한 바람을 쏘이며 새털처럼 흐르는 구름을 지켜보다가 하나밖에 없는 혈육, 언니를 만나러 조카네 집으로 갔다.

힘든 삶의 회오리를 이겨내고 살아온 팔십이 훨씬 넘은 언니! 한번 언니를 보러 가야지, 가야지 하면서도 살기가 바쁘다는 핑계로 멀지도 않은 거리인데도 영 시간을 낼 수가 없었다.

"살붙이는 너밖에 없는데 얼굴이나 한번 보고 죽자. 한번 오지 않을끼가? 그렇게 바쁜기가?"

언니는 시도 때도 없이 전화기에다 대고 사랑과 원망과 울부짖음을 쏟아내어 나를 애타게 했다.

"이모님을 많이 찾네요. 요즘은 건강이 많이 안 좋으신 것 같아요."

언니를 모시는 조카가 미안하고 고마울 뿐이다.

"미안하다, 조카야. 산다는 게 무언지, 1시간이면 와서 이렇게 얼굴이라도 보고 갈 수 있는 것을……."

나는 언니의 손을 잡고 죄스러움에 가슴속에서 울었다.

언니를 보고 있노라니 가슴이 너무너무 아파 슬픔이 밀물처럼 밀려온다. 참으로 힘든 삶을 살아온 언니. 형부를 일찍이 사별하고 홀로 조카를 키워야 했기에 식당에서 일을 해야 했던 언니의 삶도 무척이나 고달팠다.

그것은 성실하게 살려는 자의 아픔이었고, 사랑하고 정을 나눠가며 사는 우리 가난한 사람들의 울부짖음이었다. 살아생전에 피곤에 지치고 잠 못이뤄 돌아눕던 어무이! 언니의 파진 주름살을 보니 그 어무이의 얼굴을 보는 것 같아 가슴이 미어진다.

공부에 미쳐버린 나는 끝없는 그리움을 참고 황홀한 미래를 꿈꾸며 어무이 곁을 떠났었다.

세월은 가난한 나의 가슴에 기다림과 희망이 있음을 깨닫게 해주고, 노력하고 열심히 하면 쓰러지지 않는다는 이치를 일깨워 주었다. 그러한 나의 학창시절, 언니는 친정집에 오면 나의 낡은 호주머니에 공책 사라고 몇 백 원씩을 넣어주었다.

나의 좁은 가슴에 풍요와 여유가 잔잔히 피어오르게 해준 언니! 그런 언니마저 이젠 갈 길을 재촉하고 있는 것 같아 한없는 아쉬움이 가슴을 저민다.

인간의 최대 공포와 절망이 죽음이란 건 누구나 다 알고 있다. 또 언제인가 한번은 가야 하고, 그 한번의 길이 마지막이라는 것도 알고 있다. 그러면서도 그런 사실을 망각하고 살고 있다. 그러기에 죽음의 순간까지도 영화와 부귀를 꿈꾸는 것이다.

값진 보석 반지는 빛이 찬란해서만이 귀한 것이 아니다. 그것은 언제나 제 값을 지니고 있기 때문이다. 바로 그런 가치가 자식의 연緣, 형제간의 연일 수도 있다.

언니의 흘러내리는 눈물에서 외로움과 죽음과 고독을 보게 된다. 그러면서 나의 손을 꼭 잡고 놓아주지 않는 언니에게 한없는 희열을 느끼기도 했다. 머지않아 그 희열을 간직한 채 무덤에 묻힐 것이다.

인과因果로 이어지는 이치를 깨달은 사람을 진실로 사랑하면 온 세상 사물을 따뜻한 눈으로 바라 볼 수 있다는 것을 언니는 알고 있을 것이다.

하늘은 강물을 흐르게 한다.

흐르게 할 뿐더러 성실하고 간절하게 생명을 소모한다. 우리들

사이에 자라는 순수한 천륜은 억만년이 지나도 헤어짐이 없는 한결같이 순순한 사랑이라고 말하고 싶다.

"이모님, 어머니에게는 혈육이 이모님밖에 없으니 살아계실 때만이라도 한번씩 들러주세요. 무척이도 이모님을 챙기셔요. '불쌍한 년, 사랑도 한번 받아보지 못한 년, 지 새끼밖에 모르는 년' 이라고 하면서 통곡할 때가 많아요."

"인주 에미야, 할 말이 없구나."

조카의 말을 뒤로하고 어두워진 골목을 나왔다.

찜찜한 열기가 가슴속에서 부글부글 끓어오른다. 괴로움 속에서 만나고, 이별하고, 슬퍼하면서 감격하기도 하는 것이 우리들의 삶일 것이다.

'어무이! 당신의 딸, 점순이 언니를 오늘 보았습니다. 언니 역시 세월에 떠밀려 어무이 곁으로 갈 날이 온 것 같습니다.

어무이! 지금 나는 홀로 떠 있지만 당신을 사랑했던 것을 후회하지 않으렵니다.

어무이를 사랑했던 그 과거, 현재, 미래가 언제나 스스럼없이 오가는 공간이 있기 때문입니다.

어무이! 언니를 보는 순간 당신을 또 보았습니다. 언니의 머리숱에 무심히 내려앉은 티 하나에도 어무이의 숨결이 떨리는 정을 느꼈습니다. 당신을 향한 내 사랑의 발자국은 당신의 지극 정성과

묵도로 머물러 있겠습니다.

어무이! 지극히 담담하고 의젓하게 온 세상을 따뜻한 눈으로 바라보면서 살겠습니다.

옷의 빛깔은 바꾸어 입을 수 있어도 옷의 크기는 바꿀 수 없는 것. 언니가 멀리 먼저 간들 어쩔 수 없지 않은가!

이 세상에서 가장 가까운 인연의 고리를 맺었던 언니마저 끊어지는 시간이 다가오는 것 같아 끔찍했다.

거리에 밀려다니는 자동차의 물결, 빽빽이 들어선 빌딩, 이 모든 것은 죽음에 대해서는 인연이 없는 별개의 것들일 것이다.

'언니!' 하고 가만히 불러본다. 그리고 다시 되뇐다.

'사랑해!'

나는 아직도 빈집에 있네

겨울이 깊어간다. 귀를 기울여 듣고 있으면 뜨락의 몇 그루 나무들이 숨죽이고 있다.

이 세상 모든 소리들은 이 겨울 저녁 지우개로 지워진듯 조용하다. 오! 눈이 오고 있구나!

나는 지금 혼자 있다. 돌이켜 생각하면 엄니와 함께 한 삶이 행복했다. 사람의 생명은 역사의 한순간에 흡수되고 마는 것. 수많은 고통과 좌절을 겪는 사이 기쁨과 즐거움은 얼마나 되었으며, 슬픔과 아픔 또한 그 얼마였던가! 지내고 보니 모두가 처절한 추억일 뿐, 즐거움은 찾아볼 수가 없다. 그래서 추억은 괴로웠던 일로만 가슴속에서 불타는지 모른다.

낮에 시문학에 대한 강의를 하다가 나는 끝내 울고 말았다. 마음이 내키지 않는 이야기 때문에 목이 미어졌다. 강의를 몰아 가다가 종래에는 내 목소리를 잃어버리고 마는 여자가 되었다.

백발이 성성한 모습으로 무명의 산 언덕길을 찾아가는 어리석음이 반복되는 것은 봄, 가을 두 번만이 아니다. 그리고 그것이 내 삶의 가장 중요한 행사가 되는 것은 당연하다.

나는 말할 수도 없이 조그만 미립자에 불과한데 동화 속의 거인 같은 느낌이 들 때도 있다. 이러한 일이 지속된다면 나는 장님처럼 더듬거리며 문을 잠글 것이다. 어쩌면 우회적으로 나 자신과 영원한 작별을 하고 있는지도 모른다.

썩은 가리나무를 머리에 이고
장날에 쪼그리고 앉아 있는 소녀는
가리나무 사이소, 가리나무 사이소.
손님이 안 오시네, 해는 지는데.

엄니는 딸년 걱정에
찬밥덩어리를 특사발에 가득 채워놓고
우리 딸년이 올 때가 되었는디
안 오네, 여직 안오네.

낙엽소리 같은 발소리가 타박타박
'엄니, 내 왔다.'

아무리 천천히 국어책을 보아도
안 보이는디, 뱃속에서 궁시렁궁시렁
금간 문살 창틈으로 청승맞은 빗소리.

빈방에 혼자 엎드려 있으면
고독은 파도처럼 밀려오는데
수시로 눈물을 훌쩍거리던 엄니는
'딸아, 너를 사랑한단다.'
말 한마디 않던 가난한 가슴.

소녀는 똑같은 생각만을 하는 탓으로
'사랑한다고 말하지 마이소.
언젠가 변할 수도 있으니까
엄니도 나도 사랑이 끝없이 지속된다면
그때 말해 주이소.'

아주 먼 지금

늙은 소녀는 생각한다.
그 시절 엄니는 나에게 많은 사랑을 주었다고.
하루 이틀 수십 년 세월의 틈에서
얼룩지는 사랑을 듬뿍 받았다고.

내 졸시의 일부분이다.

나는 왜 이렇게 엄니를 좋아할까? 무엇과도 비길 수 없이, 무엇과도 바꿀 수 없이 엄니의 영혼을 좋아한다는 건 미치광이일 것이다.

엄니의 목소리라도 찾아내야 가슴에 끓는 뜨거운 것이 가라앉는다. 카랑한 목소리, '죽일 년, 썩을 년, 빌어먹을 년, 다리몽둥이 깨질 년.' 엄니의 나에 대한 애칭들이다.

나는 초라하고 왜소하고 슬픈 엄니를 사랑했다.

나에게 퍼붓는 욕소리는 율조를 띠면서 어린 가슴에 원시인들의 부조浮彫처럼 새겨졌다. 엄니의 가난으로 멍든 상처는 나에게는 슬프고 어두운 그림자로 깔려 있었다. 그 밑바닥에서 나에게 삶과 희망을 모락모락 피워준 엄니였다.

생명에의 애착을 만들어 주고 간 엄니!

어제 어떤 책을 읽었다.

'어머니, 어머니는 무엇일까? 하나의 육체가 분열하여 탄소 수

소 질소 산소 각 원소로 환원할 때 그것을 막는 것이 사랑이다.'

그 작가의 수기 중 일부다.

생명이 있는 엄니의 죽음은 당연한 것이다.

우리 엄니는 지금 사람 하나 없는 공동묘지, 꽃과 향나무가 늘어서 있는 풀밭의 한가운데에 누워 있다.

죽음이란 한 잎 낙엽으로밖에 남지 않는 것. 그 이상 어떤 의미도 부여할 수 없다. 세상 여인들이 모두 돈의 마귀에 씌워진 무당이 된다 해도 우리 엄니만은 나에게 모정을 남겨준 여인이다.

내 인생이 어두운 계곡에서 방황하고 있을 때, 엄니는 내 앞에 외롭게 불을 켜들고 찬비와 눈보라를 다 맞으며 오직 나와 나의 아들을 비춰주었다. 내 삶이 한 독한 사람의 올가미에 걸려 고통스레 싸울 때에도 당신은 아무 말 않고 옆에서 물끄러미 쳐다보다가 나의 이마에서 뚝뚝 떨어지는 땀방울을 닦아주었다.

마지막 인생의 문을 닫으려 할 때 내가 가진 것은 탄식밖에 없다던 엄니의 절규. 그래도 엄니만 있으면 파도치는 바다의 한복판에서도, 무너지는 광산의 갱도 속에서도, 세상 뒤집어지는 어떤 위기의 찰나에서도 헤쳐 나올 수 있는 힘의 근원이 되어 주었다.

나는 부부의 사랑은 모른다. 그런 사랑을 받아보지도, 해보지도 못했다. 열렬한 애인의 사랑도 모른다. 다만 사랑은 외로움을 위하여 준비한 만찬일 것이라는 생각을 한다.

사랑은 오직 사랑만으로써 존재의 이유가 된다. 이성 간의 사랑은 얼굴이 예쁘고 행동이 힘찰 때 강렬하게 나타나겠지만 모녀간의 사랑은 언제나 은은히 보이지 않게 나타나는 순수한 것이라고 말하고 싶다. 이것은 우리 엄니의 또 다른 모습이기도 했다.

바람에 구름이 흘러 가듯이 인생의 뒤안길로 지나가는 죽음의 그림자를 어떻게 막을 수 있는가!

실로 엄니의 사랑에는 놀라운 능력이 있다는 것을 인생의 역경에 부딪쳤을 때 깨닫고, 지금도 가슴으로 느끼고 있다.

한 어머니가 일생을 살아가면서, 거센 풍랑의 파도에 휩쓸려가면서 무엇이 그리도 가슴에 맺혔길래 응어리는 영영 지워지지 않는다.

무엇인가 잃어버리고 왔다.
가슴속에서 사라져버린 것들.
하루의 종점에 서면
나는 상실의 아픔으로 가슴을 앓는다.

속으로 속으로만 앓고 가는 것일까.
불빛도 인파도 나를 속이고
철없고 어리석은 아픔 또한 얼마였을까.

살아간다는 것은
세월이 흘러가면 잊고 마는 것,
참으로 인생은 흐르는 물이었다.

살아간다는 것은
이렇게 상실의 아픔을 견디어내야 하는 것일까.
한없이 적고, 한없이 헛되며, 하염없는 것이려니
죽음과 삶, 이승과 저승의 차이는
나그네 신세이듯
고난과 시련을 위로할 길이 없으니
진리 아닌 진리를 이제야 깨달았다.

눈에 보이지 않는 애증愛憎을 되뇌이고
비현실적이라고 웃어넘길 수 있지만
인생은 세상에서 잠시 머물다 떠나는 구름.
떠나버린 세월과 함께
가버린 사람들 역시 내 삶의 일부이다.

엄니의 모습이 남남인 사람들에겐 발견되지 않는 것은 피를 나눈 나의 가슴속에 묻혀 있기 때문이다. 포장된 선물도, 포장된 도로도 나에겐 아무런 의미를 주지 못한다.

엄니와 딸은 미워하고 또 미워했어도 눈 한번 돌려보면 모정이 다시 꿈틀거린다. 비록 나에게는 돈도 행복도 주지 않았더라도 물려준 끈질긴 영혼이 중요했다. 이 세상의 모든 슬픔을 짊어지고 가는 나에게 고난에 대한 더 나은 이해를 주었고, 세상에는 참아야 할 일들이 많다는 것을 가르쳐 주었다.

이 가난한 딸년은 엄니의 가슴에 쌓여 있는 재를 긁어 차곡차곡 머릿속에 채워두고 있다.

사람은 아마도 머리나 가슴에 공간을 조금씩 남겨두는 모양이다. 그 넓은 가슴 빈 자리를 메운다 해도 공동空洞이 생기기 마련이다. 이러한 행위는 부부간에서 성립될 수 있기에 나는 남편이라는 사람의 속내를 알 길이 없다.

나는 지금보다 더 큰 힘을 갖고 엄니에게 다가가고 있다. 그래서 엄니와의 추억을 위하여 내가 가지고 있는 엄니의 소중한 영혼을 엄니가 잠자는 산사에 뿌려 줄 것이다.

그것이 무척 즐거운 일이라는 것을 새삼 깨달아 가고 있으니 이 이상 무엇을 더 바란단 말인가!

사람은 혼자이거나 둘이거나 떠나기 마련이다. 막상 혼자 있다는 건 쓸쓸하고 슬픈 일이다. 더구나 빈집에 홀로 남아 있는 사람에게는.

그렇기 때문에 먼저 떠난 사람이나 나중에 떠날 사람이나 시간의 차이는 있겠지만 보다 쓸쓸히, 보다 적적히, 보다 슬프게 살아 보고 평소 연습해 두는 것도 나쁠 것은 없으리라. 그것이 내 인생의 모색이라 한다면 그 모색은 연속이었으면 참말 좋으련만, 쓸쓸히 물결에 귀를 적시며 10년을 더 산들 무엇이 즐거우랴.

저 먼 꿈나라 같은 세상을 바라보는 의미가 이렇게 오늘은 되새겨지는데…….

하늘에는 반짝이는 수많은 별들이 총총히 빛나고 있다.

우수의 영화 「싱고아라」

나는 내 인생 나의 길을 너무나도 바삐 걸어가느라고 나라는 여자에 대하여 큰 관심을 가져 본 일이 없다. 먹고 살기 위해, 배우기 위해 바쁘게 살다보니 그럴 겨를이 없었던 것이다. 사춘기 때의 매력이 무엇인가도 생각해 본 적이 없이 성장 과정을 보냈다.

마음이 넉넉하고 관심이 있어야 사랑도 해보고, 비교도 해보고, 가치 판단도 해볼 터인데, 나에게는 어느 한 구석 그럴 여유가 없었던 것이다. 나의 생애는 무엇인가에 쫓기며 줄달음쳐 온 것만은 사실이다.

어떤 시인은 여자는 좀 슬픈 곳이 있어야 아름답고 매력적이라고 했다. 어딘가 고독과 슬픔이 있고, 그것을 견디어 나갈 만큼 건

강해야 아름답다는 얘기에 등록금과 월세를 챙기기도 바쁜 나는 콧방귀를 뀔 수밖에 없었다. 그것은 부잣집의 딸에게나 허용되는 배부른 소리였다.

대학 2학년 때 친구와 함께 대학생만이 조조할인이 가능한 대한극장에서 「싱고아라」라는 영화를 감명 깊게 본 일이 있다. 몽유병에 걸린 부잣집의 성주城主와 집시 처녀의 비련을 그린 영화인데 잊을 수 없는 장면이 아직도 머릿속 귀퉁이에 남아 있다. 성주라는 귀족과 하류층인 집시와의 사랑이 축복받을 수 없는 건 영화의 정석定石이지만, 그렇기 때문에 사랑은 더욱더 애달프게 전개되었다.

성주는 모든 재산과 부모를 버리고 집시의 대열에 합류한다. 그러자 싱고아라를 짝사랑하는 집시 청년 요셉은 싱고아라의 물병에 독을 풀어 실신시켜 대열에서 떨어뜨린다. 때문에 홀로 성으로 돌아온 성주는 싱고아라를 저주하면서 딴 여자와 결혼한다. 그러나 싱고아라를 잊지 못하고, 매일같이 숲 속을 헤맨다.

20년이 흐른 어느 날, 성주는 우연히 성안으로 들어온 집시 소년을 종으로 삼는다. 그런데 기구하게도 그 집시 소년은 싱고아라의 소생, 즉 자기 자식이었다.

성주가 자신의 아버지라는 사실을 알게 된 소년은 어머니와 아버지를 만나게 해주려고 계획을 꾸민다.

그래서 어느 날 밤, 두 사람은 해후하게 되지만 성주는 몽유병으로 정상적인 정신이 아니어서 싱고아라를 환영幻影이라고 생각한다. 그러면서도 그녀의 얼굴을 바라보면서 하염없이 눈물을 흘린다. 그리고 애련하게 중얼거리는 한마디.

"날씨가 추워지면 그대 어떻게 하나? 추워서 떨지는 않겠는가!"

성주는 병을 앓으면서도 한때 자신이 순수하게 사랑했던 여인이 집시라서 따뜻하게 생활하지 못할 것이므로 추위가 마음에 걸렸던 것이다.

우리 한국 드라마처럼 흔하고 흔한 내용의 영화였다.

그 영화를 보던 무렵, 나도 몸과 가슴이 늘 추웠었다.

지금은 따뜻한 보일러 방에 석유난로까지 피우는데도 나이를 먹은 탓으로 추위를 타게 되어 원고작업을 하는 데 능률이 오르지 않아 답답할 때가 많다.

'어머니, 추운 날씨이니 몸조심하세요.' 라거나 '날씨가 추우니 옷 따뜻하게 하고 나가세요.' 라는 아들의 목소리라도 한번 들었으면 좋으련만…….

그 싱고아라의 구절을 되뇌이면서 지금의 나 자신이 얼마나 추하고, 초라하고, 추워지는지…….

사십여 년 전의 영화 한 장면이 갑자기 생각나는 이유는 무엇일까? 귓전에 맴도는 한마디, '추워지면 그대 어떻게 하나?' 갑자기 눈물이 핑! 돈다.

인생이란 오래오래 사랑하고 좋아하면서 살아야 하는 것. 추위가 오면 마음속에 난로를 품어야 하는 것. 낭만 같은 소원을 인생의 황혼 길에서 찾고 있는 나는 역시 추위를 이길 수가 없구나!

세월 가는 줄 모르고 산다.

나이를 먹은 줄도 모르고 산다.

시간이 빠르다 하지만 이렇게 빨리 갈 줄이야!

봄인가 하면 여름이요, 여름인가 하면 가을이요, 가을인가 하면 겨울이다.

민락동－광안리－대연동－남천동의 해변길을 천천히 걸어서 아무도 반겨주지 않는, 원고뭉치만 널부러져 있는 초라한 방으로 되돌아온다.

밤 11시, 12시. 하루가 끝나는 곳. 어깨에 무겁게 떨어지는 은행나무 낙엽이 '나 먼저 가네, 자네도 곧 오게나!' 한다.

외로운 사람들이 함께 살아가는 것은 대단히 고마운 일이다. 그런데 외로운 사람의 목소리에는 항시 신비스러운 말들이 묻어나오는 이유는 무엇일까?

육체를 묘지에 내던지고 어디로들 가는 것인지……?

죽음이란 가장 무서운 거,

불길한 거,
애통한 거,
슬픈 거.
사람으로써 감히 다 말릴 수 없는 눈물.
먼지처럼 어느새 눈에 안 보이니
이 빈자리 갈갈이 갈라지는 가슴
붐비는 사람의 냄새.
영혼은 하늘로 하늘로 가련만.
나도 언젠가는 그곳으로 갈 때가 올 것이려니ㅡ.

슬픈 목가牧歌

나는 경상남도의 조용한 남해 바다가 보이고, 나무가 울창하며, 인심 좋고, 물 좋은 농촌 변두리에서 초등학교 3학년을 보냈다. 그런데 이 나이가 되도록 고향에는 몇 번밖에 가보지 못했다. 지금은 번드르한 아스팔트가 깔리고, 남해대교가 우람하게 바다를 가로지르며 뻗어 있고, 호화주택이 허연 유령처럼 들어서서 분위기가 혼란스럽지만 어렸을 적 그때는 흙냄새 물씬한 구수하고 아담한 동네였다.

그곳에서 나는 아버지를 잃었고, 오빠를 잃었다. 초라한 우리집 초가삼간 뒤에는 거북산이 자리 잡고 있어, 그 산에서 들려오는 뻐꾸기 소리에 잠이 깨고, 풀벌레들의 울음소리에 잠이 들었다.

한여름 장마철 논두렁은 꼬맹이들의 아우성으로 요란했지만, 나는 그들과 물장구 한번 쳐보지 못하고 성장 과정을 보낸 가난하고 배고픈 소녀였다.

아이들이 신나게 놀 때 나는 높은 산에 올라가 낙엽으로 떨어진 나뭇잎들을 긁어모아 장에 나가 팔아야 했다.

그럴 때마다 부모님을 원망하는 마음이 많았던 슬픈 소녀였다. 여름날, 소나기가 한바탕 휩쓸고 지나간 뒤 눈부신 햇살이 대책없이 쨍하고 들판을 점령하면 식은 보리밥 덩어리 한 숟가락도 먹지 못해 허기가 져서 동구 밖 나무 밑에 내팽개쳐진 듯이 웅크리고 앉아있기도 했던 조그마한 소녀였다. 아마도 그것은 고난에 대한 더 나은 이해라고 생각했다.

가을이면 창호지 문을 통해 귀신의 넋처럼 수런거리던 은행잎 스치는 소리는 감동적이었다. 겨울엔 비록 솜이 굳어 딱딱하긴 했지만 이불을 뒤집어 쓰고 아랫목에 누워있으면 어무이의 고함소리에 외로움은 덜했다. 하늘을 비상하던 갈매기들은 파도를 타기도 하고 물속으로 잠수하듯 들어가 물고기들을 잡아 올렸다.

어무이의 가난한 가슴은 시큰한 설움을 한 움큼씩 안겨주기도 했다. 파도소리가 하나가 되어 하늘로 올라가고, 물속에 사는 물고기들은 자유롭게 헤엄을 쳤다. 이런 바다 풍경과 어무이의 끝없는 잔소리에 세월은 흐르고, 나는 성년으로, 중년으로 성장했다.

어떤 힘의 작용인지는 몰라도 이 세상은 원형 그대로 머물러 있지 않았다.

그런 가난과 외로움과 굶주림 속에서 나는 성장기를 보냈다. 어른이 됐을 때, 나는 운명의 신이 나의 시간을 행복과 즐거움으로 꽉 채워주기를 바랐으나 살아보니 그게 아니었다.

나이를 먹고 어른이 될수록 점점 더 혼자였고, 가난과 외로움의 골은 깊어져만 갔다. 이렇게 살다가 죽음이라는 것을 맞게 될 것 같았다.

지극한 슬픔 속에서도 아름다움이 있을 수 있다는 것. 지극한 고통 속에서도 꿈과 희망이 있다는 것. 불행하지만은 않은 것이 삶이라는 것. 어둡지만은 않은 것이 삶이라는 것. 행복이라는 것도 오래오래 다디달지만은 않은 것이라는 것을 일깨워준 것은 어무이의 힘이었다.

사람의 모든 것은 어무이로부터 시작된다. 우리 모두의 고향도 따지고 보면 어무이에게서 비롯되었으니까…….

무학자인 우리 어무이는 나에게 가난을 견디는 지혜와 자기를 이기고 세상을 이기는 힘과 남을 용서하는 마음가짐도 가르쳐 주었다.

그것은 숱한 고생과 서러움을 보이지 않으려고 혀를 깨물면서 억척스럽게 살아오신 당신의 철학이었다.

어무이는 연세가 들어 가자 내 아픔을 대신 앓아주지 못하는 부끄러움으로, 내 추위를 대신 가려주지 못하는 안타까움으로 마음 아파했다.

그런데 나도 이젠 돌아갈 날이 얼마 안 남았는지 아무런 두려움 없이 어무이를 부를 수 있다.

죄송하고 부끄러운 마음이어서 얼굴을 들 수 없지만 그래도 어무이의 가르침만은 축복으로 알련다. 굶주림 속에서도 숨 쉴 수 있었던 것은 아버지가 있었고, 어무이가 있었기 때문이었다.

인간의 삶이란 지난至難한 길이며, 불행과 행복, 포만과 배고픔이 함께 공존하는 것이다.

이 세상에서 후회 없이 산 사람과 부끄럽지 않게 산 사람이 얼마나 될까?

인생의 봄과 여름을 지나온 나의 지금은 겨울.

황량한 들판에 억새풀을 흔드는 바람만이 가득하다. 나에게 있어 그것은 새로운 계절을 맞게 된다는 예고이다.

사람은 나이가 들면 육체는 시들어 주름지고, 정신도 다소는 무기력해진다.

반면에 젊었을 때만큼 패기가 있는 것은 아니지만 진중하고 사려가 깊어져서 주위 사람들에게 올바른 조언자가 될 수 있다.

하나의 이름을 가진 존재로서 나는 어디에서 여기로 여기로 기를 쓰며 걸어온 것일까? 그 길고 긴 세월 속에서 아픈 생명 하나를 지키기 위하여 그리 슬프게 떠돌아다닌 것일까? 나는 그리움에, 사랑이라는 한 가닥 연기에 의지하며 무사無事, 무의미無意味의 어둠을 벗어나려고 했었다. 서럽게 흔들고 지나가는 바람에도 불구하고 스무 살 처녀의 서울 생활은 눈부시게 밝았고, 학교 생활은 새로운 감동으로 몸 떨리게 하였다.

예쁜 눈, 예쁜 소녀, 꿈을 먹는 성년. 어느 것 하나라도 사랑하지 않고는 견디지 못했던 학교 생활. 그러나 무엇 하나 충족될 수 없는 곳. 가지려고 하면 할수록 아무것도 가질 수 없는 곳이기도 했다. 그래서 나는 언제나 공복이었다.

그러나 나는 돈을 벌기보다는 경험에서 얻어지는 깨달음을 얻기를 원했다. 잃는 연습이 삶이라고 한다면 비록 슬픈 목가적인 운명이기는 하지만 성숙한 세계로 이끌어 주기를 원했다.

삶은 부단한 상실의 과정이라고 생각한다.

온갖 애착을 끊는 연습, 그래서 죽음의 연습이라고 해도 가슴 아파할 일 없을 것 같다.

내 영혼을 향기롭게 살찌워 순수한 한 알의 과일로 나누어주고 싶은 마음이다.

그래서 생을 위한 투쟁 속에서 부드러운 손길이 나에게 힘과 의지를 주었다.

어머님의 영혼을 떠날 수 없었고 인간적인 사랑보다 강하기 때문에 언제나 귀향을 생각했다.

나의 마음에 심어놓은 작은 일들을 기억하게 하였다.

사회에 첫걸음을 내딛기까지 삼십여 성상, 환희도 고난도 수다했다.

그러나 이것이 어찌 성장 시절의 그것에 비할 수 있겠는가!

나의 지나온 세월은 모두가 고난으로 얼룩져 있다.

나의 인생 항해는 파도와 비바람이 끊임없이 괴롭혔다. 그럴 때마다 나는 호흡을 가다듬고 심장을 달래야 했다. 믿음이 의심을 능가할 때 나는 슬픔을 극복할 수 있었다.

40대, 50대 시절에는 인생에 대한 막연한 불안을 느끼며 생각하고, 그리고 의욕도 가져보면서 오늘의 중늙은이가 되었다.

지금의 내가 추하지 않게, 자연스럽게 세련되어 있다면 나의 인생은 제3의 사춘기이고, 따라서 기대할 만하지 않을까 싶다.

내 발바닥에 뿌리 내린다면
헐벗은 강산에 푸른 두루마기
산사태 버팀 되는 스님 되어 살고파.

내 발바닥에 뿌리 내린다면

어여쁜 동안童顔으로 활짝 웃는 소나무 되어
제주도 화창한 목장에서
삘리리 릴리 피리 부는 목동으로 살고파.

내 발바닥에 뿌리 내린다면
핏대를 세우고 섰는
울 밑에 봉선화로 피고파.

어찌어찌 흘러서 울 밑에 태어난
가엾은 상놈 계집애
손톱 발톱에 곱디고운 핏물 파악파악 들여 주고
글쟁이 되어 죽고파.

문득 고개를 들어 하늘을 우러러보니 거기 희롱하는 구름떼 있어 마음 한결 훈훈하다.

밀레의 그림 「만종」 앞에서

봄이 곧 오려나?

나무의 새순이 연둣빛으로 뾰족하게 부풀어 오르기 시작한다.

아침나절에 때 늦은 눈이 살포시 내리더니 날씨가 포근하다. 어느덧 하늘이 코발트색으로 개이며 햇볕이 쪼여든다.

오랫동안 난로 온기에 생명을 유지해오던 화분의 나무들을 양지 바른 곳으로 옮겨 놓고, 더운물로 목욕을 시켜주었다.

빨간 열매가 주렁주렁 가지마다 달려 있는 포인세티아 이파리는 바람이라도 불면 바람개비처럼 뱅뱅 돌 것 같다.

뜰의 모란과 장미는 뿌리 언저리에 덮어준 왕겨와 깻묵이 아직 삭지 않았다. 그 위의 눈이 햇빛을 받아 흰 빛깔로 반짝이고 있지만 어딘지 봄 냄새가 풍긴다.

방구석에 화분처럼 쪼그리고 앉아서 글을 쓴답시고 하늘 한번 보고, 구름 한번 보며 생각에 잠겨 있다가 포근한 양지 쪽에서 화분을 닦고 있노라니 기분이 상쾌해진다.

벌써 몇 년 동안 헤어져 있는 작은아들 병관이 생각이 난다. 사법연수원에서 열심히 강의를 듣고 있을 아들의 생각에 잠시 눈을 감고 있다가 깜빡 잠이 든 사이 꿈을 꾸었다. 태양이 없는 하늘에 하얀 백조가 판박이처럼 박혀 있는 꿈이었다.

흉몽인지 길몽인지, 지금까지 바라보던 따뜻한 하늘이 아니고 차디찬 코발트색 하늘에 하얀 레이스를 단 백조가 그렇게 아름다울 수가 없었다. 그리고 그 사이로 무수한 작은 별들이 보였다. 그 아름다운 배경은 어떤 소원이 이루어질 것 같은 예감을 주었다. 기분이 황홀해져 눈을 뜨니 꿈이었다. 머잖아 봄은 올 것인가!

세월은 많이도 흘러갔다.

나의 젊은 시절은 칠흑같이 불행하고 가난한 고통이었다.

대학 1학년 때 맹장수술을 받으러 삼류병원으로 갔다. 텅 빈 입원실, 초라하고 때 묻은 침대 위에 누운 내가 마취에서 깨어나니 이상한 약 냄새가 느껴졌다. 그리고 입안이 화끈 달아오르는 것 같아서 입을 벌리자 많은 구정물이 쏟아져 나왔다. 와악 와악!

마법의 항아리에서 꽃들이 나오는 것처럼 내 입에서 토해진 토사물들이 비누방울처럼 가볍게 사라지는 것이었다.

의식을 확실히 되찾고 보니 벽에 퇴색되고 퇴색된 밀레의 그림 「만종」이 걸려 있었다. 나는 의식이 분명하지 않은 가운데 만종과 대화를 나누었다.

그림에서 나온 만종은 나의 온갖 굴욕과 가난의 시련을 몰아내고 희망을 주겠다고 다짐을 하는 것 같아 눈물이 났다. 그림 속의 만종은 그렇게 스무 살의 가난한 소녀에게 끈기와 힘을 주었다.

나는 이런 생각을 갖고 있기 때문에 자신이 왜소하다고 느끼는 것은 어쩔 수 없다. 그래서 슬픈 글과 더불어 사는지도 모르겠다.

어디론가 떠나려는, 그래서 영원한 휴식을 찾으려는 내가 두렵다. 슬픔과 연민으로 살아온 탓일까?

때때로 시궁창이 보이고, 잡다한 것들이 왔다갔다 하는 어둠 속을 헤매고 있다는 느낌이 든다. 그런 것들이 뇌리에 오래 머물러 있지 않고 쉽게 무관심 상태로 돌아가는 것만도 다행한 일이다.

내가 고향 산천을 떠난 지 수십 년!

슬프고 안타까운 것은 기억의 상실이다.

아쉬움이나 감상 따위가 쥐꼬리만큼도 없는 것이 그저 늙는 탓 때문이라면 그래도 이해는 되지만 아귀 속에 들어 있는 것 같은 현기증마저 일어 힘에 겹다. 마치 격전을 치른 패잔병처럼 상처투성이의 흔적이 느껴지는 이유는 무엇이란 말인가?

창밖에는 부스럼의 딱지처럼 무질서하게 늘어선 건물들이 자연에 항거하듯 발악을 하고 있다.

나는 어째서인지 몰라도 가을이 오면 이유없이 기침이 심하고 우울증에 걸린다. 그러기에 귀뚜라미가 울기 전에 먼저 늦은 여름을 알아차리게 된 지 수십 년!

멀리서 우는 소리와 가까이에서 지저귀는 소리의 조화가 은은한 산조가 되어 나의 가슴에 흐르고, 고소한 커피 향기가 코끝을 간지럽힌다.

앞으로 많이 남지 않은 나의 생, 그러나 생명에 대한 꿈을 한아름 안고 있어야 할 것 같다. 죽은 풀잎이 싱그럽게 소생하는 봄을 잊지 못하고, 그 향수에 젖어 있다. 이럴 때 나는 커피의 향기를 더욱 진하게 감각한다. 따뜻한 향기의 그 맛이 입으로 들어가면 식도가 시원하다. 식도 안에서 새소리도 들리고, 시냇물소리도 들리고, 오늘따라 잡새들이 재재거리는 소리까지 잠시 나를 지워준다.

크르릉! 크르릉! 나는 환상에서 깬 것처럼 슬픈 울음소리가 터져 나온다. 어떤 절박한 희망을 기원하듯이 가슴을 활짝 편다. 그리고 나와 관련된 모든 모순과 언밸런스를 커피의 향기로 다 녹여낸다. 커피향은 늘 마음에 안정을 준다.

너무 우스워도 울음이 나는지는 모르지만 또 한 번 뱃속에서 크르릉! 크르릉!하고 지나간다. 나의 식도에서는 언제까지 소리를 낼 것인가? 가슴이 물결처럼 출렁거리고 심장과 모든 내장들이 분리되어 하나하나 빠져나가는 허전함이 나를 견딜 수 없게 한다.

어차피 인생은 여행에 불과하고, 나는 사랑의 기로에서 하나의 상처투성이 들꽃처럼 홀로 피었다 지는 신세가 되어 버렸으니 누구를 원망하랴!

내세에 다시 태어날지도 모른다는 막막한 희망의 꿈이라도 꾸어볼까?

젊은 시절에는 구름같이 천천히 흐르던 세월이 나이가 든 후에는 번개처럼 순간으로 빠져나간다. 나의 갈 길이 오락가락 어지러워지니 한숨은 안개처럼 흩어지고, 아이고! 아이고! 온 육신이 어려오는데, 아이고데고, 허허어~~!

한바탕 악을 쓰고 나면 허무虛無가 되레 마음을 가라앉혀 주어 슬픔의 눈물이 쌓여 있는 원고뭉치 위에 앉는다.

꽃피고, 산새 울고……. 봄과 긴 여름을 이렇게 보내고 나서 의식을 달팽이 더듬이처럼 곤두세워 신세타령을 한다.

봄이 오기 전 이맘때면 옛날 시골 산등성이에서 기적소리 들으며 신기루같이 희한하고 허망한 희망을 꿈꾸었었다. 오빠와 함께 어슴푸레하게나마 느끼던 가난한 소녀시절…….

지금의 심정은 하늘의 먹구름이 비가 되어 내리도록 크게 소리 질러보고 싶을 뿐이다.

나를 글쟁이로 끌어주기 위하여 언제나 채찍질을 해주는 수호신은 바로 나의 혼魂인 엄니다. 엄니의 혼은 나에게 빛을 주고, 기쁨을 주고, 또한 삶의 희망을 준다.

그러나 나는 이 노년의 나이에 악몽을 되풀이해서 생각나게 해주는 이 갈증을 다시 맑은 아름다움으로 일깨워 줄 작품이 한없이 그립다.

지금 내가 산다는 것

많은 사람들은 세상이 어두울지 모르지만 그것은 빛과 백지장 한 장 차이일 뿐이다. 그래서 나의 고독과 절망의 체험이 나로 하여금 글을 쓰게 하는지도 모르겠다. 첫 날에는 한 줄, 둘째 날에는 열 줄을 썼다가 다 지웠다. 그리고 셋째 날에는 다섯 줄을 썼다. 이렇게 원고지와 싸워서 결국은 수필집을 펴낸 것이다.

목욕탕을 정리하고 허르스름한 주택을 구입했다. 낮에는 노인대학 강의, 출판사 교정을 봐주고, 새벽에는 원고를 정리하고, 그 사이사이에 전화를 받으며 책과 씨름을 하는 일상이 계속되었다. 그렇게 숨막히게 긴장된 생활에서 처음으로 소설을 썼다.

나에게 있어 글을 쓴다는 이 천직은 매우 중요하다. 이제 내 나이 칠십, 산봉우리에 올라와서 걸어온 길을 조용히 굽어보니 '이랬더라면 조금은 더 나았을걸.' 하고 스스로의 어리석음을 개탄하는 부끄러움이 한두 가지가 아니다. 물론 영영 잘못된 방향으로 빠져 버린 것 같지 않은 경우가 절대적이었다.

생각해 보면 좋은 가정에 태어나지도 못한 탓으로 늘 조심하면서 알뜰하고 성실하게 걸어 왔지만 인사권 문제로 한 재단을 송두리째 넘겨야 했던 뼈아픈 절규만은 눈을 감기 전엔 잊지 못할 것 같다.

나는 내가 좋은 삶을 선택받지 못하고 천한 삶을 선택받게 해준 엄니를 수없이 원망하기도 했다. 계획하는 일마다 까다롭고 어렵게만 풀려서 '나는 왜 이 모양일까?' 하고 한탄도 많이 했다.

그런 가운데 어떤 일이든 꾸준히 노력하고 간절히 소망하면 어느 사이엔가 서서히 이루어지곤 했다. 그로 인해서 연이어 피고지는 변화들이 커다란 영혼을 이룬다는 사실을 알게 되었다.

새삼스레 지금까지 걸어온 길을 뒤돌아본다. 그리고 글을 쓴다는 천직에 대해서 보람을 느낀다.

나는 강의할 때 학생들에게 사람과 글은 똑같은 것이라고 말한다. 그러니까 내 글이 감상적이고 싸구려라면 내 속에도 감상성과 싸구려의 경향이 있다는 뜻이 된다.

나는 아무것도 할 수 없는 사람을 사랑하는 것은 나로서는 불가능하다고 생각한다.

어떤 일을 평가할 때 기준이 적용되지 않는 때도 생긴다.

어떤 화가가 그림을 그렸다. 그런데 한 관람객이 별 생각 없이 한마디 던졌다.

"뭐 그림이 이래? 이게 그림이야?"

그렇게 말한 그 사람은 정말 그림을 제대로 볼 줄 모르는 사람이 아닐까? 화가가 그 얘기를 듣는다면 용서할 수 있을까? 아마도 용서할 수 없을 것이다.

나는 시와 소설의 가치에 대해서 엄격한 원칙을 가지고 있고, 어떤 비극과 절망의 한가운데서도 나의 작업을 중요시한다. 무언가를 간절히 원한다면 소망이 이루어질 것이라는 의미 있는 나를 위하여.

그래서 마치 초등학교 학생이 숙제를 하는 기분으로 글을 쓴다.

미치광이가 고정관념에 사로잡혀 있듯 내가 그런 것 같다.

나의 과거에는 몹시 불행할 때도, 한편으로는 매우 행복한 때도 있었다. 아무리 심한 고통의 한복판에 던져져 있을 때도 내 영혼에 와 닿지 않은 무풍지대가 있어 나를 지탱시켜 주었다.

글을 쓰는 일에 생生을 완전히 내맡기고 있는 상황에서 성실 없는 행복감은 있을 수 없을 것이다.

나는 종종 수면 부족으로 창백한 얼굴을 하고, 게다가 화장도 하지 않은 거친 얼굴로 지낼 때가 많다.

어떤 때는 아무 희망도 없는 것처럼 침울하게, 마치 폭풍우에 파손된 배가 바닷바람을 맞고 있는 기분이 되기도 한다.

"제발 웃어요. 허구한 날 민숭민숭한 얼굴에 화장은 안 하더라도 웃기라도 해봐요."

사람들은 자신이 원하는 대로 갈 수가 있다. 새로운 대륙에 도착하여 성공할 것이라는 기대도 걸고 있을 것이다. 나는 참 복이 지지리 없어 조건에 맞는 사랑을 만나지 못했다. 자식은 영특하지만 나와는 상반된 인생관과 가치관 때문에 티격태격 싸움도 한다.

그런 중에도 나는 꼭 시인이나 작가가 되겠다는 바람이 반은 이루어진 것 같다. 조용하고 아름다운 시골에서 아이들과 지내는 소망의 학교도 설립했고, 교장도 하였으니 반은 이루어진 셈이다. 아들에 대한 희망 역시 한 아들이 법조인으로 활동하고 있으니 그또한 반은 이루어졌다고 해야 하지 않을까?

어릴 적부터 숙명처럼 따라다니던 굶주림도 이제 굶지는 않는다. 그러니 그것도 반은 이루어졌고…….

얼마 전에 대학 선배와 식사를 하게 되었다. 그 선배의 얘기로는 자기가 계획하는 일은 언제나 까다롭고 어렵게만 풀려서 무슨 업보인지 한탄스럽기만 하다고 했다. 듣고 있던 나는 하하! 하고 큰 소리로 웃었다. 그리고 말해 주었다. 사람은 누구나 자신에 대해서 비관적인 것 같다고.

나는 이제는 밥 한 끼라도 제때 먹을 수 있고, 이렇게 글도 써서 책도 내놓고 살고 있으니 엄니에게 감사한다.

남자, 사랑, 연애, 이런 용어들은 이미 오래 전에 머릿속에서 지운 지 오래다. 나의 젊은 시절은 남들의 그것과는 비교도 못 할 정도로 처절하고 고난스러웠던 것이 사실이다.

지금 이 나이에 생각하면 왜 젊은 청춘을 그렇게 살았을까? 하는 생각이 들 때도 있다.

터질 듯 익어버린 스무 살짜리 처녀가 공부에 미쳐 365일 등록금을 준비하는 악바리로 살았으니 참 안타까운 노릇이었다. 물질적으로 어려웠고, 정신적으로 어려웠고 가슴이 뻥 뚫려 스스로를 지탱하는 것이 모두 다 어려웠다.

시작부터 이렇게 되어버린 나의 인생은 지금껏 살아오는 동안 행복이란 없었다.

남자뿐 아니라 여자라 할지라도 투기 없이는 행복이 있을 수 없다는 것, 무엇보다도 결혼이란 신기루가 아닐까 하는 생각이 든다.

신기루처럼 잡히지 않다가 결국 계산서는 뒤늦게 온다. 순수한 환희나 그 정열을 온통 쏟아 보려 하지만 오늘도 내일같이 내일도 오늘같이 아무런 가능성이 없이 모든 것은 지나간다.

스스로 기만하는 것은 자살이고 죽음이다. 그래서 나는 절망하거나 좌절하지 않고 글쟁이로 살아가려 한다.

글 속에서 나를 알게 되어 비교하지 못할 정도로 마음이 편안하다. 나의 글이 비관적이라 해도 좋고, 슬픈 글이라 해도 좋다.

죽도록 고생해서라도 쓰고 싶은 글을 쓰면 언젠가 이 세상의 삶이 끝나는 그날, 그런대로 떳떳이 엄니의 영혼 앞으로 갈 수도 있고, 아들 앞에서 부끄럽지도 않으리라.

할 일이 있는 사람은 어떤 고통 속에서도 희망을 지니고 있고, 광적으로 열중할 때에도 행복할 수 있는 법. 지금 내 연대로 보면 휴식할 때일지도 모르지만 그것은 결코 나의 것이 아니다. 나에게는 고통도 재산이다.

사랑은 생명을 지닌 모든 사람들에게 소중한 힘을 준다. 가난한 사람들이 서로 사랑하는 것은 대단히 고마운 일이다. 가난하고 외롭고 쓸쓸한 사람들에게서는 신비스러운 사랑이 묻어 나오기 때문이다. 사람과 사람들 사이에서 생각하면 아무 인연도 없는 것 같으면서도 사람이건 꽃이건 마음이 통하지 않는 동체까지도 인연은 있는것 같다.

이젠 슬퍼하지 말아야지. 슬프고 아슬아슬한 그 묘한 영감으로 글을 쓴다는 즐거움으로 다음에 어떤 작품을 쓸까 하는 생각으로 조용히 눈을 감아 본다.

제2부

교단에서의 시간

혼자 사는 여자

운동장에는 베틀에 앉아 베를 짜는 어머니들의 모시 적삼 같은 하얀 햇빛이 내리쬐고 있다. 그 햇빛을 바라보면서 이 달만 지나면 가을이 오는구나 하고 생각하니 묘한 외로움이 온몸을 휘감는다. 이제는 진공의 숨통에서 뿜어나오듯하던 한숨도 많이 진정되고 있다.

지금 논에서는 벼들이 검푸르게 자라고 있다. 그 내부에서는 곡식을 만드는 작업이 분주히 진행되고 있을 것이다. 그것은 지난날 내가 미래를 위해 마음의 양식을 장만했던 것과 같은 일이다. 그 결과 나는 지금 젊었을 때 쓰지 못했던 글들을 이렇게 쓸 수 있게 되었다.

이름 없는 사람과 이름 있는 사람. 그리고 나의 전부를 가져간 사람 등이 모두 어우러져 나의 삶이 얼마나 소중한가를 깨우쳐주었다는 사실을 이제야 알았다.

내가 누구인가? 나의 생각들은 어디에서 오는가? 어떤 때는 나를 갈기갈기 찢고, 어떤 때는 하늘나라 꼭대기까지 들어 올리는 내 안의 감정들을 생기게 하는 것은 무엇일까? 무엇이 이 슬픔과 눈물과 웃음을 생기게 할까? 어떻게 균형을 잡을 수 있고, 해야 할 것과 해서는 안 될 것 들을 알까? 내 안의 생명은 내가 태어나기 전에 어디에 있었을까?

나는 솔직히 그동안 인생에 대한 치밀한 계획을 세워 본 적도 없고, 인생을 열렬히 사랑해 본 적도 없다. 그저 가난이 주는 상처와 연결지어 거기에서 해방되는 데 급급했다. 그런데 이제 나이를 먹고 나니 최소한 나의 소망만은 이루고 싶다는 생각을 하게 된다.

요즘 가을이라는 계절에 지레 겁을 먹고 있다.

계획표를 작성하고, 몇월 며칠에 강의할 내용을 메모해도 깜박깜박 잊어 먹을 때가 한두 번이 아니다. 한동안 진숙이 사건으로 마음을 건잡을 수 없었던 때문일까?

"선생님 얼굴이 많이 흐리네요."

영어 선생이 조심스럽게 말을 걸어왔다.

"세월 앞에서 주름살이 오는 것은 어쩔 수 없는 일이겠죠, 뭐!

주름살이 온다는 것은 늙었다는 얘긴데, 선생님의 화장기 없는 얼굴은 여전히 문학소녀 같은데요?"

"지난번에는 코스모스라고 하더니 오늘은 문학소녀 같다구요? 선생님 느낌대로 보아주세요. 코스모스도 나쁘지 않고, 문학소녀도 괜찮네요."

"하여간 박 선생님은 한번쯤 큰 글을 쓸 것입니다."

"고맙군요. 작품이라는 것이 어디 큰 글, 작은 글이 있겠어요? 하여튼 정 선생님의 한마디로 힘이 생기는군요. 고마워요."

중년 고지에 접어든 여자를 보고 문학소녀 같다는 말은 듣기에 따라 엉뚱한 것 같았지만 진짜 나는 아직 완숙한 어른이 아닌 문학소녀인지도 모른다는 생각이 들었다.

사실 나는 내 자신에게서 혼자 사는 여자가 내뿜는 깊은 솔바람 소리를 들을 수 있다. 그것은 바로 내가 원하던 소리이기도 하다. 하지만 나는 몸과 마음이 저 먼곳에 있다. 관념적이든 현실적이든 그 거리를 좁힐 힘이 지금의 나에게는 없다.

옆에 있는 역사 선생이 끼어들었다.

"영어 선생님의 말이 어째 좀 그렇네요. 원로 문인에게 문학소녀 같다니요."

"아니, 괜찮아요."

역사 선생은 고개를 기웃하고는 다시 수업 준비에 바쁘다.

오늘은 선생들의 궁한 한 달이 지나가고 돈이 주머니에 들어오는 월급날이다. 교무실 안은 다른 날보다 좀 더 활기가 넘치고 있었다. 어떤 선생은 월급봉투를 열고 몇 번씩 세어보기도 하고, 남자 선생 중에는 주머니 속에 쑤셔넣고는 부랴부랴 퇴근하는 사람도 있다. 역시 돈이란 사람들에게 생동감을 주는 묘약과 같다.

나도 지난달에 훈이에게 생활비와 하숙비를 입금시키고 나서 가벼운 핸드백으로 한 달을 살았다. 내일은 훈이에게 용돈을 조금 더 여유롭게 부쳐야겠다 생각하니 가슴이 흥분으로 들뜬다.

며칠이 지나면 추석이니 훈이가 즐겨 먹는 생선과 고기를 준비하고 싶어 바닷바람이 시원한 자갈치시장으로 갔다.

떠들썩 붐비는 아지매들, 영도다리 밑에 천천히 기어다니는 유람선과 통통배, 크고 작은 어선들이 여유롭게 보인다. 짭짤한 바다 냄새도 풍겨온다.

"멍게나 고등어 사이소!"

말만 잘하면 듬뿍듬뿍 한 바구니씩 담아주는 자갈치 아지매들은 생선을 하나라도 더 팔기 위해 정신이 없고, 장바구니를 든 주부들은 저녁밥을 맛있게 먹기 위하여 분주하게 오간다.

똑딱선은 제버릇 든 대로 바다 위를 쑤욱쑤욱 밀고 잘도 나간다. 바닷물 냄새와 안개 냄새도 시원스럽게 코로 들어온다. 바닷바람을 휘젓는 선장은 키를 잡고 기분 좋게 '부산아, 잘 있거라~' 한

가락을 뽑을 것이다.

길게 뻗어 있는 역사 깊은 영도다리 위로 개미 떼처럼 오가는 차량들의 불빛이 아련하게 깜빡댄다.

나도 엄니의 차례상을 차리기 위하여 여러 가지 생선과 과일을 사가지고 왔다. 온몸의 힘이 스스르 빠지는 듯 나른해지면서 가슴에 통증이 왔다.

명절마다 엄니에게 자식의 도리를 해주기 시작한 것이 10여 년. 오빠가 세상을 떠나고 친정 식구란 언니밖에 없는 나로서는 조카에게 외할머니의 차례를 모시라고 맡길 수가 없었다. 그래서 훈이네 살 때 눈을 감으신 엄니의 차례는 내가 지낸다.

엄니를 생각하니 고향의 초가집이 떠올랐다. 볏짚이 없어 지붕을 몇 년째 보수하지 않은 낡은 초가집에 대한 추억이 아름다울 리 없다. 그러나 그것이 비록 신기루처럼 형태는 없다 할지라도 기억한다는 사실 하나만으로도 나에겐 큰 기쁨이 된다. 외로운 가슴을 지닌 나는 지금 적당히 얼굴을 숨기며 살아가고 있다. 올케나 친정 조카에게 별다른 애정을 느끼지 못하고 있다. 인생에 대해 비관적인 나는 늘 얼굴을 찡그리고 있다는 얘기를 듣는다.

"박 선생, 시인의 얼굴에 그늘이 지면 작품도 생기가 없어지잖아요?"

선배인 허 선생도 충고를 해준다.

나 역시 이 점을 예민하게 느끼고 있어 고치려고 노력을 한다. 그리고 이러한 충고를 고맙게 받아들인다. 나에게 관심을 가져 주는 것만도 고마운 일이니까.

지나온 많은 세월 속에서 특별한 사건도 많았다. 훈이의 결혼, 귀여운 손녀의 탄생, 사업에 대해서는 사업의 '사' 자도 이해하지 못하는 여인이 주유소와 목욕탕을 경영했던 일 등 굵직굵직한 일들이 있었다.

그러나 한 걸음만 뒤로 물러서서 보면 모든 것은 구름처럼 왔다가 구름처럼 가버리는 것. 앞을 보아도 뒤를 보아도 고만고만한 편린들이다. 다만 누가 얼마만큼의 지혜를 얻고, 경제적으로 유익했느냐가 다소의 차이를 보일 뿐. 하나하나 열거하자면 경제적으로는 도저히 불가능한 것들이었다.

육십이 넘어서 글을 쓴다고 골방에 처박혀 머리를 싸매 보지만 과연 얼마만큼의 성과를 얻어낼 수 있을지, 가슴속에 마알간 액체 같은 것이 고여온다.

앞뒤 재지 않는 사랑에 푹 빠지고 싶은 열정에 유혹을 느낀다. 만약 내가 40대만 되었더라도 세상 모든 일 다 버리고 도망쳤을지도 모른다는 것이 진솔한 마음이다. 그러다가도 문득 내가 무슨 터무니 없는 생각을 하고 있나 하는 자괴감에 빠지면서 목이 메어오는 경험을 한 적이 한두 번이 아니다.

나는 자주 울고, 그때마다 눈물과 함께 추억을 삼킨다.

지난 세월
어떻게 내가 살아왔을까.
그때 그 시절
그때 그 친구
그때 그 선생님,
나에겐 다 고마운 사람들.

더 열심히 일하고
더 열심히 사랑하고
더 열심히 귀 기울이고
더 열심히 효도할 것을.

모든 순간이 다 추억인 걸
눈에 보이는 것보다
눈에 보이지 않는 것 가운데에
중요한 것이 훨씬 많다는 것을
나이를 먹어도 변치 않는다는 것을
왜 지금에서야 알게 되는지.
그동안의 잃어버린 세월은

눈물겹게 꿈꿔왔던 여행이라 생각하자.

현실이라는 쓸쓸한 장소에서 높은 곳에 나를 세워놓고, 언제나 이동할 수 있는 환경에서 자기 자신으로 돌아가는 것이 나다.

이러한 나의 피곤한 생활을 다스리고, 한결같이 자아自我에 충실하려고 외로움을 기록하는 것이다.

높이 날기 위해서 욕심을 부리는 것이 아니고, 멀리 해방되기 위해서도 아니고, 오직 아무런 미련이 없이 모두 버리고 날기 위해서이다. 오로지 가련한 나의 생명을 위하여 이러한 마음의 준비가 필요했던 것이다.

인간은 언제나 떠나게 마련이지만 막상 간다는 건 쓸쓸한 일이고, 적적한 일일 것이다.

이제 나는 계절이 오고 가게 내버려두는 게으름뱅이가 되어 책임 전가만 일삼을 만큼 마음과 몸이 늙어 버린 것 같다.

자신의 몸과 마음이 늙었다고 인정하는 것은 나의 가슴속에 차 있는 보이지 않는 쓸쓸함 때문인지도 모른다.

그러고 보면 나는 지금도 인간의 정, 자식의 정으로 괴로워하고 있음이 분명하다.

인생의 계단

중간시험이 끝나자 선생들이 학생들의 성적점수표를 내기 위해 분주하다. 채점한 시험지에 성적을 옮긴 점수표들이 과목별로 전달되면 담임들은 그 점수표를 정리해서 총점과 평균점수를 내어야 하고, 또 석차도 매겨야 한다.

"더워 죽겠는데 교육청에선 에어컨도 하나 안 넣어주나? 집에 가면 에어컨 앞에 누워서 할 수 있는데……."

음악 선생의 짜증 섞인 고음이 들려왔다. 그녀는 어설프게 돌아가는 선풍기를 노려보며 계속해서 무어라고 궁시렁거렸다.

점수표를 책상 위에 놓고 계산기를 두드리던 선생들은 모두 눈살을 찌푸렸다. 묵묵히 일하고 있는 선생들의 분위를 깨고 이렇게 몰염치하게 떠들어대는 음악 선생을 좋게 생각하는 사람은 아무도 없었다.

"선생님, 너무 주눅들게 하지 마십시오. 나도 우리 시골 부모님이 가꾸는 논밭에서 황금덩어리가 쏟아질지도 모릅니다."

수학 선생이 한마디 하자 듣고 있던 선생들이 통쾌하다는 듯 모두 한바탕 웃음을 터트렸다.

"선생님들, 제가 부자라고 이죽거리는 거 아니에요. 자기 돈 가지고 잘사는 게 자유경제사회 아닙니까?"

금세 뾰로통해져서 목에 힘을 주는 음악 선생의 말이 귀에 거슬렸는지 수학 선생이 다시 오금을 박고 나섰다.

"까마귀 날자 배 떨어진다고 우연히 땅을 샀다가 때 맞추어 값이 오르니 호박이 넝쿨까지 굴러 온 거죠. 음악 선생이 바로 그 짝이지 뭐. 그러니 부자 타령 어지간히 하시죠."

수학 선생은 음악 선생이 누리는 부는 부동산 투기로 얻어진 것이니 별 것이 아니라고 노골적으로 비꼬았다.

"수학 선생은 숫자만 잘하시는 줄 알았더니 말도 잘하는군요."

듣고 있던 한문 선생이 응원가를 불렀다.

"당연하죠, 뭐! 우리는 모두 입으로 먹고 사는 것 아닙니까?"

그러자 주위에 있던 선생들이 모두 웃었다. 나도 따라 웃었다.

점수표 정리를 끝낸 후 도서실로 갔다. 도서실은 우리 학교에서 가장 시원하고 조용한 곳이다. 그래서 도서부를 맡고 있는 나는 답답하고 힘들 때면 퇴근 후에 자주 찾는다.

교정 한편에서 물을 머금은 수양버들 가지가 살랑거린다. 정문에서 들어오는 계단이 갑자기 환상과 추억을 바라보는 것 같은 착각을 일으켜 그 수가 몇 개인지 확인하고 싶은 충동을 느낀다.

어렸을 적 어무이는 법당에 기도를 하러 갈 때는 항시 나를 데리고 가셨다. 그때 법당 앞 돌계단을 밟고 법당 안으로 들어간 것을 기억하고 있다.

어무이는 부처님의 덕분으로 오빠가 교육청에 취직이 되었다고 했다. 나는 그렇게 잘 치장된 대리석 계단도 밟아 보았고, 부산 영주동에 있는 40계단도 밟아 보았다. 그러나 계단은 하나의 단순한 노정이라는 것 이외에는 별다른 것을 느껴 본 적이 없다.

사실 나는 우리 학교 정문의 30년 전통을 가진 자연석 계단의 숫자가 21개라는 것을 알고 있었다. 그 계단을 밟고 올라오면 운동장을 거쳐 교무실로 들어가게 된다.

생각해보면 그 계단을 밟고 오갔던 수많은 제자들 가운데는 세상을 떠난 사람도 있을 것이며, 출세를 해서 부를 이룬 사람도 많을 것이다.

나는 그림의 구도를 잡듯 인생의 계단을 마음속에 그려 보았다.

인생에 계단이 있다면 몇 개나 될까? 한 층계가 하나의 연륜이라 한다면 50~60, 욕심을 부려 70에서 좀 더 욕심을 부린다면 80까지 볼 수 있지 않을까? 그러면 내게는 몇 층계가 남아 있을까?

인생은 마지막 계단을 올라서버리면 그만이다. 내려서려 해도 그것으로 끝이다. 언제까지나 중턱에 머물 수는 없을까? 이 계단을 다 올라가면 나는 어디로 가는 것일까?

구름 한 장 꺼지는 시간으로 마련되어 있는 계단의 통과는 어쩔 수 없는 숙명이다.

인생의 노정에는 휴식이 없다.

상념이 여기에 이르니 서글픔에 몸이 흔들린다. 이러한 상념을 24시간, 아니 죽음으로 갈 때까지 머리에 넣고 살아야 한다면 얼마나 고역인가! 그러고 보면 고역을 피하게 해주는 망각이라는 것이 얼마나 아름다운 것이며 고마운지 모르겠다.

나는 지금 계단의 중턱에서 엄격한 현실에 부딪쳐 몸부림을 치고 있다. 한 줌의 뜬구름 같은 나의 인생도 머지않아 종지부를 찍게 될 것이기 때문이다.

인생의 계단 너머에는 반드시 천국이 기다리는 것은 아닐 것이다. 또 천국이나 지옥에 또 다른 인생이 있다는 보장도 없다. 인생이 천국과 지상을 자유로이 오르내리는 것이 아닌 바에야 마지막 계단에 이르기 전에 자신을 스스로 창조해야 하지 않을까?

그렇다면 이 계단의 중턱은 숙명적인 위치인지도 모른다. 인생의 계단을 숙명의 계단으로 연장시킨다는 것은 그렇게 쉬운 공정은 아닐 것이다. 이 계단을 밟고 저 계단을 밟을 수 있는 것은 아닐 테니까.

계단이 황혼으로 넘어갈 때는 이미 죽음의 만가가 읊어질 것이고, 노정도 바쁠 것이다.

도심의 치장된 대리석 계단은 제나름대로 멋을 부리고 있다. 그러나 부단한 생명력을 저축하면서 살아 있는 계단은 사찰의 법당 앞에서만 볼 수 있다.

광막한 인생 여로에서 이 계단을 밟는 동안 생명은 저물어간다. 나의 삶에서 영원히 거절할 수 없는 적요한 노정이 될 것이다. 그러니 부자라고 자랑하고 싶은 음악 선생이나, 그녀를 비꼬아 논밭에서 황금덩어리를 만든다는 수학 선생에게 인생의 계단은 항상 밑에서 오르는 것이지 위에서 밟고 내려오는 것이 아니라고 설명해 주어야겠다.

고달픈 삶의 애환을 느낄 수 있는 것 역시 사람들이 오르고 내리는 때가 묻어 있는 계단이다.

'웃어본 일이 없는 젊은이는 야만인이고, 웃으려 하지 않는 늙은이는 바보' 라고 했던가?

좀 더 살아야 할 세월이 남았기에 남아 있는 계단들이 소중하기만 하다. 나에 대한 많은 답들과 두려움 없이 밟을 수 있는 영혼을 잠식하는 좋은 열매가 되게 하소서.

현실이란 제아무리 슬프고 한 맺힌 일이 있어도 참고 살아야 하는 것. 나의 어린 시절의 모습과 행동을 닮은 교정의 계단은 허망한 달처럼 언제나 먼 하늘에 머물 뿐이다.

어떤 제자의 사건

토요일, 몹시 바람이 분다.

교정의 언덕바지에 가득한 진달래꽃이 차가운 바람에 밀리고 있다. 컴컴하게 흐렸던 하늘에서 차가운 바람이 몰려오기 시작한 것이다.

바람이 쌀쌀하다. 너무도 으스스한 날이 계속된다. 사람들은 꽃샘이라는 애교스런 말로 자신들의 가슴을 달래지만 변화를 하기 위해서는 자연도 이런 진통을 겪나보다.

나는 매일 반복되는 일상에 피곤을 느꼈다. 신학기라 담임한 반 학생들의 환경조사서를 정리하느라고 매일 몇 명씩 교무실로 오게 해서 가정 환경을 파악하고 얼굴을 익히고 있다.

인생의 힘든 시기에 추구해야 할 가치를 떠올려 이겨내는 사람으로 인도하고 싶었다. 학생들은 착실하게 따라 주었다. 웃고 떠들며 질주하고 장난치며 집으로 돌아가는 아이들의 모습을 흐뭇하게 바라보는 것도 즐거움 중의 하나였다. 어느 누구 하나 내 어린 시절처럼 불행하게 보내지 않기를 바라는 마음에서 가정 환경도 살피고 학생들이 힘들어 하는 부분에 귀를 기울여 주었다. 순수하고 진지한 아이들의 눈망울에서 기쁨을 느꼈다.

많은 학생들 중 한 학생에 대한 기록이 나의 시선을 끌었다.

현주소: 중구 ○○○고아원

보호자: 고아원 원장 ○○○

생활기록부에 간단하게 기재되어 있는 내용이다.

순간, 바보스럽게도 목이 메었다. 내 나이가 저 아이들의 나이였을 즈음, 나는 고향의 산마루에서 장에 내다 팔 낙엽을 사악사악 긁어 모아야 했다.

피가 나도 울지 않았고, 울지 않아도 충분히 가난하고 불쌍한 아이였다. 그때 나는 배부르게 먹고, 예쁜 옷을 입고 싶었다. 그게 꿈이라면 꿈이었다. 그러나 열심히 움직이지 않으면 굶을 수밖에 없었다. 나는 세상에서 제일 서러운 게 배고픔이라는 사실을 알고 있었다.

가난을 부정할 의지도 상실하고 있었고, 가난 속에서 도망칠 의지도 상실한 채 가슴속에서만 도망쳐 살고 있었다.

나는 아이들에게 나처럼 살지는 말라고 가르쳐야 했다. 밝고 좋은 꿈을 꾸면서 날아가라고, 훨훨 날아가라고…….

나는 학창 시절에 늦가을 바람처럼 뼛속까지 스며드는 가난을 경험해야 했다. 그래서 그 바람을 막아내기 위해 무던히도 고생하면서 고아가 아닌 고아로 성장했기 때문에 그 학생의 기록부를 보는 순간 나 자신의 과거를 보는 것 같아 입술을 깨물었다.

어린 시절이 눈앞에 스쳤다. 그러나 한편으로는 어무이와 오빠 사이에 연결된 추억이 행복했던 부분도 있었다.

추억이야 누구의 가슴엔들 없을까마는 나를 낳아준 어무이와 나를 아껴주었던 오빠의 정에 비교하면 고아원 원장을 어머니로 알고 있는 이 학생과는 견줄 바가 아니다. 지나간 추억은 아픔과 같은 마음이며, 아픔을 아는 마음은 순수하고 소박하다. 행복과 불행, 고통과 슬픔 등 인간이 느끼는 모든 고뇌는 사람과의 관계에서 이루어진다.

십 년 가깝게 학생들과 생활해 오는 동안 많은 학생과 학부모를 만났다. 그중에는 병든 할머니와 동생들 뒷바라지하는 소녀 가장도 있었다.

대부분의 선생들은 퇴근한 뒤라 교무실에는 낡은 목조 책걸상만 덩그러니 놓여 있다. 나는 그 속에 혼자 앉아 노을을 받아 붉게 타오르는 교실 유리창을 바라보고 있다. 그때 키가 크고 안경을 낀 진숙(가명)이가 들어왔다.

"어서 와라. 이틀이나 결석을 했는데, 어디 몸이 아픈 거니?"

나는 의자를 권하면서 조용히 물었다.

진숙이는 고개를 숙인 채 입을 굳게 다물고 교무실 주위를 살폈다. 분명히 말 못할 사정이 있어 찾아온 것 같은데 그냥 입을 다물고 있으니 궁금하기 짝이 없었다.

"진숙아, 선생님을 찾아 왔으면 무슨 용건이 있는 것 같은데 얘기를 해야지. 여기 교무실이 불편하면 교실로 갈까?"

나는 퇴근 준비를 하고 교실로 들어갔다.

"진숙아, 그사이 몸이라도 아팠었니? 고아원에 전화했더니 사감 선생님 말씀이 몸이 아프다고 하던데……? 네가 오지 않았으면 오늘 오후에 고아원으로 방문할 예정이었다."

"선생님……."

진숙은 책상에 고개를 파묻고 목이 메어 말을 잇지 못했다. 그리고 가쁘게 숨을 헐떡거리면서 눈물을 흘렸다. 그 아이의 가슴속에

덩어리져 있는 주먹 같은 울음덩이가 점점 더 무거운 무게로 나를 짓눌러 왔다.

이 세상 모든 고통을 다 지닌 것 같은 그런 얼굴이었다. 그녀의 눈은 고통이고, 절망이었다. 밤에 베개 속에서 통곡을 한 듯한 눈이었다. 육체적으로 힘든 모습이었다.

그녀의 얼굴 뒤에는 가슴 아픈 처절한 이야기가 있을 거라고 생각이 들었다.

진숙이의 입안은 바싹 말라 있었다.

"진숙아, 무슨 큰일이 생긴 거니? 혹시 부모님이 나타났다든지……. 선생님이 도와줄 수 있는 일이니?"

"선생님……, 선생님. 도와주세요. 제 뱃속에 애기가……."

"뭐라고?"

나는 할 말을 잃고 책상에 엎드려 있는 진숙의 뒷모습을 멍하니 바라보았다. 아이는 흡사 포수의 일격에 쓰러진 한 마리의 짐승이 허옇게 이빨을 드러내고 있는 것 같은 처절한 모습이었다.

나는 오싹한 무서움을 느꼈다. 여고 1학년짜리의 눈이 너무도 강렬하였기 때문에 도저히 진숙이의 얼굴을 정면으로 쳐다볼 수가 없었다.

마치 절벽에서 떨어지는 사람처럼 절망 속에서 나를 붙잡고 놓치지 않으려는 강렬한 몸부림을 보내고 있었다.

잠시 후, 진숙이는 어이없이 아무 말도 못하고 쳐다보고 있는 나의 손을 꼭 잡았다.

"선생님, 용서해주세요. 그리고 도와주세요."

나는 잠깐 창가로 눈을 돌렸다. 심장 깊은 곳에서 강렬하게 흐르는 피가 요동을 쳤다. 아찔한 현기증이 왔다.

'이러면 안돼! 내가 흥분하면 저 아이는 더 불안해 할 테니까…….'

나는 스스로에게 말하며 표정을 바로잡았다.

운동장의 블록담 옆 아이들이 앉아 놀고 있는 잔디 위에 벚꽃들이 우우우! 하고 떨어져 내렸다.

나는 조용히 진숙이를 일으켜 의자에 앉혔다. 할 말이 없다. 어떤 말로 이 상처투성이 아이에게 힘을 줄 수 있단 말인가!

두 눈 가득히 고인 눈물로 범벅이 되어 있는 진숙이에게 물 한 컵을 건넸다.

"진숙아, 선생님이 도와줄 테니 진정하고 자세히 얘기를 해봐!"

진숙이의 말인즉 고아원 원생 철민(가명)이와 오빠 동생하면서 친오누이 이상으로 친하게 지냈는데 어느 날 갑자기 야수로 돌변하여 몸을 빼앗아가 버렸단다.

나는 전에 고아원 사감 선생님에게서 진숙이에 대한 얘기를 들은 적이 있었다. 아버지가 일찍 세상을 떠나고, 어머니마저 집을 나가 네 살에 고아원으로 들어왔더라는.

몸에 힘이 하나도 없이 핼쑥하게 야윈 이 처절한 아이에게 어떤 말로 마음을 풀어 준단 말인가.

"진숙아, 해결 방법을 찾기로 하자. 저녁에 선생님 집으로 오거라. 집에서 다시 만나 상의하자꾸나."

"선생님……."

나는 진숙이가 나에게 무엇을 갈망하는지 눈만 보고도 알 것 같았다.

인간이 범해서는 안 될 육욕을 범하게 되면 그 피해자는 무서운 충격으로 인간관계 자체에 절망하게 된다. 나는 마음속에서 기원했다.

'이 어린 소녀에게서 검은 구름을 거두어 가 주소서!'

"내일 병원에 가자. 모든 건 선생님이 알아서 할 테니 걱정하지 말고 저녁에 푹 자거라."

"선생님! 저한테 저축한 돈이 조금 있는데……."

"그건 걱정하지 말고……."

사람은 인연이 닿아서 서로 만나게 된다. 지금까지 숱하게 만나 왔던 예쁜 학생들. 어떤 학생은 나를 행복하게도 했고, 어떤 학생은 나를 슬프게도 했다. 그러나 나를 슬프게 했던 학생도 분명히 누구에겐가는 행복을 줄 수 있을 것이라고 믿는다.

어쩌면 진숙이는 나를 고마운 선생님으로 생각할지도 모른다. 그러나 솔직히 말해서 나는 학생들에게 좋은 일을 그렇게 많이 하지는 못했다.

내가 먹고 살기가 바쁘다 보니 소녀가장을 돕는다든가 하는 일은 먼저 나서서 적극적으로 하기보다는 필연적으로 주어질 때에만 마지못해 해왔다.

이 세상에 존재하는 모든 사람은 서로 인연의 줄에 의해 얽히고설켜 살아간다. 그런 섭리는 제자와 선생 사이에도 존재한다.

고아원에서 진숙이의 이런 사실을 알았다면 어떻게 처리되었을까? 아마도 원생들 사이에서 허허벌판에 내동댕이쳐진 처절한 신세가 되었을 것이다. 생명을 잉태한 자체가 바로 죄인으로 전락되는 상황이었을 테니까.

나는 진숙이의 등을 어루만지면서 말할 수 없는 연민을 느꼈다. 부모를 잘못 만나 이런 수모와 고통을 겪고 있다고 생각하니 마음이 아팠다. 신은 선택된 사람에게 고통을 더 준다는 말이 있기는 하지만.

다음날 아침, 무거운 발걸음으로 출근을 하였다.

운동장에 들어서니 갖가지 화초들이 나의 눈을 즐겁게 해주었다. 교실문을 열고 들어서자 진숙의 얼굴이 제일 먼저 들어왔다. 전날과 조금도 다름없는 맑고 조용한 모습이었다.

왁자지껄 떠드는 생동감 있는 아침 시간, 나는 조용히 웃음으로 조회를 하고, 고개 숙여 앉아 있는 진숙이에게 가서 어깨를 다독거려주었다.

짝꿍 숙희가 호들갑을 떨었다.

“선생님! 진숙이가 많이 아픈가 봐요. 곧 쓰러질 것 같아요.”

“그래? 진숙아, 조퇴를 하고 가거라. 숙희 네가 부축 좀 해서 집에까지 바래다 주고 오렴.”

“네, 선생님.”

나는 진숙의 뒷모습을 볼 수가 없었다. 너무 외롭고 불쌍한 생각이 들어서였다. 왜 내 주위에는 외로운 사람들만 모여 있는 것일까? 내 마음이 괴로워지는 이유는 나의 어렸을 적 추억 때문일까?

저녁 종례를 끝내고 진숙이와 약속 장소에서 만나 가만히 손을 잡아 주었다.

나는 무엇인가에 감사를 드렸다. 이것은 무엇일까? 내 가슴속에 와닿는 이 신선한 느낌은……?

오후 늦게 진숙이의 보호자로서 병원 예약을 하고 나니 나를 의지하려는 진숙이의 얼굴이 내 머릿속을 모두 차지해버렸다. 18세의 어린 나이에 임신을 한 엄연한 현실 앞에서 나는 애써 께름칙한 생각을 떨쳐내야 했다. 나로서는 이해할 수도, 이해하지 못할 수도 있는 상황에서 한순간 몸을 떨었다.

수술실로 들어가는 진숙이는 잠깐 눈물에 젖은 눈으로 나를 쳐다보고, 이내 안으로 들어갔다.

저 불쌍한 아이에게 힘이 되어주자.

시간은 10분, 20분, 초조하게 지나갔다.

나는 의자에 가만히 앉아 있을 수가 없었다.

'진숙이에게 힘을 주소서.'

계속해서 마음속으로 빌었다.

1시간이 지나 간호사가 진숙이를 업고 입원실로 들어갔다.

마취로 아직 혼수상태에 있는 이 해맑은 소녀는 자신의 행복을 위하여 한 생명을 죽였다. 인간에게 가장 소중한 것. 그 소중한 것이 무엇인가를 이 소녀는 과연 알고 있을까? 그리고 자신에게 무엇을 기대하고 있는 것일까?

희생당한 약한 자의 절망에 귀를 기울이고, 거기에 연민을 느끼지 못한다면 그것은 무서운 죄악이다.

시간이 흐르자 진숙이는 눈을 떴다. 나는 다시 그의 손을 잡아주었다.

"고생했다. 푹 좀 쉬자. 다른 생각 하지 말고 몸조리를 잘 해야돼! 미역국을 먹어야 하는데 대신 뜨끈뜨끈한 설렁탕으로 요기를 하자꾸나. 우리집에 갈까?"

"아닙니다, 선생님. 고아원으로 갈게요."

"며칠 학교에 나올 생각 하지 말고 몸조리 해야 할 거야. 무거운 것 들지 말고, 밥은 꼭 챙겨 먹고……. 사감 선생님에게는 몸살이라고 할 테니 조용히 며칠 휴식을 하거라. 절망이나 고통 같은 거 생각지 말고, 이젠 꿋꿋하게 살아야 해. 열심히 공부하고…… 알았지?"

진숙이는 울고 있었다. 병원의 소독약 냄새와 함께 밤의 어둠은 쓰라린 가슴앓이가 되어 이 아이의 가슴을 찢어대고 있을 것이다.

거울 속에 비친 진숙이의 얼굴은 일그러질 대로 일그러져 있었다. 여린 18세의 소녀가 한 생명을 칼로 도려내야 했던 심정은 오죽했겠는가!

부모를 잃은 아이들은 가난과 서러움을 운명처럼 피부에 바르고, 몸에 걸친 채 살아야 하는 것일까? 그런 사람들은 어디서나 볼 수 있다. 도시의 변두리나 시골에는 영양실조로 누렇게 뜬 얼굴들이 득실거린다. 태어나지 않았어야 할 사람들의 발악으로 사회는 너무 많이 더러워지고 어지러워지고 있다.

나는 산부인과 간판을 뒤로 하고 진숙이와 함께 택시를 탔다. 택시는 교통 체증에 딸꾹질을 하듯 협소한 도로를 어렵게 헤쳐 나왔다.

고아원 정문 앞에 진숙이를 내려 놓고 백미러에서 멀어지는 그 아이의 뒷모습을 바라보며 나는 흐르는 물에 떠내려가는 나뭇잎처럼 천천히 떴다 가라앉았다 하면서 밀려갔다.

사거리에서 빨간불을 보고 택시가 섰다. 보도에 늘어 서 있던 사람들이 와르르 몰려서 건너기 시작했다. 저 우글거리는 사람들 속에도 태어나지 않았어야 할 사람과 골치 아픈 사람들이 수없이 섞여 있을 것이다.

내가 탄 택시 앞에 콩나물시루처럼 빽빽하게 사람을 실은 버스가 섰다.

나는 몹시 피곤했다. 진숙이의 울부짖는 목소리가 머릿속에서 떠나지 않았다.

'나의 뱃속에 애기가…….'

그녀의 말은 현실에 대한 끝없는 절망이 되어 나를 괴롭혔다.

언제부터인가 나는 자신의 감정을 적당히 위장하는 일에 혐오를 느껴왔고, 그 일이 고문처럼 나를 힘들게 한다는 생각에 외면해 버렸다.

사람들에게 인정을 받고 싶어하는 감정은 누구에게나 있다.

특히 사춘기 학생에게는 더욱 강하다. 여학생들은 선생의 애정이 어떤 학생에게 쏠리는가에 아주 민감한 반응을 보인다. 그것 때문에 친구들과 암투가 벌어지는 경우도 종종 보았다. 부모의 편애가 자식들 사이에 갈등을 빚어 주듯이 선생의 편애도 학생들에게 많은 부작용을 준다.

봄이 끝나가는지 날씨가 더워지고 있다. 교정엔 눈부신 꽃들이 만개해 간다. 이따금 나비들이 날개를 팔랑거리며 넓은 운동장에서 넘나들고 있다.

학교 뒤 야산에서 나무들이 짙은 초록색으로 변해가고 있는 것도 보인다.

4월의 신록이 아가의 웃음소리처럼 정겹다. 묵은 잔디잎 속으로 파란 새순이 자라고 있다. 사람도 이렇게 머물다 사라질 것인데…….

나는 생명에 어떤 의미를 부여할 수 있을까를 생각하면서 진숙이의 사건으로 심한 우울증에 빠져 있다. 예전에도 우울증은 거의 주기적으로 찾아오는 병이었지만 이번 사건으로 더욱 나를 괴롭히고 있다. 매일매일 그녀를 지켜 보는 나는 가슴이 아팠다.

"박 선생님. 이 좋은 봄에 뭘 그렇게 생각하세요?"

옆자리의 영어 선생이 말을 걸어왔다.

"네?"

"오늘 하루 종일 별 말씀이 없네요."

나는 영어 선생을 쳐다보고 웃었다.

"박 선생님은 매사에 달관한 분 같은데 오늘 같은 날은 감동이 전부 아닌가요? 저 하늘, 저 꽃, 저 새소리!"

"네! 그렇네요."

"역시 놀라는군요."

영어 선생은 나의 반응이 신통찮았던지 훌쩍 나가버렸다.

교무실은 썰물이 쓸고 간 허허한 갯벌처럼 텅 비었다.

귀가하지 않은 몇 명의 학생들이 어둑해진 운동장에서 기어다니는 방게들처럼 공차기를 하고 있다.

나는 음산하도록 깊은 정적에 싸인 교무실에 혼자 남아 비로소 안온한 휴식을 느꼈다. 휴식이라는 것은 고독하다는 감정과 상통하는 것인지도 모른다.

나는 의자에 등을 기대고 눈을 감았다. 아무것도 생각하지 않는 텅 빈 마음으로 깊고 깊은 휴식의 심연에 빠져 들었다.

제법 무성하게 자라기 시작한 나뭇잎들이 석양 노을을 받아 눈이 부시도록 아름답다.

그런 중에도 진숙이의 축 처진 어깨가 자꾸만 눈으로 들어와 마음이 괴로웠다.

인간은 죽을 때까지 사람을 만나는 일로 일관된다. 그 속에는 행복도 불행도 고통도 죽음도 함께 있다.

인간이 느끼는 희, 노, 애, 락은 결국 사람과의 관계에서 발생하는 것이다. 이것이 무거운 삶의 짐이 되어 나를 두렵게 한다.

나는 등골이 오싹함을 느꼈다.

광적인 초속도를 막을 수 있는 약은 없는 것일까?

나의 제자, 사랑하는 소녀에게

하늘이 맑고 따뜻하다.

5월의 따스한 햇살은 벽돌 담장에서도, 도로에서도 빛나고 있다.

인간이 근본적으로 외로운 것은 자신의 입장을 완전히 타인에게 전달시킬 수 없기 때문일 것이다.

나는 며칠 전 진숙이 사건으로 걷잡을 수 없이 허탈했다. 누구에게도 말 못하고 긴장했던 탓도 있겠지만 인간의 근본 속성에 대해서 환멸이 느껴졌다.

"박 선생님, 봄을 많이 타는 것 같네요. 눈이 우물 속같이 한 이십 리는 들어간 것 같습니다. 하하!"

미술 선생이 쾌활하게 웃으면서 농을 걸어왔다.

"낙엽을 쪼아 먹은 여인' 이라는 제목으로 시를 한 수 지어보시죠."

내가 무어라고 답변을 못하고 머뭇거리자 그는 거푸 말했다.

"선생님, 학생들한테 너무 신경 쓰지 마세요. 1학기 지나고 2학기 지나 1년 지나면 다 거기서 거기랍니다. 반이 바뀌고 세월이 가면 제자들은 아마 선생님을 잊을걸요."

맞는 말이다. 세월이 흐르고 나면 잊기 마련이다.

나는 어정쩡한 표정을 지을 수밖에 없었다. 지난번 진숙이 사건으로 선생님들의 얼굴을 보는 것이 나로서는 괴로운 일이었다.

하늘에는 보랏빛 노을이 아름답게 물들어져 있었다.

나는 그 노을을 오래도록 지켜 보고 있었다. 내 몸에 더덕더덕 붙었던 추한 오물들이 한꺼풀 한꺼풀 벗겨지는 기분이 들었다.

'자연은 참으로 아름답고 오묘한 것이구나.'

나는 천천히 교무실을 빠져 나왔다.

2층으로 이어지는 복도가 긴 여로旅路 같다는 느낌이 들었다. 운동장을 빠져 나와 얼마쯤 걸었다. 외롭다는 감정이 내 온몸을 싸고 지나갔다.

나는 인간이 지닐 수 있는 한계를 절실히 느꼈다. 그 한계를 뛰어넘은 인간은 위대하다고 했던가? 나는 싸움터에서 돌아온 패잔병처럼 무기력해지는 자신을 느꼈다. 따지고 보면 꿈틀거리는 한 생명을 칼질로 살생하는 것에 나도 동조를 하였다. 본의 아니게 공범이 된 것이다. 그러면서도 내가 진숙이에게 해 줄 수 있는 것은 아무것도 없었다. 그의 고통을 같이 아파하는 마음밖에…….

그러나 그것은 진숙이의 고통에 비한다면 아무것도 아니다. 내가 어떻게 진숙이만큼 아파할 수 있을까?

살아가는 것이 힘겨운 투쟁같이 느껴졌다. 인간의 육신을 좀먹는 이 숱한 병균은 악마의 입김인가? 그렇다면 악마와의 유대를 끊어 버릴 수는 없는 것일까? 생명이란 과연 존엄한 것인가? 생명이 존엄한 것이라면 같은 논리로 꿈틀거리는 생명도 존엄하게 평가되어야 한다. 하지만 꼭 그런 것만은 아닌 것 같다.

나는 홀로 짙은 회의를 품게 되었다.

열여덟 살 진숙이의 뱃속에서 저주받은 한 생명이 하얀 가운을 입은 의사의 손에 의해 아무렇지도 않게 도려내졌다.

그 앞에서 생명의 존엄성을 말할 수 있을까?

어디에서 인간의 존엄성을 찾아야 하는지 알 수가 없다.

고사古死되어가는 내 허약한 몸 위로 거센 바람이 마구 불어닥쳐 왔다. 나에게 무슨 힘이 있다고 이렇게 세차게 불어오는 것일까? 아무리 잔인한 운명의 신이라 해도 너무하지 않는가?

나는 인간이 지닐 수 있는 한계를 절실히 느꼈다. 그 한계를 뛰어넘는 인간은 위대하다.

하늘에서 내려오는 그 죄 없는 생명을 거두어내게 하면서 진숙은 그 암흑 같은 고통 속에서 몸부림쳤을 것이다. 차가운 고무호스를 타고 진숙의 뱃속에서 빨려나와야 했던 그 아기를 의식하지 않으려 해도 이미 나의 머릿속과 가슴속에는 그 아기에 대한 생각이 꽉 차버렸다. 나는 고통과 외로움과 절망에 빠진 진숙에게 힘을 주고 위안을 줄 수 있는 교감이 이루어지길 마음으로 빌었다.

"토해라, 토해!"

칠흑 같은 어둠 속에서 핏덩어리를 쏟아낸 어린 소녀는 많이도 울었다.

진숙이는 휴학계를 내고 학교에 나오지 않았다.

나는 교실에 들어갈 때마다 텅 비어 있는 그의 자리를 보면서 아무것도 생각지 않으려고 애를 쓰며 며칠을 보냈다. 그러나 머릿속에서는 몽유병 환자처럼 흐릿한 표정으로 가물가물 사라져가는 기억이 되살아나곤 했다. 그것은 두뇌 깊숙이 묻힌 처절한 절규가 등줄기로 싸늘하게 흐르는 전율이었다.

나는 진숙이의 처지가 안타까웠지만 달리 어떻게 해볼 방법이 없었다.

5월의 늦봄은 싱그러웠다. 교정에 서 있는 나뭇잎은 빤질빤질 윤기가 돌았다.

나는 그 나뭇잎들을 지켜보면서 자연 속에 내 몸을 맡기어 그 속에서 숨 쉬는 한 그루의 나무가 되고 싶은 충동을 느꼈다.

아침에 눈을 뜨니 하늘은 맑게 개어 있었다.

나는 어디든지 가고 싶어 무작정 청도로 가는 기차를 탔다.

오랜만에 넓은 들을 볼 수 있다는 생각은 나를 어린아이처럼 설레게 했다.

청도는 부산역에서 통일호 완행열차로 1시간 정도의 거리였다.

완행열차 여행은 묘한 낭만을 느끼게 해준다. 모든 속박을 털어내버리는 데서 오는 여유일 것이다.

자유, 진정한 자유란 모든 것을 포기하는 것. 소유한 것뿐 아니라 욕망까지도 포기하는 것. 사실 이보다 더 완전한 자유가 어디 있을까? 하지만 인간의 영혼은 온갖 욕망의 덫에 걸려서 자유를 느끼지 못한다. 자유를 누리지 못하는 것은 고사하고 머리 위에 푸른 하늘이 떠 있음도 모르고 살아간다.

인간들은 자신들이 파놓은 욕심의 구덩이에 빠져 허우적대다가 죽어가는 한 마리의 어리석은 동물일지도 모른다.

기차를 타고 여러 가지 상념에 잠기면서 푸르름이 짙어져가는 들녘을 달리노라니 그간 한 번도 이런 즐거움을 누리지 못하고 살아왔음에 아쉬운 생각이 든다.

'이만큼만 나와도 가슴이 트인다. 저 보리밭의 녹색이 표현하지

못할 만큼 아름답다.'

이 느낌은 무엇일까?

내 가슴속에 여명이 다시 살아난다.

며칠 전의 그 감정이 다시 한번 내 몸을 휩쓸고 지나갔다.

그때의 께름칙했던 생각을 깨끗이 털어내버리고 나를 자신과의 투쟁에서 이기게 해주는 힘, 학창시절의 넘치던 그 힘이 나를 지배하기 시작했다.

시련과 가난과 고통은 엄숙한 현실이다.

사람들이 미칠 듯이 사랑할 수 있는 것은 가장 순수한 의식 상태에서 가능하다. 순수한 사랑이란 영혼 속에서만이 성사될 것이다.

그러나 현실에선 언제나 다른 무엇이 그 속에 혼합되어 있다고 봐야 한다.

우정이나 사랑은 그것의 본질에서 파악되는 것이 아니라 선택하는 의도에 의해서만이 선택되기 때문이다. 나 역시 그럴 수 있다고 생각한다.

남녀 관계에서 승화된 순간이란 진실과 진실이 만나는 순간을 말하는 것이며, 서로의 의식이 완전히 하나가 되었기에 몸과 마음이 하나가 되는 것 아닐까? 그 순간을 인생 가치의 전부라고 하면 너무도 허망하게 지나가 버린다.

나는 진숙이로 하여금 슬기롭게 이기게 해준 그 무엇에 대해서 감사했다. 그리고 향기로운 솔바람과 재잘거리는 새소리에 나 혼자만의 특별한 느낌을 받으면서 조용히 웃었다. 지금 내가 찾고 있는 그리움보다는 다른 사람에게 사랑을 받고 싶어하는 사춘기의 진숙이에게는 더욱 강할 것이다.

여기 진숙에게 시詩 한 편을 보낸다.

슬픈 기억에 젖은 소녀야.
맑아지는 물속에 손을 담그고
이슬이 사라지듯이
너의 거친 감정이 그 물속으로
깊이 사라지기를 기도한다.

슬픈 기억에 젖은 소녀야.
별 아래 밤이 내리고
라일락 향기 그윽한데
산다는 것이 얼마나 숭고한가를
네가 스스로 깨달았으면 좋겠구나.

세월 앞에서

세월이 흘러갔다.

나의 인생에 있어서 학창 시절은 칠흑같이 어둡고 가난했던 시간의 연속이었다.

한여름날의 오후 시간은 실꾸리를 모두 풀어도 깊이를 잴 수 없는 절벽 아래의 물속처럼 깊고 깊었다. 아침부터 저녁까지 줄곧 내려쬐는 뙤약볕 속에서 시간의 흐름을 잊을 만큼 열중할 수 있는 일이란 별로 없었다. 모래와 자갈로 포장된 좁은 골목은 완전히 열기의 도가니였다. 나는 아무도 없는 교실에서 우두커니 창밖을 보고 있다가 선생님들의 퇴근을 확인하고 곧장 교정을 나섰다.

교문 언저리께를 벗어나면서 문득 나를 지켜보고 있는 눈을 발견했다. 이글거리는 태양이었다.

하학 후 집으로 왔다가 다시 언덕 너머에 있는 개여울로 가서 연거푸 자맥질을 해도 태양은 내내 중천에 떠서 이글거리고 있었다.

매미들이 극성스럽게 울어대기 시작한다.

태양이 발작을 일으키기 시작하면서 바람은 어디론가 종적을 감추어 버리고 말았다. 난사되는 햇살에 나를 내맡긴 채 무기력해지는 자신이 적막 속에서 함몰되는 것 같다.

나는 평소 아무도 없는 교실에 혼자 앉아 있기를 좋아한다.

집과 거리도 가깝고, 늘 말없이 나와 함께 호흡을 하는 개구쟁이들의 낡은 목조 책걸상이 나를 편안하게 해주어서일까?

학교에서 허기가 진 채로 집으로 돌아오면 집안은 언제나 텅 비어 있다. 빵을 구워 먹고, 커피까지 한 잔 챙겨 들어도 나의 마음은 여전히 허전하다. 고독이 마음을 허전하게 하는 것이다. 고독하다는 것은 외롭다는 것, 즉 혼자라는 느낌이다.

나는 새파란 하늘과 솔나무 향내를 그리워한다. 또 감나무, 대추나무, 밤나무를 그리워하기도 한다. 사실 내가 진실로 그리워하는 것은 눈에 보이지 않는 어떤 눈동자인지도 모른다.

늙은 소나무 사이에 반쪽만큼만 보이는 엄니의 얼굴이 있다. 저녁이 되면 서쪽 하늘로 날아가는 백조가 엄니의 환상으로 비쳐진다. 또 여기저기 연분홍 구름 떼가 모여 있고, 낙엽의 바스락거리는 소리가 나를 몹시 외롭게 한다. 엄니의 모습을 그리는 심경 그대로 드러나는 것이다. 몇십 년 동안이나 지속되었던 그리움 속에서 엄니의 냄새를 맡을 수 있어 좋았다.

엄니와 연결된 추억은 행복하다. 그것이 신기루처럼 손에 잡히지 않는 것이라 할지라도.

이 세상의 어머니들은 아들을 위하여 얼마나 고생했을까?

이 세상의 어머니들은 아들을 위하여 얼마나 힘들었을까?

이 세상의 어머니들은 아들을 위하여 얼마나 많이 노력했을까?

가을이 깊어 겨울로 들어선다.

12월 중순, 경남에서는 가을이지만 강원도 끝자락 벽촌에서는 눈이 여기저기 큰 송이로 내린다.

눈이 내리는 소리, 구수한 소밥을 끓이는 지푸라기 타는 소리, 초가 삼간 낡은 굴뚝에서 활활 연기 타오르는 소리.

복슬강아지 껑충껑충, 이 텃밭에서 저 텃밭으로 멍멍멍! 목청껏 소리 지르면서 훨훨 날고 있다.

사람은 누구나 어린 날의 추억 속에 한두 가지씩 그리움을 갖고 있기 마련이다. 나도 그중에 한 사람으로 추억의 가치를 어영부영 잊으면서 살고 있는데 눈만 감으면 엄니의 얼굴이 기억의 깊은 곳에서 고개를 내민다.

이제 어린 날에 겪었던 엄니와의 애환을 잊을 때가 되었는데도 나는 그 세월을 버리지 못하고 있다. 지난 과거를 되씹는다고 해서 운명이 바뀌는 게 아닌데도 왠지 모르게 머릿속에서부터 발끝까지 각인된 그림이 지워지지 않는다. 그 속에는 애환을 풀어내는 시詩가 있고, 허공으로 눈을 돌릴 수 없을 만큼의 회한이 진열되어 있다. 어떤 때는 엄니의 일거일동이 신경쇠약이 걸릴 것처럼 강렬한 색채의 그림으로 떠오른다. 그래서 나는 엄니의 환상을 가슴에 넣고 사는 한 많은 여인이 아닐 수 없다.

지금까지 칠십여 년간 엄니의 한 맺힌 울부짖음 소리를 가슴에서 들었다. 굶주림과 고통 속에서 길이 없는 길을 걷는 방황이었고, 엄니를 배신하는 파렴치한 행위였다. 그런데도 그때는 대학에 가야겠다는 생각밖에는 아무것도 없었다. 그래서 나는 일가 친척 하나 없는 서울 한복판에 외로운 섬처럼 떨어졌다.

서울은 무섭게 발전해가는 괴물이면서도 낭만과 꿈과 발전의 여지가 있었다. 또한 시곗바늘과 함께 미소도 멈추고, 인정도 찾아볼 수 없는 삭막하고 얼어붙어 있는 도시이기도 했다. 돈 없고 백 없는 나는 그래도 튼튼한 몸을 유일한 재산으로 여기며 부끄럽지 않은 사람이 되려고 노력했었다. 그 시절에 이 삭막한 서울 한복판에서 권태롭고 위선적이고 딱딱하고 숨 막혀서 몸부림쳤던 일을 생각하면 지금도 몇십 년 전 장면이 떠올라 눈물이 난다.

서울이란 곳에서는 가난은 수치이고, 불행이고, 죄가 될 수 있다는 사실을 알았다. 굶주림과 굴욕 속에서 삶을 지탱해야 했던 사람들에게 한 토막 나의 애달픈 사연은 그다지 눈물겨울 것도, 비극도 아닐 것이었다. 아르바이트를 하는데도 부지런한 노력 대신에 면밀한 계산이 먼저였다. 또 학생들 과외 공부를 지도하는 데도 허영이 판을 쳤고, 그 속에서 나는 오로지 등록금을 모으는 작업에만 열중했다. 서울은 돈을 가진 젊은이들에겐 한마디로 축제장이라고 말할 수 있었다. 희생도 적지 않게 바쳐지면서 젊음이 맥주 거품처럼 넘쳐 흐르는 꿈의 광장이었다.

행복은 어디에서 오는 것일까 하는 생각을 많이 했다. 나와 같은 가난뱅이 고학생에게 어떻게 행복이란 단어를 쓸 수가 있단 말인가!

아침저녁으로 창밖에 흘러넘치는 한강의 둔치 전경은 매일 달랐고, 그 풍경들이 나의 마음을 흔들어 놓았다.

이른 새벽에 한강을 덮는 물새들은 어디서 왔는지, 하늘의 별만큼이나 많은 무리들이 아침 햇살을 이고 하늘로 날고 있었다.

풀냄새 나는 내 고향의 밭두렁 논두렁의 모습과 서울 한강의 모습은 하나도 다를 바 없는 한 폭의 수채화 같았다. 차창 밖의 멋진 풍경과 시골의 가난한 나무 파는 소녀를 동시에 생각할 수 있었던 것은 자연은 어디에서나 같은 것이라는 평범한 진리를 터득했기 때문이었다. 가난할지언정 공부를 해야 한다는 절대적 사실들을 깨닫게 되었고, 나를 가난한 세상으로 보내준 엄니가 원망스러우면서도 한편으로는 고마웠다. 엄니는 혹독한 팥쥐 엄마보다도 고약했지만 나에게는 연인이자 인생의 반려자나 마찬가지였다.

나는 전철표 하나를 아끼기 위해서 도보로 학교를 다녔다. 한강의 갓길을 다니노라면 강물에 잠긴 세상이 붕붕 뜨는 황홀한 기분이었다. 평소에 보아온 한강 위에 또 하나의 강이 흐르고 있는 느낌이었다. 빨갛게 물든 강, 파랗게 물든 강, 황금색으로 물든 강. 그것은 참말 표현하기조차 어려운 아름다운 풍경이었다.

나의 가슴속에서 조용히 흐르는 한강아.
흐르다가 눈물이 되어서
폭포수로 내리쏟으면
동화 속 거인 같구나.
흐르다가 눈물이 되어서
엄니가 울다 남긴 눈물 자국 되고
흐르다가 내 눈동자에 스며 들어선
빨갛게 타오르는 부푼 꿈으로 변하니
저녁 노을에 남쪽 하늘로 남쪽 하늘로
우리 엄니에게 안부나 전해다오.

대학 1학년 때 학보에 실렸던 나의 졸작 시詩다.

정말이지, 저녁 하늘에 또 다른 강이 흐른다고 생각했을 때 전철표 하나 살 돈 없는 나에게도 가슴이 울렁거렸고, 전혀 몰랐던 서울이 고향 같은 딴 세상으로 전개되는 것 같았다. 아마 이것이 서울에서 최초로 희망을 보았던 스무 살 때였다. 이 시로 인해서 한강에 대한 기억은 지금도 여전히 머릿속에 남아 있다.

서울이 그립다거나 살고 싶다는 생각은 하지 않는다. 다만 회상을 해볼 뿐이다. 그러고 보면 나도 서울 한강을 무척 사랑했던 때가 있었던 것 같다.

가난한 50년 전의 서울의 한강은 견디기 힘들게 끈적끈적했던 때도 있었으나 외로운 마음을 다스려주는 연인 같은 포근함도 가지고 있었다.

왜 그때 좀 더 따뜻이, 좀 더 너그럽게 포용하지 못했던가! 부끄러움이 가슴을 누른다. 그래서 시간은 나에게 좋은 스승이다.

낙엽처럼 떨어져 가버린 사람들이 그리워서 써도 써도 못다 쓸 마음 한 가닥을 추스려 세월 속에 띄워본다.

어느 교사의 이야기

활을 쏘았는데 잘 안 맞으면 '뭐가 좋지 않기에 빗나갔을까?' 하면서 마음가짐을 추스르는 것이야말로 군자가 마땅히 가져야 할 자세다. 우리는 지금까지 자신을 탓하지 않고 남을 탓하는 데 너무 익숙해져 있었다.

5시가 지나자 선생들은 서둘러 퇴근을 했다. 나도 퇴근을 하려고 책상을 정리하고 있었다.

"선생님, 오늘 바쁘세요?"

정 선생이 가까이 다가오더니 조용히 물었다.

"별로……. 왜요?"

"저하고 전시장에 같이 안 가시겠어요?"

“전시장에요? 무슨 전시장……?”

“제 친구가 화랑에서 개인전을 한다는데 꼭 와달라고 부탁을 하네요.”

“동양화예요?”

“아니, 서양화면서 염색이에요.”

“서양화이면서 염색요? 저는 거기에 대해선 전혀 지식이 없는데…….”

“응용미술을 전공했는데 제가 미국에 있을 때 그 친구도 그곳에 와서 염색 공부를 해서 박사 학위까지 받았어요. 그래서 나하고 둘도 없는 친구죠.”

“그래요? 염색에 대해서 전혀 모르지만 가볼게요.”

정 선생은 속삭이듯 나직한 목소리가 특이했다.

나는 정 선생과 교무실을 나왔다.

학생들이 운동장에서 농구 연습을 하다가 우리를 보자, ‘선생님, 안녕히 가십시오!’ 하고 소리를 쳤다. 정 선생과 나는 미소를 띠며 학생들에게 손을 흔들어 주었다.

정 선생은 조그마한 키에 갸름한 얼굴의 소유자였다. 그녀에게서는 언제나 흐트러지지 않는 교양미가 흘렀다. 그런데 그 교양미는 이상하게도 건조하여 향기가 없었다.

“선생님, 학교 생활이 영 재미가 없죠?”

침묵이 부담스러웠던지 그녀가 말을 걸어왔다.

"글쎄요, 매일 반복되는 생활이라 특별한 느낌은 없지요, 뭐!"

재미가 없다는 것은 어느 정도 사실이었다. 예리한 두뇌와 활짝 열린 의식, 그리고 한치 빈틈 없는 정확성이 요구되는 것이 선생이라는 직업이 갖는 전부다.

"애들이 너무 실력이 없어서 수업을 할 수가 없어요."

정 선생은 힘들다는 표정을 지으며 말했다.

"영어는 본래 힘든 과목이니까요."

"기초 훈련이 전혀 되어 있지 않아서 답답할 때가 많아요."

"선생님은 외국에서 익힌 발음이니 아이들이 그동안 배워온 발음과 많이 틀릴 거예요. 그렇지만 곧 잘하게 되겠지요."

"그렇기는 한데 내년에 우리 큰아이 학교 보낼 일이 걱정이에요. 선생님이 가르칠 엉터리 발음을 생각하면 명문 학교 근처로 이사를 가야 할 것 같아요. 만약 전입을 하지 못하면 초등학교를 졸업하는 대로 미국 유학을 보낼까 해요."

순간 나는 등에 찬물을 끼얹는 듯 소름이 끼쳤다. 중학교에서부터 유학을 보내겠다니……. 마치 토끼가 덫에 잡히듯 정 선생의 마음도 서서히 시류에 휩쓸려가고 있다고 생각되었다.

중학교에서부터 외국에서 공부하면 아이가 과연 무엇을 배울 수 있고, 무엇을 분별할 수 있을까? 가장 소중한 것, 그 소중한 것이 무엇인가를 아이가 과연 알 수 있을까? 엄마로서의 정 선생은 자식에게 무엇을 기대하고 있는 것일까?

"선생님은 부자라고 소문이 자자하던데요?"

나는 결코 편한 심사가 될 수 없어 생각나는 대로 물었다.

"그건 아니고……, 이번에 남동생이 명문대 공대에 합격했어요. 그런데 한 달 과외 공부 수강료가 200만 원 이상 나갔어요."

"그렇게나 많이요?"

"그래도 합격했으니 성공한 셈이죠."

"네~."

나는 그녀의 말을 받아주기가 너무 힘이 들어 입을 다물었다.

어깨에 가득 얹힌 강한 물욕과 승부욕 이외에는 아무것도 나오지 않는 그녀. 얼마나 비생산적이며 자기를 내세우려는 과시욕인가! 하루 종일 벌어도 한 달 봉급이 100만 원도 되지 않는 근로자들이 수두룩한데 200만 원씩이나 들여 과외 공부를 시키고, 번쩍이는 자가용으로 통학시키다니……. 어떻게 그런 부富를 마음 편히 누릴 수 있을까?

세상을 최대한 검소하게 살아갈 수밖에 없는 나는 체념으로 고개를 숙였다.

자신이 스스로 모은 재산이라 하지만 그런 부자가 되기 위해서는 수많은 약한 자의 희생이 있었을 것이다. 그들의 절망에 귀를 기울이지 않고 연민을 느낄 수 없다면 그건 무서운 절망이다.

나는 가슴이 답답해졌다. 그녀와 같이 있다는 사실이 꽉 끼는 옷을 입었을 때처럼 여간 거북한 게 아니었다.

"요즈음 우리 그이는 박사 학위 논문 마무리하느라 정신없어요."

"참, 선생님 부군 되시는 분도 훌륭한 분이라죠? 아깝게 되셨군요."

사람이 죽어서 아깝다는 것인지, 훌륭한 사람이 되지 못해서 아깝다는 것인지, 두루뭉술한 내 말에 그녀는 갈피를 잡지 못하는 표정이었다.

속삭이듯 나직한 목소리로 풀어내는 그녀의 말은 나를 더욱 피곤하게 했다. 항상 교양을 의식하는 그 철저한 위장이 견딜 수 없이 역겹게 느껴졌다.

허위와 비굴한 습관과 가장된 체면은 먼지만 풀풀 날리는 사막과 같다.

인사동 어귀에 들어서니 골동품상들이 눈에 들어왔다. 전시실 앞에는 아름다운 화분과 꽃바구니들이 줄지어 늘어서 있었다.

화려한 화환과 꽃바구니들은 자기들의 출처를 밝혀야 할 사명이라도 띤 듯 붓글씨가 쓰여진 리본을 감고 있었다.

전시품들은 사면 벽에 가득히 진열되어 있고, 드레스를 입은 중년 여인이 오는 손님에게 공손히 눈웃음을 웃어주었다.

전시된 작품들은 거의가 판매를 의식한 상품들이었다. 그녀들은 영어를 섞어가며 자신들의 친교를 과시하고 있었다. 겉으로는 한껏 품위를 지키며 우아하게 행동하고 있었으나 가슴 밑바닥에서는 끝없는 경쟁의식과 질투심이 배어나오는 게 환히 보였다.

정 선생은 나를 그녀에게 인사시키려 했다. 나는 얼른 서둘러 가로막고 나섰다.

"정 선생님, 나 먼저 가겠으니 내일 학교에서 뵈어요!"

그녀의 체면을 봐서라도 한 개쯤은 사 주면 좋겠지만 도저히 그럴 기분이 나지 않았다.

나는 언제부터인가 적당히 위장하는 일에 혐오를 느껴왔고, 그런 일은 고문처럼 나를 힘들게 했다.

거리에 나오자 마음이 걷잡을 수 없이 허탈해졌다.

이름 있는 화가나 이름 없는 화가에 관계 없이 자기 마음을 백 번은 속일 것이다. 그런 줄 알면서도 거부하지 못하는 내가 미울 때가 한두 번이 아니다.

사랑만이 인간을 온갖 악에서 해방시켜주는 유일한 요소라는 것은 아무리 강조해도 지나치지 않을 것이다.

자신의 내부에 있는 애정을 구김없이 발달시켜서 순수하게 쏟을 수 있는 사람만이 정상적이고 성실한 사람이다. 타인에 대한 배려와 박애의 여지가 없는 정 선생을 나는 그저 보고만 있을 수 밖에 없는 것이 속상했다.

이 세상에는 허위와 가식을 내포하지 않은 사람이 극히 드물다. 또 어떤 사실을 사실대로 받아주는 경우도 별로 많지 않다. 자기식으로 분석해서 앞뒤에 막을 씌우는 것이 보통이다.

인간이 근본적으로 외로운 것은 자신을 타인에게 완전하게 전달시킬 수 없기 때문일 것이다.

손가락을 빨며 매를 맞고 울고 있는, 그러나 아무도 돌보아 주지 않는 어린아이의 모습이 선하게 떠오른다. 나쁜 짓을 하는 것은 아이가 아니라 언제나 부모인 것이다. 버림받은 고아같이 사랑에 굶주리며 허망한 기다림에 헤매는 나에 비하여 선생님으로서의 좌표를 잡지 못하고 자기를 과시하는 데 급급해 하는 정 선생을 보노라니 그저 안타까운 연민의 정으로 괴로웠다.

삶을 인수분해하다

삶이란 아무리 수식어를 달아도 인수분해를 해버리면 곱하기 다시 곱하기로 돌아온다. 또 누구의 삶도 인수분해할 수 있다.

나는 이 나이가 되도록 얼굴에 화장을 해본 적이 없다. 딱분을 바르고, 빨간 루즈를 칠하겠다는 생각을 한 번도 해본 일이 없다. 그렇다고 열등감을 느꼈다든가, 솔밭처럼 짙은 눈썹과 마네킹과 같은 모습으로 싹 뜯어 고친 얼굴이 예쁘다고 부러워해본 일도 없다.

나는 어렸을 적부터 가난했다. 먹고 살기가 바쁜 시절, 생존 경쟁의 마라톤에서 바통을 들고 고달픈 삶의 노정을 달려야 했던 나는 어떤 관상쟁이 스님의 막연한 말에 신경을 쓴 일이 있었다.

‘코가 납작하고 눈썹이 짧으니 부부의 정이 없고, 형제와 자식의 덕도 없으렷다.’

과연 그 스님의 말이 맞는 것일까?

흘러가는 세월 따라 나의 삶도 사라져 가고 있지만 스님의 이 선언은 지금도 잊혀지지 않는다.

사람이 살아가노라면 즐거운 일도 많이 있지만 슬픈 일, 고통스런 일도 적지 않다. 고통에 휘말려 극단적으로 치닫는다면 문제는 해결되지 않고 오히려 파멸을 안게 된다. 그래서 그가 속해 있는 가정은 파괴되어 슬픈 결말에 이를 뿐, 좋은 일은 일어나지 않을 것이다.

내 삶이 이렇게 외롭다고 생각하니 섭섭한 것도, 서운한 것도 많다. 문득문득 쓸쓸해지고 외로워진다는 얘기다. 그렇다고 그런 상념에 오래 빠져 있을 수는 없다.

삼백육십오 일 내내 가슴 한복판 밑바닥에 고여 있는 것이 어디 어제 오늘만의 일인가?

곧 죽을 줄을 알면서도 불 앞에 모여드는 부나방 같은 광기와 비극적 허무함, 끈끈하게 엉킨 삶이 강렬하게 배어 있는 여름날, 특정한 하나를 몹시 사랑하는 열정은 언제나 많은 사람의 눈을 빛나게 만들었다. 상대적으로 고통은 인생에 많은 깨달음을 준다.

물론 고통은 선택이 아니다. 반갑지 않은 선물인 경우가 많다.

그리고 창조의 뒤에는 엄청난 양의 고통과 아픔이 수반된다.

인생은 느끼면 비극이고, 생각하면 희극이라 했다.

그 희극이라는 것도 많이 아파 보고, 슬퍼해 보고, 고통을 겪고 나서 웃는 웃음이라야 진실로 고마울 것이다. 고통은 인간을 지혜롭게 만든다고 했으니 나를 지혜롭게 만들기 위해 인수분해하면 어떨까? 이런 심정으로 매사를 달갑게 껴안으려고 노력한다.

무릇 행복하길 원한다면 새로운 것을 개척해 나가는 데 대하여 아파 볼 일이다. 아플 것이 두려워서 아무 일도 벌이지 않는다면 무엇도 이룰 수 없다.

마음에 상처 나는 것을 두려워하는 사람의 삶은 행복이 소멸될 것이다. 행복은 많이 아파 보고 나서야 알 수 있는 것이니까. 바로 이 순간이 고통이 끝나고 날이 밝는 순간이다.

사람 사이의 서운함은 아주 작은 데서 생긴다.

고맙다는 말 한마디 건네오지 않는 데서 상처를 받게 되면 마음은 식어버리기 마련이다. 그것이 일생 동안 반복되면 상대편에게 적개심마저 생길 것이다. 기쁨과 행복함에 진정으로 고마워하고, 고맙다는 말 한마디가 삶을 기쁘게 해준다.

이성간에는 남성을 남성답게 하고, 여성을 여성답게 하는 성적 매력이 큰 친화력으로 작용한다.

아파 본 사람은 작은 것에 고마워할 때가 많다. 그리고 여자의 경우 찬사와 칭찬은 용모와 관련된 것이 가장 효과적이다.

남자는 성장 과정과 직장과 사업에서 아픔을 당하는 사람이 많다. 그런 까닭으로 남자들은 따뜻하게 감동되기를 바라는데 그것은 진실한 마음의 친숙함이 있어야 가능하다.

학교와 집, 그리고 직장으로 왔다갔다 하는 중에 서로 만나는 경우가 많다. 그들 중 몇 사람은 상처를 받기 싫어서 사랑하고 싶지 않다고 한다. 전혀 아파 보지 않고 괴로움을 못 느껴본 사람의 입에서 흔하게 들을 수 있는 말이다. 이런 논리라면 차라리 아무 괴로움도 못 느끼는 죽음이 바람직할지도 모른다.

가슴앓이를 할까봐, 너무 아플까봐, 실연을 할까 두려워 외롭더라도 혼자 있고 싶어 하는 선남선녀들도 있다. 그러나 운명에 과감하게 맞서는 것이 중요하다.

신은 인간에게 사랑과 함께 고통을 주었다. 때문에 사랑을 껴안으려는 사람은 장미 가시에 찔리는 아픔을 견디어야 한다.

그런데 고통을 겪은 사람이라고 해서 아무나 사랑하게 되거나 행복해지지는 않는다. 세상의 이치를 깨달아야 한다. 가슴속 가장 깊은 곳의 지울 수 없는 고독감을 이겨내야 다시 일어설 수 있다.

우리 주위에는 견딜 수 없는 곤경을 당했더라도 참고 이겨내면서 현명하게 새 삶을 개척해가는 사람들이 많다. 그들이야말로 진정 용기 있는 사람들이다.

인간은 감정의 동물이기에 때로 좌절하고, 의지가 부러져버릴 수도 있다. 또한 판단력과 인내력이 있는 이성의 동물이기에 고통스런 시간을 견디어 이겨내고 다시 일어서기도 한다. 거기에는 희망과, 자식과, 가족과 꿈의 뒷받침이 있기 때문에 가능하다. 그러고 보면 모든 것은 각자 사람마다 서 있는 자리와 마음먹기에 달린 것이 아닌가 생각된다. 단지 몇 개만을 가지고도 만족해하는 사람이 있는가 하면 분에 넘치게 많은 것을 가지고도 배고파하는 사람도 있다. 아파 보지 않은 사람도 똑같은 이치를 지니고 있다. 인간관계란 거대하고 끊어지기 쉬운 거미줄 같은 것이기 때문이다.

결론적으로 사람은 소망이 있을 때 지나온 아픈 시절의 좌절과 고통을 이겨낼 수 있다.

삶이 주는 진리

나는 학생들에게 큰 꿈을 가지라는 얘기를 자주 해준다.

인생이라는 집을 지을 때 심각하게 생각해 보기를 바라는 마음에서다.

집을 지으려면 겉면에 붙이는 화려한 대리석도 있어야 하지만 구석을 메꾸어 주는 자갈과 모래도 꼭 있어야 한다.

만약 모든 돌이 대리석뿐이라고 한다면 집을 지을 수가 없다. 이럴 때에는 대리석이 자갈이나 모래보다 값지다고 말할 수 없다.

인간이 구성하고 있는 사회도 마찬가지다.

어떤 사람들은 자신의 부족함을 탓한다. 즉 대리석이 될 수 없음을 원망하는 것이다. 그래서 자갈과 모래밖에 될 수 없다고 좌절하다보니 선뜻 일을 헤쳐 나갈 용기를 내지 못한다.

내가 담임하고 있는 반에는 가난한 소녀가장들이 많다.

그중에도 항상 슬픈 얼굴을 하고 있는 진숙이. 또 아버지와 동생, 할머니와 함께 하는 효명이가 내 마음을 아프게 한다. 특히 진숙이는 감당하기 힘든 큰 사건을 겪은 이후 항상 내 눈치를 보면서 어깨가 축 처져 있다. 그가 어느 날 말했다.

"내 같은 아이도 자갈이나 모래 역할을 해낼 수 있겠습니꺼?"

"그럼! 해낼 수 있지. 훌륭히 해낼 수 있을 거야. 그러니 용기를 가져! 꿈과 희망이 있다는 것은 열심히 살고 있다는 증거란다. 지금은 어려운 일이지만 앞으로 많은 세월이 가고 나면 어렸을 적 가난은 먼지처럼 다 사라져 버린단다."

나는 그의 불우한 환경 속에서도 바르게 살려고 하는 의지가 고마웠다. 그래서 아름다운 열매를 맺도록 축복해 주고 싶었다.

진숙이는 학교에 나오기는 했으나 날이 갈수록 점점 말을 잃어갔다. 친구들하고도 말을 많이 하지 않고, 가끔 조퇴를 하는 날도 있었다. 그렇지 않아도 조용한 얼굴은 여과된 물처럼 투명해져갔다. 정신뿐 아니라 육체까지도 불순물을 걸러내고 있는 듯했다.

나는 그런 진숙이의 변화를 지켜보면서 가슴이 답답하고 안타까웠다.

그것이 아무리 높은 경지의 승화라 해도 지금 진숙이에겐 잔인한 형벌일 것이다.

그녀는 한창 피어나고 있는 꽃봉오리 같은 18세의 소녀다. 부모 밑에서 야단도 맞고, 사랑도 받고, 칭찬도 들으면서 가끔 실수도 저지르는 천진한 소녀이어야 할 나이다.

그러나 운명은 진숙에게 평범한 일상을 허용해 주지 않았다. 평범한 삶이 얼마나 편안한 삶인가 하는 것을 나는 진숙이를 보면서 더욱 절감했다.

진숙이는 마치 혼자 허공에 떠있는 아이처럼 현실에 적응을 하지 못했다. 그런 진숙이가 유일하게 애정을 느끼는 것은 공부인 듯했다.

공부는 진숙이에게 있어서 고통으로부터 도망칠 수 있는 하나의 방편이 되어 주었다. 모든 것에서부터 튕겨져 나와 혼자 허공에 떠있는 아이처럼 아무것에도 현실감을 느끼지 못하고 있었다.

항상 학생들의 실력이 없어서 수업할 흥미가 없다고 입버릇처럼 말하던 정 선생도,

"진숙이 영어 실력은 굉장하던데요."

하면서, 특히 독해력과 발음은 기가 막히다고 칭찬을 했다.

그러나 이런 일련의 상황은 진숙이를 더욱 외롭게 만들었다. 그렇지 않아도 부모 없는 고아라고 가까이 사귀려 하지 않던 친구들은 공부에 대해서 선망의 눈으로 바라보면서도 한편으로는 질투

를 했다.

진숙이는 주위의 시선에 애써 태연한 척했지만 고독하다는 감정은 크나큰 고통이었을 것이다.

어느 날, 나는 종례를 끝내고 교무실에서 우두커니 앉아 있었다.

몸도 마음도 피곤했다. 끈적끈적 감겨드는 7월의 열기가 나를 지치게 했다.

퇴근 준비를 하던 정 선생이 말을 걸어왔다.

"선생님, 오늘 불쾌지수가 꽤 높다네요. 80°라나요."

나는 대꾸 없이 눈길을 주며 웃음을 머금었다.

습도와 온도를 백분율로 계산해서 불쾌지수란 수치를 만들어내는 현대의 과학이 신기하면서 재미있다고 느껴졌다. 불쾌지수가 높으니 기분이 나쁘다는 공식을 그대로 믿어버리는 의식도 재미있었다.

'행복하다, 기분이 나쁘다.' 하고 그때그때의 느낌을 그대로 내뱉어버리는 정 선생이 부러울 때도 있었다.

행복한 사람은 자신이 행복하다고 자랑하고 싶듯이 기분이 나쁘면 나쁘다고 스스럼없이 표현하는 저 여선생은 불쾌지수가 높다고 투덜댔다.

"인간은 안일한 가운데 행복을 느끼는 것 아닌가요?"

내가 한마디 했다.

"선생님은 아직도 소녀적인 기분 그대로 가지고 있군요."

"미안합니다. 늙은 소녀라서……."

나는 정 선생을 다시 한 번 힐끗 쳐다보고 밖으로 나왔다.

운동장 가에 늘어선 나무의 이파리들이 폭염에 늘어져 있었다. 폭염을 그대로 온몸에 받아야 하는 늙은 나무의 신세도 고달파 보였다. 생명은 고苦라고 하더니, 나무도 예외가 아닌 듯했다.

은행나무 밑에 있는 진숙이가 눈에 들어왔다. 벤치에 앉아 땅바닥에 있는 무엇인가를 열심히 보고 있었다. 내가 다가가자 진숙이는 깜짝 놀라더니 이내 환하게 웃어주었다. 무척 반가워하는 기색이었다.

"집에 안 가고 뭐하고 있니?"

"지렁이를 보고 있었어요."

진숙이는 땅바닥에 늘어져 있는 지렁이를 가리켰다.

피부에 습기가 말라버린 지렁이는 태양 아래서 몸부림치고 있었다. 그것은 끔찍한 생명의 절규였다.

"선생님, 지렁이가 죽으면 다음에 또 지렁이로 태어날까요?"

순간, 내 가슴은 착잡해졌다. 진숙이는 지금 자신의 생명을 긍정하기 위해 처절하게 몸부림치고 있음이 분명했다.

"글쎄!"

나는 말끝을 흐리며 이글이글 타는 운동장을 망연하게 바라보았다.

진숙이는 수돗가로 가더니 바가지에 물을 한 바가지 떠 가지고 와서 은행나무 밑 흙에 뿌린 후 나뭇가지로 작은 구덩이를 파고 지렁이를 그 속에 묻어 주었다.

"선생님, 지난 일을 생각하면 선생님을 볼 수가 없어요. 그것으로 자책하고 괴로워해서인지 저녁마다 꿈에서 몸부림치느라 밤을 새우다 보니 공부도 되지 않아요. 정말 죄송해요. 선생님!"

"진숙아! 너는 방금 꿈틀거리는 하나의 생명을 살려 주었다. 나는 너의 그런 모습을 보고 감동했어. 이젠 쓸데없는 망상 같은 건 하지 말자. 벌써 많은 시간이 지났잖아. 마음도 몸도 많이 힘들겠지만 이젠 잊어야지! 이런 고통에서 헤어나지 못한다면 앞으로 어떻게 힘든 삶을 살아내겠니? 우리 훌훌히 다 잊어버리는 거다. 그럴 수 있지?"

"네!"

"그럼 됐어. 그만 가자."

그의 표정은 평소와 다름없이 맑고 조용했으나 부모 없는 어린 소녀는 가슴속에서 무서운 투쟁을 하고 있는 것이 역력했다.

우리는 더 이상 말없이 버스 정류장으로 갔다.

진숙이는 고아원 근처에서 내리고, 나는 그대로 차 안에 앉아 있었다.

버스가 수영교를 지나자 콘크리트 고층 건물 사이사이로 푸른 들판과 산이 나타났다. 모든 생명이 한여름의 폭염 아래서 녹아 흐르고 있었다.

나는 흔들리는 버스 의자에 몸을 기대고 눈을 감았다. 오랫동안 얼굴을 익혀 왔던 사람들이 자연스럽게 하나하나 눈에 들어왔다.

사랑과 봉사는 가장 근원적이고, 가장 완벽한 진리이다. 하지만 아무도 그것을 완전하게 실천한 사람은 없을 것이다. 소수의 성인을 빼고는.

나의 내부 깊은 곳에서 구원의 대상이라고 외치는 사람들은 어린 소녀들이었다. 그 일은 누구나 할 수 있는 일반적인 일은 아닌 것이 분명하다. 나는 그것을 이룰 수 없는 왜소한 능력이 괴로웠다. 내 자신이 흡사 팔다리가 없는 장애자 같다는 느낌이 들었다. 나는 필사적으로 붙들려고 했다. 실천을 할 수 없다면 무슨 의미가 있겠는가!

인간의 영혼을 승화시켜 주는 것은 분명히 고통이다. 인간은 고통의 늪을 건너지 않으면 절대로 승화될 수 없다.

효명이, 진숙이, 그 외에 어려움을 호소하는 눈들! 그럼에도 불구하고 그들의 가슴에 맑은 샘물이 고일 수 있는 것은 아이러니컬하게도 그들이 남보다 고통스럽게 자라왔기 때문이었다. 앞으로 그들이 각자의 고통을 수용할 수 있는 그릇에 담겨지기만 하면 그들은 반드시 크게 빛을 내게 되리라.

신은 자신이 선택한 사람에게는 고통을 준다는 것이 맞는 것 같다. 10년 20년, 많은 세월 속에서 그들이 사랑도 행복도 다 가질 수 있기를 진심으로 빈다.

행복한 사람은 어디서나 본능적으로 자신의 행복을 표현하고 싶어 한다고 한다. 행복한 사람의 기준이 어디에 있는지 나는 모르지만…….

제3부
사랑과 소망에 대하여

사랑한다 아들아

어젯밤 자정쯤 아들놈에게 전화를 했다. 그런데 전화를 받지 않아 어쩔 수 없이 수화기를 제자리에 내려 놓았다.

지금은 새벽 2시.

그 시끄럽던 소음은 다 어디로 갔는지 도심의 한복판은 어느 시골의 겨울처럼 고요하기만 하다. 이 깊은 야밤에 이따금 들리는 자동차 지나는 소리며 마당의 나무에 부딪치는 바람소리가 나를 슬프게 한다.

멀리서 목탁 두드리는 소리가 들린다. 누가 무슨 간절한 소원을 빌어야 하기에 이 밤중에 목탁을 두드리고 있는 것일까? 모두가 행복하게 단잠을 자고 있는 이때, 어떤 어머니가 자지도 않고 무슨 소망을 기원하고 있을까?

간혹 종소리도 난다. 아마도 여기에서 좀 떨어진 낙천사에서 기원이 있는 것 같다. 종소리가 쿠웅! 하는 긴 여운을 밀어내며 멀리 사라져 간다.

나는 그 소리의 끝 간 데를 살피려 하는데 또 쿠웅! 하는 종소리가 들린다. 나의 귀는 사라져가는 종소리를 따라간다. 종소리가 완전히 사라져 버리자 나의 귀는 마음의 귀가 되어 그 소리를 추적해 간다. 이 추적의 끝에는 무엇이 있을까? 행복이 있을까? 슬픔이 있을까?

그러나 사실은 아무것도 없고 다만 어느 어머니의 절실한 기도만이 있을 것이다. 그것은 아들과 딸의 행복을 빌었던 나의 엄니와 똑같이 자식이 행복해지기를 기도하는 기원일 것이다.

아들아!

어찌 생각하면 너에게 행복을 비는 이 에미를 너는 실없는 사람이라고 말할지도 모른다.

네가 사법고시에 합격한 지 벌써 10년이란 세월이 지났구나!

너의 고시 공부 3년! 나에게는 희망이요, 즐거운 행복이었다. 부처님 앞에서 너의 성공을 비느라 무한한 천공에 던져진 이 늙은 몸뚱아리가 부서지고 가루가 된들 어찌 소홀히 할 수가 있었겠느냐? 나의 존재가 외진 섬처럼 놓여 있음에도 꿋꿋하게 견디어 낼 수 있었던 것은 너로 인해서 얻어진 힘이요, 용기였을 것이다.

무릎이 짓눌려 새까맣게 멍이 들어 일어설 수 없을 지경에 이르러서도 너를 위한다면 내 생애의 나머지를 버려도 된다는 일념뿐이었다.

무엇인가 생각하고 매달릴 수 있었던 것은 너에 대한 희망 때문이었다. 네가 있기 때문에 내가 산다는 것이 즐거운 일이라는 것도 새삼스레 깨달아가고 있다. 마찬가지로 앞으로도 네가 살아가는 모습을 바라보는 것이 내게는 커다란 의미가 될 것이다.

아들아!

너는 네가 나에게 얼마나 큰 힘이 되고 있는가를 생각해 본 적은 없을 것이다.

2000년 12월, 3년간의 고통과 시련 속에서 사법고시 합격증을 이 에미에게 건네 주었을 때, 그때의 심경을 어떻게 너에게 표현할 수 있겠느냐!

너도 썰물의 바다가 드러내놓은 맨살의 모래밭을 본 일이 있을 것이다. 그 모래밭 위로 갓 밀려오기 시작하는 그 예쁘고 행복한, 잔잔한 물결을 이 에미는 사랑한단다. 아니, 모든 생각들을 일시에 벗어버리고, 고운 모래를 모으는 것이 행복했다고 하는 게 옳을 것 같다.

모아서 성을 쌓아보지만 파도가 들어오면 허물어져 자취 없이 몸을 숨기는 그 모래밭에 '사랑하는 아들'이라 새기곤 했었느니라. 에미의 삶이 고통스럽다고 생각될 때, 혹은 그 반대일 때도 너는 울타리가 되어 나에게 안온한 자리를 만들어 주었다. 그러고 보니 이 에미가 어언 70년이란 세월을 살아 왔구나.

아들아!

나는 내 마음속으로부터 너에게 감사를 하고, 가장 풍성한 생활과 사랑을 아낌없이 선사하고 싶구나.

바깥에는 지금 햇빛이 내리쬐고 있다.

내가 어렸을 적, 햇빛은 골목에 들어서는 나에게 그림자 친구를 만들어주기도 했었지. 그러면 나는 딴 세계에 접어든 것처럼 속이 확 트이는 기분이었다.

네가 성장해서 크는 모습과 반비례해서 나는 이제 참 많이 늙었다. 그리고 벌써 너하고 십여 년 세월을 떨어져 지내고 있다. 이 엄연한 사실 앞에서 이 늙은 에미의 가슴은 자식에 대해서는 절대적으로 타산으로 물들지 않아야 한다는 영혼의 목소리를 듣는다. 그것은 바로 자식에 대한 애정이고, 그 자식이 바로 너이기 때문에 나는 간절히 바란다. 너는 에미에 대한 감정이 나와 동일하지 않을 수도 있겠지만, 그러나 너와 나 사이에 많은 세월을 공유했다는 사실만으로도 축복이라고 말하고 싶다.

이 에미는 오직 너만을 위한 희생으로 세월을 보냈다. 앞으로 얼마를 살지 모르지만 이 외로움을 십자가처럼 짊어지고 살아갈 운명 속에 있다는 생각이 든다.

아들아!

이 속에 무슨 행복이 있겠느냐?

'행복을 누릴 자격이 있는 사람', '남을 행복하게 하는 사람', '몸이나 돈보다도 마음의 올바름과 지혜로 행복을 누리는 사람', 음미해볼 만한 말들이 많이 있구나.

삶과 죽음. 이 두 가지 극을 무수히 오가며 살아왔지만 이제 한쪽은 버리고 한쪽만 취하고자 한다. 그렇게 되면 행복도 불행도 동시에 없어지는 게 인생이다. 이런 엄연한 진리 앞에서 내가 너를 사랑한다는 것도 지극히 미약하고 피상적이며 부분적이라고 자인할 수밖에 없구나.

이 에미가 너하고 공간적으로 헤어져 있는 것은 돌아가신 네 할머니와 내가 시간적으로 떨어져 있는 것과 같은 일, 너의 꿈과 희망도 함께 묻어있다고 생각하기를 바란다.

공간적인 이별이나 시간적인 사별이 결국은 가능하지만 육체적으로 분리된 상태를 의미하는 것 아니겠느냐. 이런 생각은 어쩌면 부질없는 망상일지 모르고, 그 망상이 이 에미를 당혹하게 하는 것은 죽음이 얼마 남지 않았다는 증거겠지.

인내, 그리고 삶의 모든 것은 한시적이라는 깨달음의 새로운 눈으로 바라보면 어떻겠니.

그래, 이 에미는 이제 죽음의 세계로 더 가까이 다가서고 있다. 언젠가는 저승으로 떠난 다음 세월이 흘러가면 잊혀지고 말 것. 참으로 인생은 흐르는 물과 같구나.

이제 내가 겨울의 문턱에서 뒤돌아보면 사람의 살아감이 한없이 작고, 한없이 헛되며, 참으로 무상한 것이라고 생각된다. 그것만이 쓸쓸히 바람 부는 내게 주어지는 어두운 해답이 아니겠니?

오늘까지 너를 가슴에 지닌 채 험준한 준령을 넘느라 전력투구하다 보니 특별한 즐거움은 머릿속에 남아 있지 않다. 다만 슬픔과 아픔만이 새롬새롬 피어 오르니, 그 슬픔과 고통도 모두 아름다운 추억으로 생각하고 싶다.

지금 대학 캠퍼스의 무성한 나무 밑에서 커피를 마시고 있는 학생을 본다. 조용히 사색을 하고 있는 여학생에게서 짙은 고독의 그림자를 보노라니 옛날 내가 고학하던 처녀 시절이 생각나는구나. 황혼의 이 에미에게도 저런 시절이 있었다. 그러다가 네가 태어나서 너의 천진한 눈동자와 뜨거운 체온으로 내 마음과 몸을 녹일 수 있었다. 그러나 지금 이 에미가 머무는 곳은 왠지 춥기만 할 뿐이다. 사랑 속에 자라나고, 사랑을 지닌 사람은 반사회적이거나 위법적일 수 없다. 사랑을 모르고 자랐기 때문에 사랑을 모르는 사람은, 전부가 다 그렇다는 것은 아니지만, 적어도 그 가능성에 있어서 반사회적이고 위법적일 수도 있다고 생각한다. 온갖 범죄를 저지르는 청년들을 보면 어린 시절 매를 맞고 울고 있거나 아무도 돌보아 주지 않는 모습이 눈에 선하게 떠오른다.

처음부터 애정의 햇볕을 듬뿍 쬐어주어 잘 자라게 하지 않고, 어린 싹을 짓누르는 파괴적인 부모도 우리 주위에는 많이 있다. 그래서 아이가 나쁜 짓을 하는 것은 모두 부모의 책임인 것이다.

아들아!

눈이 오는 어느 밤이었다.

사찰에서 기도를 하고 돌아오는 길에 발길을 너의 할머니 묘소로 향했다. 때는 자정. 주변에는 한 오라기의 빛도 없고 정적만이 지배하고 있었다. 네가 두 번째 사시에 불합격하던 날이었다. 에미에게는 미래가 보이지 않아 고통이요, 슬픔이요, 절망이었다.

땅과 봉분이 구별되지 않을 만큼 할머니가 계신 공동묘지는 하얗게 눈으로 뒤덮여 있었다. 그런데 그때 어디서 할머니의 혼이 나와 이 에미에게 말씀하셨다.

“무슨 답답한 일이 있어 이 깊은 오밤중에 이 에미에게 오느냐? 그래, 실컷 울고 가거라. 그리고 조금만 더 고생을 해라. 그러면 니 불쌍한 훈이, 꼭 합격할끼다. 그러나 아직은 합격할 때가 아니야.”

그때 나는 이렇게 말했느니라.

“엄니, 난 이제 산 사람이 우글거리고 있는 곳으로 돌아가기 싫고, 엄니 옆으로 가고 싶다. 산속도 좋고, 바닷속도 좋고, 돈이 없어도 좋으니 그저 훨훨 나는 참새마냥 살고 싶다. 엄니, 나를 데려가 주라."

그때야 비로소 이 에미는 혼자임을 알았다.

아들아!

호흡이 쩍쩍 얼어붙는 그 깊은 몸을 지탱할 수 없어 눈밭에서 데굴데굴 구르다시피 내려온 일이 있다. 만약 네가 없다면 나 혼자 어떻게 버틸 수 있겠는가. 나는 나 자신에게 분노하였다.

아들아!

외로운 이 에미는 많은 것을 보고 깨달았다. 그중에서도 특히 뼈에 사무치게 깨달은 것을 연인들의 사랑이 아닌 부모와 자식 간의 사랑에서 자식은 에미를 미워할 수도 있다는 것이었다.

밤이 되고 비가 오면 아들이 보고 싶어 목 놓아 울고 싶을 때가 있으니, 이건 분명히 모파상의 「여자의 일생」임이 분명하다. 그 작품에서 아들, 즉 젊은 범인들이 전부 불행한 가정의 소산으로 되어 있는 것은 우연한 일이 아니다. 연인들 간의 사랑이나 자식에 대한 사랑이 인간을 온갖 악에서 해방시켜주는 유일한 요소라는 것은 몇 번을 강조해도 지나치지 않을 것이다. 자기의 내부에 있는 애정의 감정을 남에게 순수하게 쏟을 수 있는 사람만이 성실한 사람이다. 우리 아들은 후자에 속한다고 생각한다.

아들아!

이 에미는 고통도, 슬픔도, 외로움도 수없이 겪었다. 고독하다는 뜻은 한마디로 외롭다는 것. 즉 혼자라는 것이 아니겠니? 너는 그런 나에게 미래라는 희망을 준 놈이지. 이제 너는 너의 형이나 이 에미를 승화시킬 능력을 갖게 되었으니, 한 재단을 송두리째 가져간 저 눈들과, 또한 너를 있게 해준 모든 사람들이 부활하게 되기를 기도하자.

이 에미는 답답한 현실 속에서 공상을 좇고 있는 것인지, 좀 더 나은 곳으로의 안주를 원하고 있는 것인지, 방향을 잃어버린 자신이 너무 안타깝다.

아들아!

사람이 산다는 것이 무엇이냐? 괴로움과 고통 속에서도 자기를 알고 인내를 배우는 것은 귀중한 일이다. 젊은 시절의 소망이 얼마나 오만과 무지에서 시작되었던가 하는 것도 생각해 볼 문제다. 너는 지금 살고 있다는 거, 사랑하는 너의 아내와 딸 혜민이와 수민이가 있다는 거, 정말 소중한 것이라고 생각할 것이다. 그래, 그런 것은 모두 의미 있는 일이지. 고난과 고통의 길이었더라도 꿈을 실현하는 이는 행복하다. 그것은 객관적 가치 이전의 자기 완성이라는 만족감을 얻기 때문이다.

어렸을 적 너는 욕망도, 포부도 많았다. 그러나 대통령이 될 거라든지 훌륭한 판사나 부자가 될 거라는 말은 하지 않더구나. 다만 법대를 지망하겠다는 얘기 한마디로 입을 다문 너였다. 그리고 네가 원하는 사법고시며, 법무관고시며, 그 어려운 관문을 무사히 통과했으니 에미로서 무엇을 더 바라겠느냐.

죽어도 평범한 사람이 되어서는 안 된다는 생각으로 안달증을 드러냈던 이 에미가 얼마나 무모했는지, 이제 세월 앞에서 고개를 떨군다.

지금도 그때를 회상하면 연민 섞인 미소를 짓게 되는구나.

바보 같은 에미의 젊은 시절과 너의 순진한 학창 시절. 네 나이 삼십이 훨씬 넘어 사십을 바라보고 있는 지금, 너는 서야 한다. 너의 존재를 사회에서 인정하게 해야 할 나이에 들어선 것이다.

앞으로 얼마 있지 않으면 사십 세, 무서운 나이다. 끔찍한 시간의 축적이다. 어느새 네 나이가 그렇게 껑충 뛰어갔는지…….

아들아!

여자로서 겪을 수 있는 한과 가난과 슬픔과 괴로움의 극단을 이 에미는 모두 겪었다. 누구보다도 너는 잘 알고 있을 것이다. 행복한 시간은 없었다. 그러나 당시에는 눈에 보이고 손에 잡을 수 있는 현실만이 전부였다. 그렇지 않았다면 어떻게 칠십 년 세월을 견딜 수 있었겠니?

아들아!

너는 처음 법조인이 되어 사회와 첫 대면을 했을 때 여러 가지 어려움도 있었을 것이다. 그러나 지금 너의 30대 후반기를 회상해 보면 별다른 변화의 의미를 실감하지 않는 것 같아 에미의 가슴이 억눌릴 때가 있구나.

이 에미의 꿈은 너무 컸고, 요구가 너무 지나쳤었다. 이 에미 자신에게, 또 너에게, 돌아가신 할머니에게, 만인에게…….

이 에미는 이제 작은 것으로 만족한다.

사람이 잘못되는 근원은 모두 욕심에서 비롯된다는 것을 깨닫는다. 이 에미에게 갑자기 돈이 많이 생겼다가 갑자기 없어졌다고 해서 죽는다면 얼마나 비참하겠니? 차라리 '모든 것을 포기할 수 있는 용기를 주십시오.' 하고 기도를 하면 마음이 편해지겠지?

아들아!

가랑잎 구르는 소리 하나에도 마음을 여는 연약한 에미임을 너는 알고 있잖니? 이 에미는 가난과 외로움에 깊이 길들여져 있었다. 아마도 그것은 한 재단을 송두리째 넘겨야 했던 것이 원인일 수도 있겠다. 지칠 줄 모르고 터져나왔던 이 에미의 탄식 때문에 어린 네 가슴속도 얼룩이 졌을 것이다. 살아온 날을 세어 보았으나 신기하게도 누구 하나 나에게 힘이 되어주는 일은 없더구나.

언제 나에게 행복이라는 단어가 주어지게 될지……. 너에게 또 나에게 귀감이 될 만한 '무엇'은 이미 멀어진 것 같다.

나의 아들아!

법이란 공동체를 이끌어 주는 하나의 인격체란다. 이 에미는 네가 법조인의 한 사람으로서 힘든 기억만 남기는 것보다 아름답고 좋은 기억을 간직하길 소망한다.

아들아!

나는 에미로서 네게 인간이 무엇인지, 법이 무엇인지, 그리고 사건의 본질이 어떤 건지를 완벽하게 파악하고 법조인으로서 소신을 지닐 것을 주문한다.

법조계에서도 밀과 보리는 구별해야 한다. 그리고 모래와 금도 분리해야 한다. 자칫하면 모래만 남고 금은 흘러 내려갈 수 있다.

지금 법관평가제가 거론되고 있는데, 법률 지식은 판사나 변호사들만의 전유물이 아닌 것이다. 혼자서 열심히 공부했으니 대우받아야 한다는 사고방식은 이미 지나가버린 구린내 나는 구시대의 유물이다.

인간의 소리를 경청해주는 법관은 훌륭하다. 또 변호사는 일반적 관념보다 형을 낮추어주는 것이 할 일이다.

실질적인 이득을 본 사람도 법률적 측면에서는 피해자일 수도 있고, 가해자일 수도 있다. 상식과 지식은 다르다는 것이다.

판사는 이해관계로 뭉쳐진 고소인과 피고인을 모두 비판하되 법은 이런 것을 초월해야 한다고 하는 게 옳겠구나.

국민들은 인간의 소리를 경청해 주는 법관을 존경한다. 기록보다 마음을 읽어주는 법관을 존경한다는 말이다. 형식적인 법논리에 얽매이는 법관보다 감정을 공유할 수 있는 법관과 변호사를 선호한다.

재판 때마다 법원 주변에서 살벌한 풍경을 볼 수 있다. 법정 안에서는 변호사와 검사가 서로 인신공격을 하고, 밖에서는 가족들이 가슴을 졸이면서 지켜보고 있고, 재판장은 거만한 표정으로 선고를 시작한다. 검은 법복의 위압적인 법정 분위기. 법적 권한만을 의지하는 재판장. 민감하게 재판의 선고를 분석하는 피고인의 눈. 죄수들을 올렸다 내렸다, 이리저리 치는 재판장의 속뜻을 파악하려고 안절부절하는 파란 수의복의 죄수들. 방청객은 술렁거리고, 거대한 사건에 부장판사의 노련한 선고 장면도 보이고, 죄의 본질이 어떤 것인가를 완벽하게 파악하는 법조인의 소신도, 인생을 모두 박탈하는 무거운 형도 변호사의 변론에 따라 달라질 수 있다.

이것이 법과 재판에 대한 국민들의 고정관념이다.

말(言)의 사회에서는 말대로 행동해야 한다. 거기서 간격을 보이면 보일수록 배척당하고 미움을 받는다.

판사도 검사도 변호사도 명품名品이 있단다. 교만한 법조인이 있는가 하면 당사자들과 인간적 관계 속에서 '황금알을 낳는 거위'를 만들어야 하는 게 법조인의 의무와 책임이라 한다면 무식한 이 에미의 잘못된 생각일까?

아들아!

사는 것은 혼자일 수 없듯이 주위 사람들과 교류하며 의지하고 사는 것이 아름다운 거란다. 너는 십여 년의 학창 생활 중에 외로움도 빨리 체험했고, 고통과 슬픔을 누구보다 많이 겪었잖니. 가랑잎 구르는 소리에도 마음을 여는 연약한 아이였잖니.

좋은 동기, 좋은 친구를 만들면서 과거를 돌아보고 가족을 책임지는 남편으로서, 아버지로서, 또 이 에미의 아들로서, 소신을 지켜야 할 법조인으로서 최선을 다해주기를 바란다.

아들아!

우리 모두 차가운 머리와 따뜻한 가슴을 함께 가진 사회에서 살기를 원한다.

인간의 괴로움 슬픔은 가슴속으로
너의 괴로움은 바람과 함께
인간의 욕망에서 훨훨 벗어나
꽃 피우는 들이 되어라.

넌
내 귓가에 솔솔거리는 작은 산새

너의 하얀 가슴에 씨앗을 뿌렸다.
너의 입김이고 싶었다.

너의 이야기고 싶었다.
너의 소망이고 싶었다.
흙바람 개인 날 없는
어지러운 너와 나의 세월
마른 너의 목소리.

푸른 너의 가슴이고 싶었다.
푸른 너의 눈동자이고 싶었다.
푸른 대쪽이고 싶었다.

아들아!
사랑한다.
새삼스럽게 또 쓸쓸해진다.

손녀를 임관任官한다

밤이 깊다.

도시는 어둠 속에서 어린애처럼 잠들고, 때 묻은 일상은 빠르게 침전하고 있다. 시간은 조금씩 조금씩 줄어들다가 결국 멈추어 버릴 터.

오늘은 일요일, 눈이 부시도록 좋은 봄날이다.

따르릉! 따르릉! 전화벨이 울린다.

“할머니, 윤혜민이야!”

“혜민아, 왜 이제야 전화하는데? 할머니는 혜민이가 보고 싶어 눈물이 난다. 어쩌면 좋지?”

“할머니 아파? 눈이 아파? 이가 아픈 거야, 머리가 아픈 거야? 울지 마! 아프면 병원에 가는 거 할머니 알고 있잖아. 혜민이도 아프면 병원에서 주사 맞고, 약 먹으면 안 아픈데. 빨리 병원에 가봐! 다녀와서 아프지 않다고 전화해줘!”

어느 의미로는 이렇게 눈부신 손녀와의 대화가 승화된 인간의 최상점인지도 모른다. 어린 여섯 살짜리 손녀가 무력한 내게 한없이 아름다운 동화의 세계를 안겨 준다. 그런데 작은 그 생명이 빚어내는 사랑에 감동하면서 나는 왜 슬픔을 느끼게 되는 걸까? 그리고 어린 손녀로부터 깨우침을 받아야 할 만큼 무엇이 나의 눈을 가렸을까? 도덕일까, 순수라는 윤리였을까? 진실과 순수하지 못한 관념에 허우적이면서 어린 손녀에게서 그토록 절절하고 뜨겁게 받아들였던 사랑의 정체는 무엇일까?

영혼의 고뇌는 우리가 다시는 유년기로 돌아갈 수 없다는 절망적인 향수에 기인한다. 그래서 잃어버린 기억을 다시 찾느라고 방황하는 것이다.

현재보다 좀 더 나아지기를 바라는 것은 인간의 욕심이며 희망사항이다. 그냥 남녀간에는 혼신을 다하여 서로가 서로를 필요로 하고, 그리워한다. 그러나 나는 지금 이런 불같은 이성 간의 그리움이 아닌 여섯 살짜리 손녀와의 그리움으로 온몸이 떨리고 있다.

"할머니 병원에 갔다 왔어요? 이젠 안 아파요? 할머니 한 밤만 자고 와요. 할머니가 많이 보고 싶어요. 올 때는 동화책도 예쁜 꽃신도 사가지고 오세요. 그러면 그 꽃신 신고 유치원 친구들에게 자랑할 거예요. 우리 할머니가 내가 좋아하는 꽃신도 사주고, 신데렐라 백설공주 동화책도 사주었다고. 빨리 오세요. 할머니! 하늘만큼 땅만큼 사랑해요, 할머니!"

손녀의 목소리는 전화기 속에서 리듬을 타고 이 방 저 방으로 퍼진다. 이렇게 절실하게 아름다운 감정을 이 세상 어디에서 만날 수 있겠는가! 손녀는 나에게 환희와 경이로운 사랑을 혈관을 통하여 온몸 속에 넣어 주는 보약이다. 때 묻은 지혜와 인식의 성곽 속에서 정신을 잃고 있노라면 솜털이 보송보송한 목련화같이 예쁜 손녀다.

지 애비의 성장 과정과 발에서 머리털까지 그대로 쏙 빼닮은 손녀. 동그랗고 예쁜 뺨, 예쁜 손, 조그마한 궁둥이, 발가락, 부드러운 장미 피부, 코는 오뚝하지 않아 주위에서는 납작한 나의 코를 닮았다고 한다.

혜민이의 모든 것은 순결하고 아름답다. 이 아이가 나에게 주는 정신적 위안과 행복감, 그리고 내면적 안정감은 참으로 대단하다. 나를 살며시 감싸주는 이 모든 사실이 물질적이지 않고, 아주 풍요로운 마음에서 우러나는 사랑이었으면 한다. 내 눈에 혜민이가 동화책 속의 소녀처럼 예쁘게 보이는 것은 자기 새끼 곰보면 어떻느냐 하는 식일지도 모른다.

부모와 자식 간은 어떤 관계일까? 부모는 아이를 만들고, 낳았으므로 동일한 존재로서의 선상에 있다.

할머니와의 관계 역시 그 자식에 의해 씨앗이 뿌려졌으니 어떤 관계보다도 밀접한 관계를 맺고 있다고 봐야 할 것이다.

미칠 듯이 고생해서 돈을 벌고, 휴식의 시간조차 뺏기는 근면한 생활은 우리에게 부를 가져다 준다. 근본적으로 물질에 집착한 사람들의 생이 얼마나 단순해질 수 있는 것인지 알 수 있다. 요즘 세상은 메말라 야박하기만 하다. 내 어릴 적 옛날 넘쳐흐르는 인정을 이제는 찾기가 힘들다.

손가락 사이로 흐르는 모래나 빗방울. 어떻게 이런 것에 집착할 수 있겠는가!

내 손녀가 이러한 질서 속에서 나의 마음을 사로잡듯이 아이의 아빠 엄마도 늘 감사하는 마음이었으면 한다.

볼수록 귀엽고 사랑스럽고 오랫동안 보지 않아도 마음속에서는 날마다 만나는 내 손녀, 혜민이! 예진이!

몇 개월 만에 만나도 마치 방금 헤어졌던 아이처럼 반갑다. 이런 해우가 얼마나 계속될지……. 초등학생이 되고 중학생이 되면 꼬부랑 할머니를 쳐다나 볼까 하는 불안감이 든다. 부모는 자식의 말을 마음의 귀로 듣는다고 했다.

바다가 하나의 선線이 되어서 아득하게 드러눕고, 투명한 하늘의 벽에 붙어 있는 몇 점의 갈매기들 역시 에미와 새끼 갈매기들이다.

번거로운 나날이 지속되어 간다. 아무 의미도 없는 일상의 연장이다. 어떤 잘못으로 서먹함을 언제나 느끼면서 살고 있다. 삶이라기보다 세월이 가는 대로 따라가고 있다.

여자가 할 수 있는 모든 일 중에서 출산이 최상의 것이라고 어떤 산부인과 선생님이 말했다.

손녀를 보고 있노라면 인간의 출생에 대한 강렬한 호기심이 손녀에 대한 사랑의 기반 위에 항상 고여 있다. 밥을 먹을 때 금붕어 같은 입의 표정으로 오물거리는 모습이 그렇게 예쁠 수가 없다. 이것은 어디서 오는 집착일까? 늘 같이 있는 것도 아닌데 정이 든 것일까? 자기를 사랑해 주는 것에 대한 욕망이 강한 것일까?

납작한 편의 작은 코에서 나를 닮은 뺨과 입술, 속눈썹도 미치게 예쁜 얼굴 중의 하나다. 지나가는 어떤 부인이,

"어쩜 할머니 코와 그렇게 판박이로 닮았니? 너 참 예쁘구나."

하고 덕담을 하자 손녀는 마치 기다리기라도 했다는 듯이,

"나 예쁘지요? 우리 할머니를 쏙 닮아서 그래요."

한다. 행복한 웃음이 터진다.

엄마하고 있을 땐, '엄마와 아빠 닮았어요.' 라고 하며 나의 눈치를 살핀다. 이럴 때 나는 사랑으로 봐준다.

아이는 엄마에게도, 아빠에게도, 나에게도 올 수 있다. 그러니까 '부모가 있다', '친구도 있다', '할머니도 있다', '내가 산다' 의 중간지대에 머무는 것이다.

사람들은 자식을 돌보아주면서 새로운 공간을 창조한다. 코는

납작코, 들창코, 쬐끄만 코, 예쁜 코 등 다양하기도 하다.

언제나 입을 다물 줄 모르고 활짝 달콤한 웃음이 입가에 피어 있는 아이. 귀여운 궁둥이, 예쁜 다리. 특징은 들창코와 곱슬머리, 머리는 검은 갈색, 키는 1m? 잃어버려도 찾을 수 있는 이름 윤혜민! 어린애는 소란과 싸움 속에서 생을 배우는 것인데 온실 속의 꽃처럼 혼자 자라야 한다면 고독과 권태에 견디지 못할 것이다.

이 아름다운 대한민국에서 나의 손녀가 자연스럽게 커가고, 앞으로도 지금처럼 예쁘게 성숙해 가기를 기원한다.

인간의 의식 속에서 투영되는 세계와 인간 존재의 질서가 우리 가족의 전부를 이루고 있는 본질이다. 그런데 어떤 잘못으로 멀리 떨어져 볼 수 없고, 웃을 수 없는 안타까움으로 세월이 지나갈수록 그리움만 간절하게 느끼면서 살아가고 있다.

이 세상의 모든 부모들은 자식을 사랑하고 자식에게 헌신한다.

어떤 사람이 나에게 이런 얘기를 하였다.

"박 교수는 손녀를 너무 사랑하는 것 같다. 만약 박 교수에게 정을 나눌 수 있는 이성이 있으면 아마 그렇게 손녀에게 집착하지 않을 걸?"

공감이 되는 지적이다.

정을 나눌 수도 없고, 줄 수도 없는 이 황혼 길에서 눈먼 장님! 귓바퀴도 귓구멍도 없는 벙어리! 이 세상에서 살고 있는 내 자신이 한심할 때가 한두 번이 아니다.

혜민이 애비가 서울로 대학을 가고 고시 공부를 시작할 때 어떤 철학자가 나에게 이런 조언을 했다.

“인간이 행복한 것은 몸이나 돈에 의한 것이 아니고 마음의 올바름과 지혜가 많음에 있지요. 보살님은 이성에 대해서는 오래 전에 문을 닫았으니 아들을 위해 헌신하고 봉사하면 아들은 분명히 보살님의 희망사항을 이루어 줄 것입니다.”

나는 이미 40년 전 이성에 대해서는 감정의 문을 닫았다.

내 나이 36세 때 아들놈에게 모든 것을 다 바쳤다. 그리고 눈물과 괴로움을 전부 생략시켜야 했다.

이제 그 아들놈이 제 짝을 찾아 우리 예쁜 혜민이를 낳았으니 더 이상 무엇을 바라겠는가? 내 영혼 속에 언제나 고여 있는 이 손녀의 사랑을 올해 만이라도 채우고 싶다. 내 생명이 소리 없이 연소되어가는 것을 보면서 순간만이라도 메마른 정을 적시고 싶다. 그러다가 어느 날 홀연히 떠나야겠지. 이제는 한쪽은 버리고 한쪽만을 취할 뿐이다.

아이를 사랑하고 자식을 사랑하는 사람은 또한 자기의 삶을 사랑한다.

나는 채워진 사람, 풍요로운 사람, 갈증을 모르는 사람이 아닐까 말하고 싶다. 그래서 우리 손녀 「혜민이를 박강순의 손녀로 임관

한다」라는 제목을 써놓고 나는 어쩔 수 없는 글쟁이라는 것을 다시 실감하고 있다.

열어도 열어도 모자라는 마음
보여도 보여도 모자라는 마음
주어도 주어도 모자라는 마음.

나의 깊은 외로움은 귀를 멀게 하고
나의 깊은 노여움은 너와 날 멀어지게 하고
나의 슬픈 마음은 너와 날 그리워하게 하고.

세월은
이렇게 너와 날 모르게 한다.

손녀와의 대화

손녀, 예진아! 혜민아!
지금 이 할미는 사랑하는 너희 곁에 있단다.
너의 얼굴과 예쁜 손을 잡고
훨훨 구름과 함께 두둥실두둥실
행복의 나래로 가고 있단다.
바스러지는 파도소리,
갈매기 울음소리.
사랑에 엉겨 가득히 들려오는 꾀꼬리의 노래 속에서
무한한 아름다움과 함께 너희 곁에 있단다.

언제나 해를 보내는 기분은 무거운 느낌을 준다.

나의 연약한 어깨를 누르는 중압감, 맨 끝에 놓여 있는 심연. 내가 직시할 수 있는 죽음. 한 걸음 두 걸음, 하루 한 달 한 해 두 해……. 이렇게 더욱더 나를 끌고 가는 중압감은 '시간'이다. 시간의 무게와 부피가 실감 있게 느껴지는 것은 한 해를 보낸다는 허전한 마음에서 오는 것일까?

오늘도 울적함과 허무감에서 벗어나려고 습관적으로 애쓰며 하루를 보냈다.

할 일 없이 시장 바닥에 나가 상인들의 목소리라도, 삶의 애환에 젖은 아줌마들의 얼굴이라도 좀 느껴보고 올까 하는 중에 전화벨이 울린다. 혜민이다.

"할머니, 할머니 보고 싶어서 전화했어요. 왜 할머니는 혜민이한테 전화 안 하는데요? 할머니, 언제 올 거예요? 빨리 오세요!"

한숨에 다 털어 놓는다. 옆에서 혜민이 에미가 수화기를 달라는 소리가 들린다.

"어머님, 혜민이가 요즘 부쩍 할머니를 보고 싶다고 눈만 뜨면 어머님을 찾네요. 한번 다녀 가시지요."

그리고 다시 이어지는 혜민이 목소리.

"할머니, 한 밤만 자고 오세요. 나하고 어린이대공원에 가기로 약속했잖아요. 지난번에 할머니가 사준 예쁜 꽃나무에 매일 혜민이가 물을 주었더니 꽃이 피었어요. 아주 예뻐요. 할머니 보고 싶지 않으세요? 할머니 약속하세요, 빨리 온다고. 그리고 할머니, 혜민이하고 약속한 거 잊지 말고 꼭 가지고 오세요. (아주 작은 목소리로 '할머니 핸드폰 사가지고 오세요.' 한다.) 할머니, 사랑해요. 할머니 뽀뽀해주세요."

그리고 전화는 끊어졌다.

혜민이 에미에게서는 한번 다녀가라는 얘기를 처음 듣는 터라 기분이 묘했다.

지난 11월에 혜민이와 함께 서울대공원의 식물원을 구경갔다가 '향란' 한 포기를 사달라고 조르기에 일만 원을 주고 샀다.

"혜민아, 이 꽃나무에 아침마다 할머니 생각하면서 꼭꼭 물을 줘야 된다. 꽃에 물 주는 것은 혜민이가 해야 할 일이야. 알겠지?"

그리고 가짜 핸드폰 말고 진짜 핸드폰을 사달라고 작년부터 나를 귀찮게 해서 그러마고 약속을 했더니 에미는,

"학교 다니면 핸드폰 사야지, 지금 어린 것이 무슨 핸드폰이야?"

하고 꾸지람을 했다. 이후,

"할머니, 엄마 모르게 사주세요. 할머니, 비밀로 하세요!"

하고 나의 귀에 대고 속삭이기에 새끼손가락을 걸고, 도장을 찍어 약속을 한 일이 있다.

낭랑한 혜민이의 목소리가 나의 가슴속에서 오래도록 울려 퍼

진다.

나는 혜민이와 떨어져 있지만 그 말 한마디로 함께 있다는 느낌이 들었다. 여섯 살짜리 손녀에게서 전달되는 느낌에 하얀 백발의 할머니는 참으로 기묘하고, 기분 좋은 감정이 되어 조금은 웃을 수 있는 마음의 여유가 생겼다.

창문을 닫으려는 나에게 손녀가 봄이 온다고 소리친다. 그 소리는 결코 차갑지 않고 눈부시다. 금속성보다 멀리멀리 퍼져 나가 울린다. 아마 저 먼 데까지 울리리라.

꽃이 피는 이 봄날 아침에 손녀를 보고 싶어서라도 이 긴 밤을 빨리 새워야겠다.

밤이 가면 새벽이 오는데, 3월의 햇살이 찬바람을 타고 내리쪼인다.

내 가슴에 와 닿는 솔바람 소리가 신선하게 느껴지는 까닭은 무엇일까? 세상을 모르고, 아무것도 모르는 손녀가 기다려 준다는 것, 보고 싶다는 것이 기쁨이 된다.

어떤 사람에겐 어쩔 수 없이 괴로움을 주는 경우도 있지만 마음을 나눌 수 있는 만남은 좋은 인연임에 분명하다. 말 못하는 짐승일지라도 사람에게 정을 주고 기다려 준다는 것은 인연의 줄에 얽히고 설키어 있기 때문일 것이다.

내 자신이 다른 사람에게 싫은 사람이 될 때가 많다. 심지어 아들에게까지 싫은 에미가 될 때도 있다. 어쩌면 아들이나 어린 손녀도 외로운 사람일지 모른다. 내가 참 많이 외로운 여자이기 때문일까? 아니면 내 주위에는 외로운 사람만 있기 때문일까? 그도 아니면 사랑을 못 받고 자란 탓일까? 아무래도 가진 것 없이 초라하고 허약해서일 것이다.

똑같이 피를 나눈 큰아들의 딸 예진이, 서진이도 있다. 먹고 입고 자고 하는 물리적인 소모를 떠나 감정이 얽혀서 분노의 한순간을 내 머릿속에서 지워지게 해준 어린 핏덩어리. 나는 울부짖고 통곡을 했다.

그 어린 생명에게서 받은 것은 참으로 커다란 사랑이었다.

혜민이는 육년 전 태어나면서부터 내 가슴에 애정을 채워주기 시작했다.

경이로운 감정은 다시 한 번 내 감정을 휩쓸었고, 자신과의 투쟁에서 이기게 해준 힘, 그것은 우리 혜민이와의 사랑에서 비롯되었다. 긴 터널에서 오랫동안 깊은 잠에 빠져 있던 한 생명을 뒤흔들어 깨워버리고 말 것 같은, 그런 두려움 같은 것은 여전히 가슴속에 묻혀져 있다.

"할머니! 할머니!"

속삭이듯 나직하게 부르는 혜민이의 목소리에서 옛날 어렸을 적 사랑스럽게 이름 한번 불러 주지 않던 우리 엄니를 떠올려서일까? 지금 나는 과장된 정을 진열하는 것은 아닌가 하는 생각을 해 본다.

여섯 살짜리 혜민이는 자신의 할머니에 대한 그리움을 뚜렷하게 전달시키고 있다. 보고 싶으면 보고 싶다, 사랑하면 사랑한다 하고 이 할머니에게 어떤 구애됨 없이 자연스럽게 표현한다. 초등학생인 예진이가 질투하면 어떡하나 하고 조심스러울 때도 있다.

자식에 대한 미움에 앞서는 그리움의 자락을 붙들고 눈앞에 나타나는 크고 작은 손녀들의 얼굴이 가슴을 누른다. 어머니와 자식간의 본능적인 애정도 단절될 수 있다는 것을 어린 손녀에게서 발견하였으니 얼마나 한심스런 사람인가.

인간관계와 마찬가지로 부모와 자식과의 관계도 회의와 절망 같은 것이 있을 수 있다고 해야 옳을 것 같다. 무엇인가 나의 가슴속에 많은 한이 고여 있기 때문일 것이다. 그리고 한을 지닌 사람은 아픔과 고통이 있었기 때문일 것이고. 그러나 한편으로 아픔을 아는 사람은 상대편의 아픈 마음을 알고 있기도 하다.

몹시 바람이 분다.

커피잔을 입에 대고 햇볕이나 바람처럼 형상은 보이지 않지만 언제나 나와 같이 있는 엄니를 생각한다. 살아온 삶의 무게를 비교하고 있는 것일까? 자기다운 삶을 창조해낼 수 있고, 그 창조적인 삶이야말로 가장 보람있고, 바람직하다는 것을 나는 알고 있다.

하루하루가 마치 보너스처럼 고맙게 느껴지는 나날이다. 잠들기 전 손녀의 예쁜 얼굴을 생각하고, 또 감사하면서 참말 오랜만에 행복이란 이런 것이구나 하는 생각에 젖었다.

사랑은 그리움인가

"박 교수님! 박 교수님의 눈을 보노라면 자꾸만 짙은 고독의 그림자가 보여 내 자신이 미워지는데 어떡하면 좋죠?"

"그럼, 쳐다보지 않는 게 좋겠네요."

"매일 마주 앉아 있으니 안 볼 수도 없고, 제 책상을 저쪽으로 옮길까요?"

"하하하! 좋으실 대로 하시죠, 뭐!"

"박 교수님은 어떻게 그렇게 항상 천진한 소녀 같아요?"

"이 교수님! 못난 얼굴은 보면 볼수록 미워진다는데 이 교수님마저 미워 보일까봐 걱정되네요. 이 늙은이 얼굴을 이 교수님이라도 봐주고 있었으니 다행이었는데……."

몇 해 전 겨울, 눈이 내리는 밤이었다.

학교 교무실에서 학생들 시험지를 채점하고 나니 시간이 늦어 다른 교수들은 다 퇴근을 하고, 나와 이 교수, 두 사람만이 다음에 있을 시험 준비를 하고 있었다.

희끗희끗해진 머리며 깊은 눈이 환상적이라고 농담같이 말하는 이 교수의 말이 싫지는 않았다.

나는 마음이 느긋해졌다.

"눈이 내리니 이 교수님의 보헤미안 기질에 발동이 걸리나 보죠?"

"박 교수, 오랜만에 눈길 걸어 보지 않을래요?"

"포장마차에서 소주나 한잔 하자구요?"

나는 책상을 정리하고 운동장으로 나왔다. 하얀 백설이 교정에 소복이 쌓여 있다. 눈이 너무 깨끗해서 밟기가 조심스러웠다.

어두워진 거리엔 불빛과 인파가 넘치고 있었다.

언제나 나 혼자 헤치고 다녀야 했던 거리를 이 교수와 나란히 걸으면서 나는 어떤 충족감을 느꼈다.

눈은 계속해서 쏟아졌다.

포장마차에서 뜨근뜨근한 어묵 국물과 꼬치를 놓고 술맛을 음미하고 있는데 이 교수가 자못 심각한 표정으로 말했다.

"박 교수님, 나 어떡해야 되죠?"

소주 두 잔에 벌써 술기운이 돈다.

"뭘 어떻게 해요? 예쁜 사모님 옆에 계시지, 자식새끼들 재롱피우지, 돈도 많지, 잘생겼지, 뭐 부족한 거 있어요? 학교에선 인기도 제일 많지……."

"박 교수님 말이 전부 맞긴 맞네요."

"그렇게 철 없고 어리석은 바보는 아닌 걸로 알고 있는데……."

"내가 박 교수를 사랑한다면 박 교수는 어떡하겠어요?"

"술 한잔 하더니 농담도 잘하시네."

나는 타인을 증오하는 고통을 수없이 겪었다. 그래서 이제는 증오를 승화시킬 수 있는 능력을 갖게 되었다고 생각하고 있다.

인간의 생명은 흘러흘러 가다가 어느 시점에 이르러서는 땅속으로 스며드는 물처럼 한순간에 흡수되는 것이 아닐까?

매일같이 마주보고 앉아 있는 이 교수와 나로서는 흔히 있을 수 있는 사건이다. 아니 내가 이 교수를 알게 된 이후, 이 교수는 소박맞은 새댁처럼 수줍게 웃는 눈웃음으로 나를 당황하게 한 적이 한두 번이 아니었다.

'남자 눈이 참 맑다.'

소심한 나는 마음속의 느낌을 표출하지 못하고 혼자서만 생각했다.

한 사람을 마음속에 넣어 둔다는 건 좋아한다는 것과 사랑한다는 두 가지로 분류가 가능하다.

"밝은 날에 볼 수 없었던 내 추한 속살들이 어둠 속에서만 찍혀 나오는 엑스레이 같아 싫어지는데요."

"아니요, 우수에 젖어 있는 그 눈이 자꾸 나를 매료시킨단 말입니다. 유리컵에 담겨진 양파의 뿌리처럼 투명하게 바라볼 수 있어 너무 좋아요. 정말이지 정갈하고 아름다운 박 교수의 눈은 참 매력적입니다."

"……."

"그동안 박 교수를 보고 있으면 이상스럽게 일상의 소음도 들리지 않고, 시간도 멈추어버리는 그런 느낌이 수없이 많았어요."

나는 입을 다물었다. 부끄러웠다. 순결하지 못한 자신을 훔쳐보고 있었다는 이 교수를 나는 어떻게 대해야 할까?

나는 침묵보다 더 알맞은 방법을 찾아내지 못했다.

"박 교수는 나의 마음을 훔쳐 갔단 말이오."

"나는 이 교수님이 훔쳐갈 그 어떤 것도 가지고 있지 않아요. 그렇게 말씀하시니 당신이 훔쳐갈 만한 소중한 것을 지녀야겠다는 생각이 갑자기 드는군요. 그 소중한 것이 나에게는 일부분도 없으니 겁도 나고 두려워지네요."

나는 소주잔을 이지러진 나무테이블 위에 놓고 일어서서 내가 앉았던 의자의 차가운 공간을 내려다 보았다. 내가 일어선다는 것은 빈 공간과 의자를 하나 남긴다는 것 외에는 별다른 의미가 없었다.

나는 포장마차에서 나와 오래오래 걸었다.

나 혼자의 빈자리를 실감하기 위해 의도적으로 외롭고자 했다.

쇼윈도의 진열장마다를 기웃거리면서 다리가 아플 만큼 걸었다. 그러나 이상하리만치 피곤한 줄 몰랐다.

이 교수도, 또한 나도 각각 떠난 사람들이다. 그저 생각이 동요된다는 것뿐이다. 그것은 인생이라는 황량한 들녘에서 아무런 의미를 가질 수 없는 것들이다.

이제 도시는 기지개를 켜며 어제와 똑같이 재깍재깍 분침은 돌아갈 것이다.

그런데 지금부터야말로 사랑을 시작할 수 있을 것 같은 빛나는 예감은, 이 튼튼한 확신의 정체는 무엇일까?

진실로 사랑이란 정체는 무엇일까? 사랑이 그저 삶 이외의 아무것도 아니라고 한다면 지금 나의 시간 속에 예속되어 있는 순수한 마음은 어떻게 해야 하나?

서로 사랑하는 모든 사람들이 나눠가져야 될 것은 침묵과 고뇌의 순결이 아니라 삶이라는 실패와 긴장임을 비로소 나는 깨닫게 되었다.

'이 교수님! 부디 나의 늦은 깨달음을 용서하시기 바랍니다. 나는 울 수밖에 없었습니다. 사랑의 한계는 무력한 인간을 한없이 슬프게 만드는 것이 사실이니까요. 그것을 훤히 알면서도 대범하게 실천하지 못하는 아쉬움이 안타까웠습니다.

무엇이 우리들의 눈을 가릴까요? 도덕일까요? 순수라는 윤리일까요? 진실로 순수하지 못한 관념 때문에 허우적이고 있습니다.

나는 촌스런 도덕주의자입니다. 상식에서 한 치의 어긋남 없는 진실만으로 나를 묶어두고 있습니다. 지금 나도 사랑하고 있을까요? 흔들리고 있음으로 보아 사랑하고 있는 듯싶습니다. 순간순간 절실하고 아름답게 가슴이 저려옵니다.'

나는 지금도 혼자 살고 있다.

외롭고 가난한 고학생이 된 후에도 그런 결심에는 변함이 없었다. 그러나 운명은 아무도 예측할 수 없는 곳으로 나를 데리고 가 버렸다. 나의 의식과 생각, 고뇌, 모든 것은 내가 삶을 형성하는 게 아니라 삶이 나를 형성해 가는 게 대부분이었다. 예기치 않던, 때로는 소망하지도 않던 일이 갑자기 불거 터지는 형식으로 탈바꿈했다.

이제는 조금은 질투하며 조금은 아쉬워하는 일들이 없을 것이다. 모든 일에 후회하지도 않을 것이다. 그 많은 세월 사이에서 마라톤으로 왕복하며 괴로워할 것을 완숙이라는 미명美名 아래 나의 길로 걸어갈 것이다.

지금은 우주선이 달 세계로 가는 시대가 아니던가! 삶은 엄밀히 말해서 자기의 삶을 사는 것이 아니라 남의 삶을 사는 것이다.

이제 인간은 영혼의 소박함을 잃은 지 오래다. 마음도, 호기심도 변질되고 사랑마저도 각자의 원칙과 독백 속에 감금되어 있다.

나는 지금 아무 관련도 없는 자의 무표정한 얼굴에서 고독을 탐구하며 산다.

조약돌의 의미
—이 교수님께

이 교수님!

미칠 듯한 불안이 엄습해오는 황혼입니다.

새해에 들어오니 더 허망한 느낌이 듭니다. 어디론지 떠나고도 싶고, 심해의 깊은 곳에 침잠하여 끝없는 명상에 잠기고도 싶습니다.

무엇이든지 꽉 잡고 싶다.
하얗게 백설이 된 머리며
눈가에 깊게 파진 고랑.
이렇게 나의 울타리 안에 있다가

목숨이 다하는 날 가겠지.

나 자신을 어떤 한 곳에 조용히 머물게 하고 싶습니다. 어떤 곳이란 이 세상의 어느 한 위치이겠지요. 지금의 모습이나마 유지하기 위해 버둥거리게 되는 생의 애착에 대해 혐오를 느끼고 있습니다. 흐르지 않는 것, 응결된 것, 그 자체로 그냥 있는 것은 죽은 생명에 다름 아니라고 생각합니다.

가을, 벌써 내 마음속에는 첫눈이 내리고 있습니다.

이 교수님!

나를 지식과 지혜의 샘으로 인도해주신 은사님들과 선배들, 그리고 같은 시대(?)에 태어난 인연으로 즐거움을 주는 나의 손녀 혜민이까지 많은 사람들에 대해서 그리움과 사랑을 느끼고 있답니다.

지난날의 고통스런 추억이 쓸쓸한 바람으로 다가옵니다.

어두운 밤하늘의 별들을 바라보노라면 그 반짝이는 빛이 마치 손녀의 눈빛 같다는 생각이 듭니다. 그래서 살아 있는 생명의 눈들이 어두운 나의 가슴을 맑게 해주는 즐거움을 만끽합니다.

이 교수님!

떠남은 만남보다 더 아픈 미련과 애착을 남기나 봅니다. 가슴 저리게 와닿는 것은 떠나간 이들에 대한 추억입니다. 어린 시절의 동경, 쳐다만 보아도, 목소리만 들어도 가슴 울렁이게 했던 첫사랑이 그립습니다.

그러고 보니 나도 많이 늙은 것 같습니다. 그리고 왠지 현대의 호화로운 문화와 동떨어진 먼 곳에 살고 있는 구석기 시대의 사람이라는 생각이 듭니다. 이런 잡념을 밀어내기 위하여 요즈음은 학교 일과 원고 일에 전념하고 있답니다. 그래도 외롭고 슬픈 느낌은 어쩔 수 없군요. 생生에 오해를 받고 있는 느낌, 오타 난 활자 같다고나 할까요.

두 시간 강의 끝에 먼지 덮인 길을 걷다가 손녀와 약속한 동화책을 사려고 서점에 들렀습니다. 서점에 들어서면 내 마음이 행복의 주인이 됩니다.

눈에 들어오는 책을 보고 있으면 자연의 모든 산들이, 그 숲의 주인이 바로 나라고 착각을 하게 됩니다. 책을 사노라면 그만큼 기쁨이 앞섭니다.

동화책을 우편으로 손녀에게 부쳐줄 수 있는 행복, 책 속에 나오는 주인공을 보고 웃고 손뼉을 칠 혜민이를 머릿속에서 그리다 보면 이 늙은이 역시 안데르센 동화의 주인공이 되어버린답니다.

이 교수님!

꽃봉오리 같은 예쁜 학생들, 그리고 청년들과 아주머니들!

서점을 찾는 뜨거운 열기를 볼 수 있어 마음이 흐뭇합니다. 슬프고 고통스런 사연들은 누구나 가지고 있고, 우리들의 삶은 추억 속에서 헤어나지 못하고 있지만 활발한 지식 활동은 생기를 불어 넣어 줍니다.

지금 이 동화책의 주인공처럼 우리 혜민이의 얼굴에는 함박꽃이 피어 있고, 어느 때보다 즐거움이 넘쳐 있겠지요.

모든 것은 세월 속으로 지나가버리고, 가버린 것들의 추억이 영원히 살아남는 것은 우리들이 그것을 버리지 않기 위해 마음속에 꼭꼭 숨겨 두기 때문이겠지요.

내가 원하는 것은 생명이 유동하는 것, 매일매일 변하는 어떤 새로운 것인데 언젠지 모르게 미칠 듯한 순간을 충족시켜 주는 것, 굵은 손마디에서 영원히 안 잡히는 것들이 나의 갈망의 대상이 되었습니다. 이것을 확증해 주는 것은 거짓 감동밖에는 아무것도 없습니다. 늙은 고목이 되어가는 자신 속에서 만날 수 있는 것은 굶주리고 가난했던 어린 시절 이외에는 아무것도 없지요. 얼마만큼이라도 나를 도취시켰던 시간이 있었다면 고학도 시절이 아니었을까 싶습니다.

이 교수님!

창가에 기대 앉아 마당가에 피어나는 개나리, 진달래, 화사하게 목을 내민 목련을 봅니다. 이런 화초들은 모두 대학 캠퍼스에서 볼 수 있는 것들입니다.

아름다운 것, 즐거운 것, 누군가와 그것들을 나누고 싶어집니다. 오래 전에 떠난 엄니, 언니, 또 사랑한 사람이 있다면 함께 볼 수 있으면 얼마나 행복할까요.

잃어버리고 나서야 깨닫는 인간의 어리석음. 우리 다 함께 살아 있던 날, 왜 좀 더 따뜻이, 좀 더 너그럽게 지내지 못했던가 하는 안타까움이 가슴을 때립니다.

우리의 영혼 밑에는 이런 아쉬움에 대한 집착이 깔려 있군요. 그것은 언제나 영혼을 목마르게 합니다. 한마디로 무엇이 그리운지를 똑바로 지적하지 못하고 그저 그리워만 하고 있으니 안타깝고 슬퍼집니다.

지금 내가 '이 교수님이 그리워 눈물납니다.' 하는 표현조차 못하면서 가슴앓이만 하고 있는 것도 그렇습니다.

나는 무엇이 되든지, 무엇을 하든지, 언제나 그리움에 울어야 하는 것입니다. 이러한 그리움이 없는 사람을 보면서 어찌 그리도 냉혹한 심판관같이 공정하려고만 하는지 안타까움을 느끼고 있습니다.

나는 세월에 따라 좌절도 하고, 승리도 하고, 패배도 하면서 살아왔습니다.

에누리 없이 심은 대로 거두려 하는 당신.

관용이란 하나도 없이 심은 대로만 거두려 하는 당신이 나는 두

렵습니다. 흐르는 시간 속에서 낙엽처럼 떨어져 가버린 사람들이 그리워서 미련의 눈길을 돌려 다시 한 번 슬프게 바라봅니다.

제가 좋아하는 시詩입니다.

취하고 싶다, 취하고 싶다.
모든 것은 취한 곳에 있다.
그것이 유일한 나의 벗이다.
어깨를 짓누르고 지상으로 누르고
끔찍한 짐을 느끼기 위해서
나는 취하여야 한다.
그러나 나는 무엇을 가지고 취할까.
술로 또는 나의 마음으로
그것은 좋을 대로 하시오.
그것은 당신이 취하고 싶은 대로 하시오.
그러나 하여간 취하여야 한다.
하루 이틀 세월이 겹치는 틈에서
얼룩지는 가슴을 부둥켜안고
혼자서 비밀리 제단을 세우고
그 꿈을 먹고 살리라.

이 교수님!

진실로 사랑하는 것은 영원한 시간의 길목에서도 서로를 인내하는 아름다운 풍경이 아닐까요? 사랑한다 할 수 있는 것은 길을 함께 가는 데서 느낄 수 있는 것.

나 자신이 하나의 작은 조약돌로 가라앉기를 스스로에게 빌어봅니다.

둥둥 뜨는 거품이어서는 안 되겠지요.

낙엽을 밟을 때 그 낙엽의 소리가 주는 의미는 무엇일까 곰곰이 생각해 보렵니다.

안녕히 계십시오.

2010년 1월에.

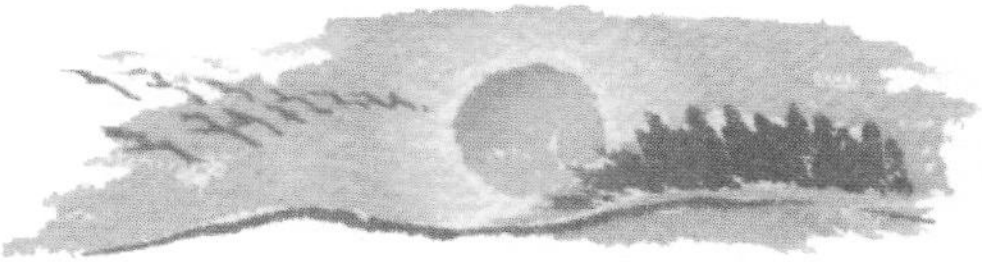

어느 눈 오는 날에

내 어무이를 얼마나 사랑했는지 말하리라.
내 영혼이 도달할 수 있는
그 깊이와 그 넓이와 그 가슴까지 사랑했다고.

일상생활의 가장 소박한 모든 것을
오래된 슬픔 속에서 잃어버린 젊음을
내 유년기의 슬픔을 눈물로 사랑했다고.

그리고 신이 내 옆에 있다면
무덤의 습기가 내 이 연약한 몸을 적신다고 해도

꿈쩍하오리까?
죽음의 꿈을 버리고
나의 왜소한 얼굴에 더운 숨결을 뿜어 주소서!

시골 교외의 들판을 에워싸고 있는 산기슭, 햇빛이 잘 반사되는 양지바른 곳에 평화로운 공동묘지가 있다. 대부분의 무덤들은 호화스럽고, 우람하고, 석상石像이나 대리석 십자가, 또는 상록수로 꾸며져 있다. 그곳의 망자들은 똑같은 규격에 똑같은 이름표를 세우고, 같은 쪽을 향해서 불평불만 없이 누워 계신다.

그 많은 무덤 사이에 엄니의 무덤이 있다. 아무 장식도 없고, 아무 데나 굴러다닐 것 같은 돌로 만든 작은 비석에 새겨진 엄니의 이름 '김아귀!' 누구의 눈에나 금방 띈다.

그 앞에다가 사철나무를 두 그루를 심었더니 한 그루는 말라 죽고, 비석 앞에 세워진 것은 혜민이 키만큼 잘 자라 주었다. 무덤 안에서 엄니는 그 사철나무와 많은 얘기를 하고 계실 것이다.

"에미야, 니가 너의 혼으로 심어준 너의 숨소리, 너의 목소리가 있어 심심찮게 잘 지내고 있다."

하는 소리가 들리는 듯하다.

손바닥보다 조금 넓은 지면과 그저 평범하게 생긴 돌에 새겨진 이름. 엄니가 현세에 남긴 자취의 전부다. '한과 가난에 얼룩진 일생을 끝맺은 우리 엄니가 여기 잠들어 계시다'라는 예쁜 비석 하나쯤 세우고 싶은데…….

나는 엄니가 즐기셨던 담배에 불을 붙이고, 막걸리 한 사발을 따라서 비석 앞에 놓았다.

내가 어렸을 적 공부하지 말라고 구박하신 죄로 말년에는 나의 눈치마저 흘금흘금 살피시던 엄니!

새롬새롬 그리움과 사랑의 입김을 더하시는 엄니! 어려서 유난히 잔병치레가 많았던 손자, 훈이를 다 키워주시고 눈을 감으신 엄니! 지금은 양산 석계 공동묘지에 초라하게 누우시어 20여 년이 지났다.

실로 30여 년의 세월을 거슬러 올라간 옛날, 그때의 일이 왜 이렇게 가슴을 울리는지 모르겠다. 엄니에 대한 짙은 연민의 정이 세월이 흘러감에 따라 자꾸만 되살아나 주체할 수가 없다. 특별히 재주도 돈도 실력도 권력도 자랑할 게 없는 가난한 아버지와 결혼하여 육남매를 키우신 엄니! 어찌 일찍이 시집간 언니들이 엄니의 마음을 알랴?

백 점을 받아온 딸의 시험지를 보고도 칭찬 한번 하지 않고 기쁨을 가슴속에만 감추셨던 엄니. 가난을 견디는 지혜로 자기를 이기고, 세상을 이기는 힘을 주셨던 엄니! 겉으로는 돌팔매질을 하시면서도 '가난이 죄란다. 가난이 원수인기여.' 하고 미안해 하셨던 엄니! 그런 엄니의 고된 삶을 헤아리지 못하고 당신의 가슴에 못질만 하였던 이 막내. 지금은 부끄러움이 앞선다.

나는 가난과의 싸움이 얼마나 고독하고 무서운 것인가 하는 것을 철이 들어 알았다. 훈이를 부둥켜안고 소리 내어 우셨던 엄니의 그 슬프고 아픈 세월을 나는 몰랐던 것이다. 훈이로 인하여 천만 배 마음 아파하시던 엄니셨는데…….

노란빛과 하얀색의 장미 조화造花를 비석 앞에 꽂았다. 조화가 아닌 싱싱한 생물처럼 활짝 피어 있는 두 송이의 장미가 엄니의 무덤을 환하게 장식해준다.

엄니의 무덤 앞에서 근처의 무덤을 구경했다. 엄니의 무덤보다 두 배쯤 큰 무덤도 있고, 유리관 속에 죽은 이의 사진을 넣어둔 비석도 있다. 아름다운 젊은 여인이다. 맑은 눈동자에 길게 치렁치렁한 머릿결이 인상적이다. 조그마한 입은 이슬을 머금은 아침의 꽃봉오리보다 싱싱하고 맑아 보인다. 그 밑에 새겨진 1960-2000년이라는 글자가 그의 짧은 생애를 말해주고 있다.

커다란 건축물로 이루어진 무덤은 가족묘인 것 같다.

'살아있을 때 잘해야 된다. 죽어서 잘하면 무엇하느냐!' 엄니의 음성이 들리는 듯하다. 순간 나는 엄니의 무덤 옆에서 자고 싶다는 생각이 들었다. 그러면서 흠칫 놀랐다. 이런 행동은 미국에서는 흔히 볼 수 있는 모습이라는 것을 들은 적이 있다.

엄니 무덤에 쌓여 있는 눈들을 쓸어 내렸다. 추운 겨울 나무숲 사이에서 엄니의 맑은 영혼이 고마워하시는 것 같다.

울창한 숲들이 우거진 곳에는 잔디가 깔려 있고, 무덤과 비석 사이에는 갖가지 색상의 꽃들이 화창한 봄날처럼 아름답다. 눈에 묻혀 있는 무덤의 끝자락은 엄니의 강한 의지력을 느끼게 한다.

"웬수 같은 자식인기여. 죽어라죽어라 해도 죽지도 않고……. 자식이 아닌 웬수덩어리인기여."

엄니의 말씀이 금방이라도 무덤을 박차고 나올 것처럼 나의 가슴에 닿는다. 물굽이 같은 거센 세파에 이리저리 밀려온 세월!

인연은 자신의 업業에 따라 오는 것이므로 현생現生에서 잘해주면 내생에서는 좋은 인연으로 만난다고 한다. 그런데 조물주는 조금도 여유롭지 못해서 살아 있는 내가 썩은 생선 같은 기막힌 고통을 겪고 있으니 어찌 현세와 내세를 믿을 수 있단 말인가! 나는 지금 죽은 엄니와 다시 인연을 맺으려고 하고 있는 걸까? 순간 나는 장난기가 발동해서 쌓여 있는 눈을 한 움큼 덩어리로 만들어 엄니의 무덤에 힘껏 던졌다.

산을 에워싸고 있는 솔잎에 눈꽃들이 만발하여 아름답기 그지없는데 내 육신은 왜 이리도 고달픈지…….

눈이 사르르 녹기 시작하면서 햇볕이 나의 등을 따뜻하게 어루만져 준다. 고독의 누에고치 속에 나를 잠그고 식물 같은 나날을 침묵 속에서 보내고 있는 지금의 나는 낙조같이 쓸쓸하다.

청승맞게 눈 오는 이 추운 날에 사랑하는 사람도, 죽도록 보고 싶은 사람도 아닌, 그 지긋지긋한 욕설로 나를 미운 오리 새끼처럼 키워준 엄니를 보러 험한 길을 걸어 무덤까지 찾아왔을까? 피시시 웃음이 나온다.

자신과의 투쟁에서 패배할지도 모른다는 위기의 언덕에서 이렇게 엄니와 이야기를 하고자 했던 이유는 무엇일까?

수십 년의 추억이 주름살을 남긴 나의 얼굴에서 엄니의 모습을 찾을 수 있는 것만도 축복일지 모른다. 다음 생애에는 좀 더 편안한 삶을 주었으면 좋으련만…….

"엄니, 이 눈 오는 날에 막내가 오니 기분 좋지? 여기 엄니가 좋아하는 담배며 막걸리를 놔두고 갈게. 목마르고 담배 생각나면 한 모금씩 피워! 이젠 내 눈치 보지 않고 엄니 마음대로 담배 피울 수 있으니 좋겠다."

나는 삼배를 올리고 엄니의 무덤에서 내려왔다. 소복이 쌓여 있는 백설의 눈밭을 밟으니 발자국이 너무너무 예뻐 그냥 버리고 가기가 아깝다.

아, 이 좋은 날에 눈꽃을 밟으며 이 흐뭇한 즐거움을 즐길 수 있으니 얼마나 좋은가!

아득한 딴 세상에 다녀온 듯한 기분을 누구에겐가 전하고 싶지만 마땅한 사람이 없다.

내가 지금 다녀온 그 세상은 어떤 세상일까? 그리고 이 세상에서 지은 죄는 언제 갚는단 말인가?

예쁜 드레스 한번 입어 보지 못하고, 외롭고 가난하게만 살아온 소녀는 지난날의 기억 하나하나를 새기며 마음으로 엄니와의 작별인사를 했다.

70년을 살아오면서 만났던 얼굴들을 떠올리려고 가슴속을 헤치니 고마운 얼굴도 있고 싫었던 얼굴도 함께 있다. 그리고 더 깊숙한 곳에는 훈이를 낳게 해준 얼굴도 희미하게 파묻혀 있다. 나는 고마운 사람보다 싫었던 사람들의 얼굴을 영혼으로 바라보았다.

정情이란 가장 고통스러운 것이면서도 역시 아름다운 것이다. 미운 정이든 고운 정이든, 어린아이나 어른이나, 산 사람에게서나 죽은 영혼에게서나 정을 느낄 때 인생을 느끼게 된다.

고독하다는 감정은 나에게 있어서 가장 무서운 것이라는 것을 새삼 다시 느낀다.

잘 가라는 사람도 없고
다시 오라는 사람도 없다.
지나가는 까치만 까악까악 떠났다가
또다시 날아온다.

공동묘지는 홀가분해서 좋다.
생각하면 바람 속에 누워 있는 무덤과 만나기 바빴고,
헤어지기 바빴고,
산다는 그것에 지쳐버렸다.

햇빛과 구름과 바람.
저 무덤 안에 있는 엄니의 영혼은
나를 기다리고 있었을까?
오, 꽃이여!
오, 구름이여!
나의 이 가슴을 가져가다오.

나에게는 고향이 없다

우리들 인생人生은 누구를 막론하고 자기의 고향을 소중하게 생각한다. 그것은 자기가 태어나고, 자란 터전이기 때문일 것이다.

아는 얼굴 하나, 목소리 하나만 있어도 이 하늘이 이렇게까지 우울하지는 않을 거라는 생각이 든다.

강렬하고 새로운 생기가 발산되는 이 좋은 봄날, 광기狂氣가 아니고서야 마음이 이렇게 고통스러울 수가 없다.

토요일의 허망함과 외로움에 길들여진 일요일은 지난 추억들과의 불가분의 관계에 있다.

여름 태생인 내가 제일 싫어하는 계절은 가을이다. 그래서 이 계절을 기다리는지도 모른다. 마치 목마른 물고기가 호흡을 하지 못하는 것과 같다고나 할까?

그래서 나는 이상한 계절이라 이름지었다.

보도 위에 눈처럼 쌓여 있는 슬픔이 고름으로 변하여 이때부터 나는 슬퍼지기 시작한다.

외로움을 잊기 위해서 소주를 미친듯이 마시고, 싸구려 완행열차에 몸을 던진다. 차창 밖에는 백조가 지나고, 하늘을 나는 새들이 노래를 부른다. 들녘에는 음매! 음매! 으랴차차! 으랴차차! 송아지와 농부들의 모습도 휙휙 스쳐들 가는데, 나는 혼돈과 비애와 동경과 바람에 도취된다. 이것이 나의 봄이다.

해가 지나고 세월도 자꾸만 지나는데 아들놈, 전화 한번 해주지 않는다. 가혹한 형벌이다.

씨줄과 날줄로 얽히고 설킨 미명의 가슴속이 흔들린다. 관능을 흔드는 먼지 섞인 봄바람과 해이하게 풀린 연한 하늘을 보면 머언 메아리처럼 취기가 일기 시작한다.

지금 황혼에 맞는 봄, 앞으로 얼마가 될지 모른다. 공동묘지로 갈 날이 얼마남지 않은 나의 여정이 끔찍하다.

육신은 언젠가는 벗어버리고 가야 할 옷이고 허물이다. 그래서 하늘에서 부를 때까지 기다릴 것이 아니라 스스로 자살을 하고 싶은 충동에 빠진다.

지금 나에게는 갈 곳이 정말 없다. 바닷가로? 사찰로? 어떤 친구에게로? 아무런 의미를 찾지 못한다. 인적 없는 조용한 사찰에서 이 허무감을 달랠 수 있을까? 그래서 메아리 같은 광기를 가슴속 깊이 열쇠로 잠가 놓고 상실감과 공허감을 앓고 있다.

나에겐 이 가을이 괴롭기만 하다.

지금은 2009년, 올해는 더구나 더 그렇다. 지난 찬란한 겨울 속에서 나를 외롭고 불쌍하게 만들어준 회한! 그 피폐한 미명 속에서 시간과 시간, 순간과 순간을 날줄 씨줄로 잘 엮어나갈 수 있을지 심히 괴롭다. 한마디로 아무것에도 자신이 없고, 완전히 고독에 묻혀 있다. 악몽처럼 혼자라는 생각이 나를 따라다니고 있다.

고향은 언제나 사람들의 메마른 가슴을 흐뭇하게 적셔주는 곳이고, 지울 수 없는 추억과 그리운 얼굴들이 생각나는 곳이지만 '나에겐 고향이 없다.' 고 말한다.

고향이라는 글자를 볼 때면 언제나 내 뇌리에 떠오르는 것은 산비탈에서 지게를 받쳐놓고 나무를 하던 광경이다.

풍랑으로 파손된 아버지의 빈 멸치 배가 떠내려왔던 그곳, 집채보다 더 큰 뗏목에서 검붉게 탄 시골의 아버지들을 보았던 그곳이 나의 고향이다. 무언지 전신을 뒤흔드는 처절한 환상이 주마등처럼 생각나는 게 싫었다. 그럴 때마다 내 어린 마음은 처절하다 못해 찢기는 느낌이었다.

먼 데에 대한 막연한 그리움으로 멀리멀리 미지의 곳으로 가고 싶은 충동은 그때부터 내 마음속에서 싹텄다. 그리고 슬픈 눈으로 바뀌었다. 내 천성은 어쩌면 떠돌아다니는 집시 같은 성향인지도 모르겠다. 그것이 서울에서 처녀 시절을 보냄으로써 잊혀져 버렸는지도 모른다.

엄니에게서 해방되고 싶은 간절한 욕망.

유년기를 유복하게 보낸 사람들이 '나의 고향은 경상도입니더.' 하고 떳떳하게 말하는 것을 보면 부럽기 한이 없었다.

지금까지의 나의 삶은 비극적이었다.

아들은 사법부에 몸을 담고 있는 법조인이어서인지 이 에미와는 딴 세계를 가고 있다.

나에게는 항상 어두운 그림자가 깔려 있고, 밑바닥에는 끊임없이 돌발적인 찬바람이 일고 있다.

강이야 세월 따라 흐르니까 백 년을 흘러도 변함이 없지만 철없는 소녀는 굶주림만이 전부였다.

가난한 서러움에 흘러가는 물로 배를 채웠던 시절이 전부였던 나에게 고향이란 말이 어찌 반갑기만 하겠는가! 표현조차도 하기 싫은 것이 고향이라는 이름이다.

어렸을 적 받은 상처가 아물지 않을 수 없겠지만 가난으로 하여 잊을 수 없는 고향의 이름은 나에게 짐이 되고 있음이 사실이다.

머릿속에 세상의 모든 슬픔과 외로움과 고통을 가득 담고 있는 나의 일상생활, 그것을 드러내지 않으려고 안간힘을 쓰면서 살아온 나였다. 무거운 머리를 이끌고 다니면서도 머릿속에 괴로움이라곤 하나도 들어있지 않은 듯 천진난만한 아이처럼 생활하다 보면 나 스스로가 무서워질 때도 있다.

봄이 오면 꽃이 피고, 겨울이 되면 눈이 내리고, 물은 높은 곳에서 낮은 곳으로 흐른다. 이것은 자연스런 삶의 이치다.

대학생 시절을 통해 나는 고향을 잃었다.

나는 대학 공부를 하기 위해 홀홀단신 상경하면서 나 자신에게 고향이 없다는 인식과 엄니 말고는 가족이 없다는 의식을 세뇌했다. 고학도의 어려움에서 살아남기 위한 억지였던 것이다.

가난이 주는 고독감, 굶주림이 주는 외로움……. 친구들의 철철 넘치는 부잣집의 거드름은 나를 더욱 곤욕스럽게 하였다.

이것이 살아가는 인생의 희생이라 하기엔 비탈길을 올라가는 터널의 기차 안과 다를 바 없었다.

나는 고향이 없는 이방인이었다. 커다란 도회의 한복판에 떠 있는 외로운 섬이었다.

때문에 고향이라는 말이 나에게 주는 의미는 다시 가보고 싶다든가, 그립다든가, 가슴에서 무한대로 불타는 것이 아니고 물거품처럼 사라져가는 희미한 구름의 한 조각일 뿐이다.

누구나 다 고향이 있다. 그런데 나에게는 그런 고향이 없다고 하면 보통 사람들로서는 상상이나 할 수 있는 일인가?

세인들로부터 모멸의 화살을 받을 때에는 감정이 뒤죽박죽되고 이성 또한 내동댕이쳐지곤 했다.

행복이 어떤 것인지 고개를 갸우뚱하는 소녀 시절도 있었고, 아침저녁으로 굽어보는 섬진강도 있었고, 엄니 모르게 싸리문으로 숨어서 학교 다녔던 시절도 있었고, 농부들이 소를 앞세우고 논두렁에서 어혀! 어혀! 메아리가 울려 퍼지는 흡사 한 폭의 수채화 같은 그런 시절도 있었고, 산 너머에 있는 행복을 따겠다고 뛰어다니던 시절도 있었다.

누구나 제각기 풀리지 않는 고민이라는 것은 있기 마련이다. 그리고 고민은 쓸데없는 욕심에서 온다.

나는 얼마나 가난한 사람인가! 얼마나 약한 여자이고, 소외당하고 있는 여자인가! 그 속에서 살아왔고, 지금도 계속 살아가고 있다. 그것이 오늘의 나다. 그래서 나는 고향 같은 것은 모른다.

제4부

믿음과 약속에 대하여

독거 노인의 비애

삶은 나를 속이고 고통스럽게 만들었다. 그 고통 속에서 내가 지고 있는 삶이 무겁다는 것을 알았다. 우리가 사는 세상에는 눈물겨운 미담보다는 눈살 찌푸리게 하는 불효의 이야기가 오히려 많아 가슴 아프다.

내가 쓰고 있는 글의 무거움 때문인지 세상의 어두운 면만을 보게 되어 나 자신도 인생에 대해 비관적이고, 불평이 많은 고정관념에 사로잡혀 있다.

내 머리에는 벌써 하얀 서리가 내려 있다. 눈이 비가 되고, 소나기가 되더라도 내가 젊어지고 있는 지금의 삶은 소녀 시절과 다름없이 아무런 변화를 느끼지 못하고 있다.

이 4월이 지나면 5월!

카네이션꽃 한 송이 정성스레 달아드릴 어무이가 안 계시는 내 처지가 새삼 허전하다.

“할아버지 할머니, 만수무강하세요.”

철없는 아이들은 죽지 못해 살아가는 노인들을 향해 건성으로 축원을 하며 떠들썩하다.

한 생명이 태어나면 기르고, 입히고, 가르쳐서 성숙한 인격체로 만들기 위해서 고군분투하는 어머니의 희생과 노력을 아는 자식이 몇이나 있을까?

나는 가난한 집에 육남매의 막내로 태어나 어머니와의 불협화음 속에서 세 끼 중에 겨우 한 끼만을 때우며 살았다. 아버지는 내 나이 일곱 살에 풍랑에 밀려 떠나시고, 엄니는 내 아들 훈이가 네 살 때 세상을 떠나셨다. 나도 이제 얼마 있지 않아 어머니 옆으로 가겠지.

작년 어느 날, 노인대학의 한 할머니 학생으로부터 칠순 연회에 참석해달라고 여러 번 부탁을 받았다.

“선생님, 꼭 오이소. 우리 아들 며느리에게 좋은 얘기도 좀 해주시고……. 내 환갑 때 잔치를 해주지 못했다고 이번에 자기네들끼리 상의해서 칠순 잔치를 해준다니 고맙지 뭐유. 선생님, 이번 토요일 오후 1시, 꼭 시간을 내이소. 기다리겠습니더.”

할머니 학생은 가식이나 허례가 아니고 마음으로 나를 초청하였다. 그녀의 말 속에서 아들 딸의 아름다운 마음씨를 엿볼 수 있었다.

나는 평소 생일 잔치나 회갑 잔치 같은 곳에 참석하기를 싫어해서 이 나이가 되도록 참석해 본 일이 없다. 아무리 더듬어 보아도 기억이 없다. 그러나 이번만은 초청자의 뜻이 간절하여 봉투에 축의금을 넣어 가지고 갔다.

많은 일가친척들이 일어서서 나를 반겨 주었다.

축하연이 시작되자 큰아들이 어머니의 약력을 소개하고, 손자 손녀들이 '할머니, 오래오래 사세요!' 하고 인사를 한 후, '어머님 은혜' 노래를 부를 때 나는 가슴이 터질 것 같았다. 어머니 생전에 생일 잔치 한번 해드리지 못한 것이 한이 되어 눈물이 수돗물 쏟아지듯이 쏟아졌다.

남의 경사에 목 놓아 울 수도 없고, 눈물을 막을 수도 없어 그 장소를 피하여 도망을 해야 했다. 이젠 내 나이가 70이라는 숫자 앞에서 엄니에게 큰 효도는 못했더라도 크게 어그러지고 거슬리는 일은 하지 않은 것만으로도 기쁜 생각이 든다.

요즈음 끔찍한 존속 살해사건이 자주 일어나고, 굶주림을 못 이겨 자식들과 함께 죽음을 선택하는 일도 종종 일어난다. 가난이 주는 고통, 배불리 먹이지 못하는 부모의 고통, 이러한 정신적인 고통 뒤에는 가지지 못했기 때문에 눈물 나는 비애도 따를 것이다.

돈은 분명히 양면성을 가지고 있다. 많으면 사람을 오만하게 만들고, 없으면 사람을 비굴하게 만든다. 인색하면 냉정하게 평을 받게 되고, 잘 쓰면 낭비력이 있다고 손가락질을 받는 게 사회다. 또 부모가 돈주머니를 가지고 있을 때만이 자식은 효도를 한다. 이 말은 셰익스피어의 말이기도 하다. 물질 만능으로 기울어가는 우리의 가족사가 늦가을 나뭇잎처럼 떨어져 가고 있다.

살아계실 때 잘하라는 옛날 나이 많은 어르신들의 애기가 하나도 틀리지 않는다. 죽고 나서 잘한들 무슨 소용이 있으랴! 유행가 가사처럼 울어 봐도 불러 봐도 못 올 어머니. 원통해 불러 보고 땅을 치며 통곡을 해도 다시 못 올 어머니. 당신의 생전에 지은 죄를 엎드려 용서를 빈다. 손발이 터지도록 피땀 흘리시며 고생하시던 어머니. 서러운 세상, 눈물로 가신 어머니.

그리워라 어머니여! 나밖에 의지할 곳이 없어 내 주위를 맴도시던 어머니를 생각하면 가슴은 더 미어진다. 아들 훈이는 이러한 에미 마음을 알 턱이 없을 것이다.

세월이 감에 따라 내 마음이 숙연해지는 것은 그만큼 외로움이 짙어져 자식의 정이 그리워진다는 뜻이다.

몇 개월에 한 번씩 찾아가는 아들 집이지만 불편했던 적이 한두 번이 아니었다. 손녀 혜민이가 없었더라면 하룻밤도 묵고 오지 않았을 것이다. 아들을 보러가는 게 아니고 손녀 혜민이를 보기 위해서 간다는 것이 솔직한 심정이다. 아들과는 얼굴을 보는 것 말고는 대화가 없다.

나는 혜민이의 재롱을 볼 뿐, 무관심한 아들에게 나 역시 무표정한 얼굴로 대면한다.

“할머니, 오늘 가지 마세요. 나 유치원에 다녀올 때까지 할머니, 혜민이 기다리고 계세요. 할머니 가면 안 되요. 빨리 올게요. 엄마, 할머니 가지 말라고 붙드세요.”

에미에게 애원하는 순진한 동심을 두고 나는 부랴부랴 고속버스에 몸을 싣는다.

세 살, 다섯 살 손녀한테서 인간의 때 묻지 않은 사랑을 만나는 것은 큰 기쁨이다. 그러나 한편으로는 어린아이에게 외로움을 호소해야 하는 현실이 안타까워서 다른 사람을 열심히 찾는다. 하지만 나의 그림자 외에는 어디에도 내가 찾는 사람은 없다.

그 때문인지 나는 지금 세월 앞에서 겁을 먹고 있는 것 같다. 없던 가슴의 통증도 종종 일어난다. 미묘한 아픔이다.

할머니 가지 말라고 울고불고 떼를 쓰는 혜민이의 몸부림을 보고서도 도망쳐 나오는 자신이 참으로 안타깝다.

‘할머니, 할머니 같이 가!’ 하고 떼쓰는 어린 혜민이의 심정은 어떠했을까?

1박 2일간의 짧은 시간이지만 자기와 말동무가 되어 준 할머니를 이 세상에서 제일 친한 친구라 생각하고 있을 것이다.

어린 나이에는 할머니에 대한 그리움이 크다는 것을 이 나이에 깨닫는다. 혜민이를 떨치고 오는 날이면 고속버스 안에서 손녀의 정에 홀로 눈시울을 적신다. 엄니에게 받아 보지 못했던 정을 어린 손녀에게 사랑을 주면서 느끼는 것일 게다.

독거 노인들은 가난해서 못사는 것이 아니다. 자식의 정도 그립고, 사랑도 그립고, 오고 가는 대화도 그립다. 돈을 가져오라는 것도 아니고, 좋은 옷을 사달라거나 맛있는 밥을 사달라는 것도 아니다. 한번씩 건강하게 잘 있느냐는 전화 목소리라도 듣고 싶어하는 게 어머니의 마음이다.

청상과부로 아들을 키워 큰 직장에 취직시켜 놓았더니 좋은 집의 여식과 결혼하고 난 후, 몇 년째 안부 전화 한번 없다는 어느 할머니 학생, 에미 생일에도, 명절에도 바빠서 못 온다는 전화 한마디 외에는 소식도 모른다는 김희자 할머니, 며느리와 싸우고 고부간의 갈등으로 매일 폐지를 주워서 생계를 유지하고 있다는 명자할머니, 아들이 10만 원짜리 월세방 하나 얻어주면서 어머니를 내보냈다는 이희순 할머니, 며느리가 구박을 하니 손자까지 덩달아 구박을 해서 쫓겨났다는 복자 할머니, 노여움과 서운함으로 감정이 격해지는 고부간의 갈등은 해를 거듭할수록 어머니들의 한으로 쌓여 간다. 우리나라가 언제부터 이렇게 각박하게 변해가고 있는지, 경멸하고, 원망하는 마음으로 폭발할 것 같다. 부모 생각 안 하고 둘이서만 행복하게 살 생각을 하는가?

이 세상의 며느리여, 아들이여, 너희들은 언제까지나 영원히 30대일 줄 아느냐? 곧 너희들 머리에도 흰 눈이 내릴 것이다.

나를 행복하게 만들어준 TV 프로, 「1박2일」

사람을 웃기는 유머는 인생에 대한 감각이라 생각한다. 그것은 단순히 웃기는 것에 그치지 않고 인생에 대한 너그러운 태도에서 우러나는 여유의 다른 모습이다. 그래서 유머는 어떤 일에 대해서 지나친 집착을 버리고 따뜻한 가슴을 열어 즐겨보라는 의도에서 시작된 것으로 안다. 한바탕 웃고 나면 행복 같은 것이 고여 오는 그런 마음 때문일 것이다.

노벨문학상을 받은 독일의 문호 헤르만 헤세도 유머 처세술로 대중들을 많이 웃겼다.

어느 작가는 유머를 이상과 현실의 촉매라고 말했다.

시중에 떠도는 유머라는 게 대개 정치 풍자나 연애에 관련된 낮

뜨거운 것이 많아 방송할 때에는 대부분 편집한다고 한다. 그러나 어떤 시청자는 그런 유머도 시청률을 올릴 수 있다고 항의를 한다고 한다. 다양한 여러 계층의 사람들의 기호에 따라 방송의 특징이 생길 수도 있고, 선의의 경쟁에 따른 질적 향상을 기대할 수도 있을 것이다. 그것은 방송에서 활동하고 있는 연출자와 작가, 기획자, 감독, 촬영기사, 그리고 연기자들의 몫이다.

일요일 오후. 일요일이면 항상 할머니를 보러 오는 손녀 예진이가,

"할머니 웃고 싶어요? 행복해지고 싶지요?"

하면서 아양을 떨었다.

"그래, 실컷 웃고 싶은데 예진이가 할머니를 웃겨 줄련?"

"할머니, 내가 웃기는 것이 아니고 강호동, 이수근, 몽이 나오는 「1박2일」 보시면 배꼽 쥐고 웃게 돼요."

"「개그콘서트」?"

"아니에요. 하여간 일요일 오후 5시 KBS2를 보세요. 진짜 재미있어요."

"강호동인 씨름선순데 개그맨이 된 기가?"

"할머니는 그것도 몰라요? 그렇게 되었어요. 개그맨 6명이 나와서 복불복으로 승부를 하는 건데, 하여간 할머니 행복할 거예요. 얼마나 웃긴지 몰라요."

개그맨이라 하면 우는 사람도 웃길 수 있어야 하는 다양한 소질을 가져야 하는 직업이다. 또 시청자의 기호에 맞추느라 급급해야 하는 것이 그들의 애환이다.

아무리 풍부한 연기 실력도 모든 시청자들에게 어필될 수는 없다. 취향과 감각이 일치하는 일정한 대상자들을 팬으로 확보할 수는 없는 노릇이니까. 때문에 상처를 받고 밀려나 그럭저럭 살아가는 개그맨들도 허다하다. 만인의 사랑을 독차지했던 구봉서, 배삼룡, 이주일 같은 코미디언의 뒤안길을 보면 구구절절 외롭고 슬플 때도 많았다.

나는 웃는 시간도 아까워하는 사람이다. 1년 열두 달, 아예 행복한 웃음이든 너털웃음이든 웃음을 잃고 생의 마감을 기다리고 있다 해도 과언이 아니다. 고된 삶에 찌들어 하루하루 살아가는 속에서 웃는 일 자체가 나에겐 고된 일이다.

그래서 주위의 지인들은,

"박 교수, 얼굴 좀 펴고 다녀요. 얼마나 더 살 거라고 허구한 날 근심 낀 얼굴이오? 웃으면 복이 절로 들어온다는 거 박 교수도 너무 잘 알 것 아니오."

하고 충고를 한다. 웃을 줄 모르는 여인으로 자리를 잡고 있는 자신이라는 것을 알면서도 내가 웃을 만한 무슨 특별한 일도 없을 뿐더러 톱니바퀴마냥 돌아가는 일상이고 보니 쉽게 고쳐지지가 않는다.

TV를 시청하는 것만 해도 그랬다. 아침 저녁 뉴스 말고는 어느 프로에 어느 배우가 나오는지, 나에게는 생소한 얘기일 뿐이다.

나는 오랜만에 손녀 예진이의 말대로 「1박2일」을 보면서 활기 넘치는 강호동, 어리벙실한 이수근, 원숭이 같은 몽, 야생마 같은 김C, 영리하고 잘생긴 이승기, 노래 잘 부르는 은초딩 등에 매료되었다. 한 인간의 천성을 통째로 바꾸어 가는 순간이었다. 강력한 호동과 어리벌벌한 이수근, 악어가 졸리어서 하품을 하다가 나온 것 같은 김C의 표정과 행동이 나를 호탕하게 웃겼다.

각자의 성격과 기질, 언어 능력이 제대로 결합된, 그리고 프로 의식을 갖춘 멤버들이었다.

복불복에서 기상 음악의 고음과 누군가는 먹고, 굶어야 하는 갈등 구조도 적당한 긴장감을 주어 좋았다. 또 어느 단계에서 연기자들의 대변인 역할을 하는 작가의 내용 구성 역시 높이 살 만했다.

게임을 하다가 능력이 미치지 못하면 좌절하는 게 아니라 추구하는 목적의 가치를 비하시켜 스스로 마음의 위안을 얻는 것도 코미디다웠다.

자기 합리화를 하려는 것은 너무 자주 사용하면 비열한 행위가 되고, 발전이 없겠지만 반면에 정신 건강에는 도움이 될 것 같다.

하루에 쌓인 긴장을 풀어주고 먹느냐 굶느냐 하는 문제로 흥미진진하게 만들고 있다. 부쩍 알아보는 사람이 많은 「1박2일」! 매체의 위력이 대단하다.

그들의 궁극적인 목표는 시청자들에게 웃음을 주는 것일진대 웃기기 위해서 노력하는 모습이 가상했다. 게다가 아름다운 시골의 풍경을 배경으로 전개되어 더욱 사람을 매료시킨다.

연기자들은 연기만이 삶의 전부이고 그것을 놓치면 연기자로서는 마지막 날이 되는 만큼 최선을 다해야 한다.

연기인인데도 목에 힘을 주지 않고, 무게를 잡지 않으며, 솜털처럼 가벼이, 강아지풀처럼 부드럽게, 그리고 그릇에 담기는 물처럼 모습을 바꾸어 가는 연기가 좋았다.

신문은 하루만 지나면 휴지가 된다. 방송도 한번 전파로 날아가 버리면 주워담을 수 없다.

대중매체에서 감각으로 버티는 사람들은 작가가 써주는 대본만 적당히 표현할 뿐,머릿속에 든 지식이 별로 없다고 나는 알고 있다. 그러다 보면 나중엔 껍데기만 남게 된다는 얘기다. 따라서 끊임없이 스스로의 나태를 경계하고 뒤돌아보면서 지식 충전 작업을 해야 할 것이다.

요즈음, 나는 일요일 오후 5시만 되면 어떤 일이 있어도 TV 채널을 고정시킨다.

「1박2일」의 출연자들이 나를 실망시키지 않고 즐겁게 웃겨 주기 때문에 가식 없고, 꾸밈없는 여섯 사람 모두 일사불란하게 행동하는 것이 놀랍다.

오바마 대통령은 연설 중에 '국민이 우리에게 무엇을 원하는가를 알아야 한다. 그러기 위해서 자신이 가지고 있는 힘을 다하는 것만이 대통령의 의무' 라고 했다.

이 말처럼 여섯 사람들도 우정이든 사랑이든 구애됨이 없이 서로가 으스러질 만큼 아끼고 소중하게 여겨야 할 것이다.

눈빛이 그윽하고 선한 사람들은 참으로 보기도 좋고, 부럽다. 눈빛에는 성품이나 인품이 그대로 나타나는 것이므로 다른 건 다 속여도 눈빛 하나만큼은 속이지 못한다는 말에 공감한다.

벌써 「1박2일」이 방송 3년으로 접어든 것으로 알고 있다. 나이 들어가는 인자한 할머니의 눈빛처럼 거듭 따뜻해졌으면 하는 바람이다.

연기자들은 필연적으로 인기 하락의 소외감을 감내해야 하는 숙명을 가진 사람들이다. 작가와 매니저와 감독과도 원만한 관계를 유지해야 한다.

반면에 생활에서 좋은 점도 많을 것이다. 우선 시간과 공간의 제약을 받지 않아 좋을 것이다. 땅 위라면 어디에서든지 두 다리를 쭉 펼 수 있고, 어디를 가든지 팬들로부터 환호를 받는다. 후배는 선배를, 선배는 후배를 이끌어 주고, 감싸 주는 마음 또한 단단한 버팀목이 된다.

여섯 사람 모두 어렵고 가난했던 시절도 많았다고 들었다. 무명 시절 사글세 옥탑방에서 배가 많이 고팠다는 이수근의 고백에 강호동은 울먹였다. 이젠 좋은 집도, 건강한 마누라도, 사랑스런 아이들도 있다는 멤버들.

열악한 농촌의 노인들에게 웃음을 주고, 또 웃지 않는 사람들의 차가운 가슴을 따뜻하게 녹여주는 「1박2일」. 지금까지 제대로 웃어 보지 못했던 나에게도 활력소와 마음의 건강을 주어 즐거운 마음으로 시청하고 있다. 모든 것이 급속히 변해가고, 그에 따라 내 생활이 바빠지더라도 한두 작품쯤 간직하고 싶다.

그들은 6인 모두가 얼굴이 다르고, 가치관과 말이 다르듯이 즉흥적 연기 또한 다른 것이 강렬한 매력이다. 토크든, 개그든, 확실한 것 한 가지는 똑소리 나게 잘한다.

독일 속담에 원숭이는 높이 오를수록 볼기짝을 보여주게 된다는 말이 있다. 어떤 일을 하다 보면 반드시 그에 따른 보상을 치르게 된다는 뜻이다. 그러므로 볼기짝을 보여주지 않으려는 사람에게는 그것이 상처일 수도 있다. 그러니 정신을 바짝 차려야 할 것이다. 어차피 취향과 감각이 다른 대상들을 팬으로 확보하려면 어쩔 수 없는 일이다.

「1박2일」의 배경이 되는 산간벽지는 전기도 없고, 냉장고도 없지만 전원의 아름다운 풍경만은 일품이다. 그러한 자연 그대로의 모습을 한 폭의 그림으로 묘사하고, 먹는 것, 자는 것의 승부를 '복불복' 으로 연결한 착상이 백 점짜리다.

이제는 언제까지 폭소로 이어갈 수 있느냐가 관심사가 된다.

아이러니컬하면서 역설과 반전 속에 오염되지 않은 섬처럼 다가오는 것이 이 프로의 장점이다. 밭에 뿌려 놓은 똥 오줌의 구린내 역시 그들에겐 익숙하지 않겠지만 순간 순간 잘 소화해내고 있다. 문화 시설이 부족하여 문화 행사에 참여할 기회가 적은 사람들을 찾아가 다양한 공연, 연극, 무용, 음악을 보여주고, 들려주는 기회가 많았으면 좋겠다.

기차 여행을 좋아하는 나는 자주 시골을 찾는다. 그곳에서 지푸라기 타는 냄새를 맡으면서 연기가 모락모락 피어오르는 풍경을 보노라면 콧등이 찡해 눈물을 훔친 적이 참 많다. 유년 시절엔 무심히 지나쳤던 굴뚝의 연기였지만 세상 살기 좋아지고 보니 그런 작은 것들이 커다란 느낌으로 안겨온다. 예쁜 꽃 한 포기, 작은 돌멩이 하나가 가슴을 뛰게 하고 호기심을 불러일으킨다.

오 헨리의 「마지막 잎새」의 무대 같은 풍경에서 한 무명 예술가들의 꿈이 있는 '그리니치 빌리지' 를 연상하는 것은 나의 지나친 욕심일까?

인생 자체를 한순간의 소풍, 신나는 보너스로 생각하며 웃음을 살찌게 하는 「1박2일」의 멤버들. 프로그램 중간중간에 기습적으로 나오는 보너스도 즐겁다.

야구선수 박찬호도 그중의 하나였다. 초특급 산소 같은 박찬호라는 대한민국의 영웅을 등장시켜 나를 놀라게 했다. 야구가 아닌 유머에도 뛰어난 모습을 보여준 박찬호에게 박수를 보낸다. 나이 많은 촌로들이 나이 지우고, 세월 지우고, 너무 힘들어 물소리 듣고 새소리 듣는 힘든 골짜기에서 돌을 부수고, 깨고, 해체 작업을 하고…….

"그 돼지 같은 강호동을 왜 그리 힘들게 업고 갔느냐?"

고 천연덕스럽게 말하는 박찬호 어머니에게도 박수를 보낸다.

널따란 방, 꾸물꾸물 퍽퍽! 빙판에서의 대이동. 꽁꽁 언 계곡에 아우우 첨벙! 퍽!퍽! 으아아!

코리안 특급 메이저리거가 씨름선수 업고 가느라 헉!헉! 씨름선수와 야구왕의 기싸움에서 혈압도 떨어지고 당도 떨어졌다는 허당. 열도 나고 땀도 나고, 미치겠어! 정말 미치겠어!

코리안 특급을 번개 치기하는 것이 초특급 장기라는 이수근, 사흘 전에 마신 술이 아직도 덜 깬 것 같은 김C, 아프리카의 초원에서 먹이를 찾으러 허둥대는 사자 같은 메이저리거를 봤는가?

노릇노릇 익어가는 삼겹살을 먹고 나서 콧방귀 뀌는 은초딩. 이게 정녕 사람의 코골이인가? 에라에라에이!

벌칙으로 빠진 물은 냉탕 중에 초냉탕. 버라이어티 정신으로 얼음을 깨고, 돌을 부수고……. 으아아!으아아! 꽁꽁꽁!

원숭이 같은 몽,

"왜 내가 원숭이야?"

궁둥이 흔들면 인간 제로, 이수근.

남자들의 운명, 산짐승의 습격을 받으면서 성공을 가리기 위해서, 뱃속에 먹이를 넣기 위해서 가위바위보! 가위바위보 !

세레머니가 하늘과 온 산천을 웃긴다.

공을 치고 던지는 사람, 산소 같은 사나이 박찬호! 저질 탁구와 영리한 탁구의 대결에서 메이저리거가 무너지고……. 이기고 지는 건 새옹지마. 탁구채 한번 잡지 못한 김종민에게 진 메이저리거 박찬호의 버라이어티 정신.

박찬호도 강호동도 모두 「1박2일」에서 영웅이었다.

온 사람의 연인이었던 박찬호의 서툰 연기가 오히려 수준 높은 연기에 버금가는 일품이어서 찬사를 보낸다. 그가 깜짝 출연하여 벌였던 연기는 오랜 연예인 못지않게 뛰어났다. 어려운 삶에 지친 사람들에게 준 즐거운 보너스는 웃음이었다.

이미 2010년의 예고편을 보여준 바와 같이 가위바위보 '복불복' 으로 승리하느냐, 지느냐의 대결에서 귀추가 궁금해진다.

일요일 오후, 시청자 여러분들도 한번 자아自我 분석 게임을 시도해 보시라!

오늘도 나는 떨어지는 낙엽을 밟으며 발을 재촉한다. 강호동, 이수근, 몽, 김C, 김종민, 이승기, 은초딩의 얼굴을 보기 위하여.

때 묻지 않은 열정의 발산, 현대 흐름에 부응하는 휴머니즘이 질게 깔린 유머 하며, 강호동의 자유자재로 터져나오는 말, 그리고 새로운 동작들!

2020년대를 눈앞에 두고 있는 멤버들이 자신의 나이 앞뒤로 한 30년쯤은 탄력을 갖고 그 연령을 뛰어넘어야 하지 않을까?

한 주 전에 김종민이 복귀했다. 그의 활약을 기대한다. 그리고 건투를 빈다.

「1박2일」 파이팅!

약속은 돈이다

사람은 누구나 부자가 되고 싶은 마음을 가지고 있다. 또 저마다 각기 다른 인생의 가치를 추구한다. 물질적 부에 연연하지 않고, 고고하게 학문이나 예술의 길을 걷는 사람이 있는가 하면, 속세의 중생들에게 마음의 평화를 주기 위해 수도하는 사람도 있다.

사람은 무엇을 위해 사는가?

자신의 전 재산을 가난한 이들에게 나누어 준 러시아의 문호 톨스토이는 사랑을 지상의 과제로 이야기했으나, 중국의 역사가 사마천은 이렇게 말했다.

"어진 사람이 묘당에서 도모하고, 신의를 지켜 절개에 죽고, 동굴 속에서 숨어 사는 선비가 높은 명성을 얻으려는 것은 모두 무엇을 위해서인가? 그것은 모두 부귀로 귀착된다. 그러므로 청렴한 벼슬아치도 시간이 오래되면 부유해지고, 공정한 장사꾼도 마침내는 부유해진다."

나는 손녀 혜민이를 보기 위해 삼 개월에 한 번씩은 서울에 간다. 유치원이 쉬는 날을 택해 토요일에 올라갔다가 월요일에 돌아온다.

혜민이를 업거나 걸리며 지하철을 타고 청계천으로, 창경궁으로, 경복궁으로, 일일 데이트를 즐긴다.

그리고 또 한 곳, 혼자 남대문의 새벽 시장에 나가 사람 냄새를 맡는다. 동대문과 남대문의 새벽 시장은 전국 각지에서 올라온 상인들로 발 디딜 틈이 없을 정도로 북적인다. 그런 현장은 삶의 이치를 직접 눈으로 볼 수 있어 좋다.

사람들이 모여드는 곳에서는 뜨거운 열기가 꿈틀거린다. 서로 적당한 가격으로 흥정하는, 삶에 대한 생동하는 욕구가 나에게도 힘을 준다. 그런 역동적인 모습이 우리의 삶에 얼마나 큰 재산이 되는지를 알게 해주는 것이다.

그들은 한 푼이라도 더 벌기 위해 다들 잠자는 시간에 분주하게 움직인다. 화식貨殖을 위해서 최선을 다하는 것이다. 화는 재산이고, 식은 불어난다는 뜻이다.

사마천의 저서 『화식열전』이라는 책을 보면 한 시절을 풍미한 장사꾼과 기업인의 이야기가 나온다.

한나라는 공자의 뜻을 받드는 선비들이 그 중심에 서서 나라를 이끌어 갔다. 농사는 하늘의 뜻에 따르고, 상업을 하는 장사꾼은 한 수 아래로 내려다 보는 것이 당시의 세태였다. 그러니까 상인은 천한 사람으로 여겼고, 학문하는 사람이 돈을 밝히는 것을 추하게 생각했다.

그런데 사마천이 이러한 관념의 틀에서 벗어나 현대적 경제 논리를 폈다. 부자의 미덕과 돈의 위력에 대해 새로운 평가를 내린 것이다.

우리나라는 일제 강점기와 6.25의 소용돌이가 지나간 뒤 경제 사정이 형편없어 굶주림에 시달려야 했다. 이 지독한 가난에서 벗어나기 위하여 전력투구했던 박정희 대통령은 누구보다도 돈의 소중함을 아는 경제인이었다. 정치에 대해서는 다른 평가를 내릴지 모르지만 가난을 물리친 경제 대통령이었다는 것만은 누구도 부인할 수 없다.

세상에 완벽이란 없다. 누구에게나 공功과 과過는 있는 법이다. 빌 클린턴 미국 대통령도 성공했다 할 정도로 인기를 누렸다. 그러나 부하 직원과 부적절한 관계가 드러나 비도덕적인 인물로 평가절하되었다.

공은 우선이고, 과오는 둘째다.

박정희 대통령의 공은 국가 발전을 이끌었다는 데 있다. 가난을 물리친 지도자라는 것이다.

1975년으로 기억하고 있다. 그러니까 내 나이 35세, 반송의 영신여자상업학교에서 선생으로 근무하고 있을 때였다.

당시 박정희 대통령과 현대건설 정주영 회장의 대화 한 부분을 옛날의 한 월간지에서 인용한다.

박정희 대통령이 정주영 회장에게 급히 청와대로 오라는 통보를 했다.

"영감, 달러를 벌어들일 좋은 기회가 왔는데 일을 안 하겠다는 게으름뱅이 놈들이 많아서 속이 상하는구만. 그러니 영감이 지금 당장 중동에 다녀와 주어야겠어. 영감도 못한다고 하면 나도 포기할 거야."

"각하! 다짜고짜 중동을 다녀오라는 까닭이 무엇입니까?"

"작년(1974년) 석유파동 이후 중동 국가들에 달러가 넘쳐나고 있어. 그 돈으로 공장을 건설하고 고속도로를 건설하겠다고 하는데 너무 더운 지역이라 선뜻 해보겠다는 작자가 없다는군. 그래서 사람을 보내 상황을 파악해 오라고 했더니 3주 만에 돌아와서 하는 얘기가 너무 더워서 낮에는 일을 할 수 없고, 또 건설공사에 필요한 물도 부족해 공사를 할 수 없다는 거야. 어때? 임자가 한번 해보지 않겠어?"

정 회장은 대통령의 말이 떨어지기가 무섭게 중동행 비행기를 탔다. 5일 만에 돌아온 정 회장이 대통령에게 보고를 했다.

"지성이면 감천이라 하늘이 우리나라를 돕고 있습니다. 중동은 이 세상에서 건설 공사를 하기에 제일 좋은 지역입니다. 1년 내내 비가 오지 않으니 공사를 계속할 수 있고, 건설에 필요한 모래나 자갈이 현장에 무진장 있으니 자재 조달이 아주 쉽습니다."

"그럼 물 걱정은 어떻게 하지?"

"그야 어디서든지 실어오면 될 거 아닌가요?"

그리고 덧붙여서 더운 나라이므로 낮에 자고, 밤에 일하면 된다고 했다.

이러한 정 회장에게 정부가 적극적으로 지원하는 건 당연했다. 이것이 현대건설이 비약적으로 발전하게 된 계기였다.

정 회장의 낮에는 자고, 밤에 횃불을 들고 일을 하면 된다는 발상이 놀라울 뿐이다.

그리하여 30만 명의 노동자가 중동으로 몰려 나갔고, 보잉 747 특별기편으로 달러를 가득 싣고 들어왔다는 보도가 특필로 기사화되었던 것을 기억하고 있다.

예나 지금이나 입고 먹는 것의 중요성은 두말할 나위도 없다.

인간은 더 나은 삶을 추구하며, 그것을 가능하게 하는 매체가 바로 재산이다. 그리고 그것은 엄청난 위력을 갖는다.

자원의 부족에도 불구하고 하늘을 찌를 듯했던 박 대통령의 패기 또한 높이 살 만했다.

당시 대부분의 학생들은 정치에 흥미를 가지고 있었고, 다소 무력적이었던 정권에 대한 비판이 시작되면 끝이 없었다. 반항을 위한 반항이 아니라 옳은 것을 끝까지 옳다고 주장할 수밖에 없는 젊은이들의 실존적 저항에 박 정권은 완력으로 제어하려 했다. 국가 재건을 위해서는 개인의 자유는 부분적으로 포기해야 하며, 전체를 위해서 개인은 희생해야 한다는 논리를 전개했다.

인간의 본성은 잘 먹고, 잘 입고, 잘 자기를 원한다. 이것이 충족되지 않으면 공자 할아버지도 소용없다.

사마천은 『화식열전』에서 재산을 갖고 백성과 다투는 정치는 쓰레기 정치라 했다.

사흘 굶은 사람에게 공자의 가르침이나 법열에 대해 말한들 귀에 들어올 리 없다.

남자와 여자, 부자와 거렁뱅이, 대통령과 국민 등 사람마다 먹는 것, 사는 것, 자는 것이 다 다르다. 각 나라의 풍습 또한 생김새만큼이나 다르다. 이 차이를 이용하는 것, 그것이 바로 부자가 되는 법이다.

어부와 농부들은 먹을 것을 생산하고, 기술자는 물건을 만들고, 장사꾼은 이것을 유통시킨다. 그러면 사람들은 저마다의 능력에 따라 원하는 것을 얻는다. 각자 생업에 힘쓰고 즐겁게 일하는 것은 마치 물이 낮은 곳으로 흐르는 것과 같으며, 물건은 부르지 않아도 밤낮으로 모여들고, 구하지 않아도 만들어 내는 게 국민이다.

이것이야말로 경제의 법칙이다.

70년대, 정주영 회장은 투자를 하는 초보자들에게 이런 얘기를 했다.

"이 사람아, 사업은 늘 잘되는 게 아니야. 누구나 살다 보면 좋은 운이 몇 번 찾아오게 마련이지. 열심히 살면 자네에게도 틀림없이 그런 기회는 올 거야. 사업이 잘되면 낮은 짧아지고, 밤은 길어진다네. 그래서 돈이 들어오는 낮을 더 늘리기 위해서 새벽에 일찍 눈을 떠서 아침을 기다리게 되는 거야. 부지런한 사람은 낮이 눈 깜짝하는 사이에 지나가버리거든.

보통 사람들은 돈이 들어오면 탕진하기 쉬워. 세상에는 돈 쓸 일이 너무 많으니까. 그러나 생각이 깊은 사람이라면 그때 잘 관리해서 모아두지. 기회가 오면 바로 투자를 해야 하거든. 많은 사람이 이걸 모르고 살고 있으니 안타까워. 나는 몇 번 온 기회를 잘 잡았지. 그래서 오늘의 현대기업을 키운 거야."

그는 어느 집에 어떤 물건이 들어가는지, 얼마만큼의 물건이 움직이는지를 보고 경기를 알 수 있었다 한다. 그러기 위해서 고속 도로에서 물건을 싣고 오고 가는 대형 트럭을 유심히 관찰하기도 했다고 한다.

시대는 달라도 부자들의 정신세계는 일맥상통하는 모양이다.

그는 자연스런 흐름에 순응하는 사람이 부자가 될 수 있다고 했다. 학문이건, 예술이건, 장사건, 이러한 경지에 올라야 대성할 수 있다는 것이다.

중국의 정치인 범려는 경제인 도주공으로 변모하여 중국인들로부터 존경을 받았다. 그는 모든 재산을 가난한 친구들과 먼 친척들에게까지 나누어 주었다. 부자였기 때문에 가능한 일이었다.

그의 자식들도 아버지의 재산을 잘 운영해서 거부가 됐다. 아버지의 대를 이어 부를 확산시켰던 것이다. 삼성 이병철 회장의 대를 이은 이건희 회장도 기업을 세계적인 수준으로 끌어올렸다.

한 나라를 움직이는 국가 경제 논리도 한 가정을 움직이는 경제 논리와 크게 다르지 않다. 마찬가지로 한 가정의 경제 논리가 한 기업을 움직이는 경제 논리이기도 하다. 중요한 건 경제 활동에서의 중심잡기와 어떻게 적용하느냐이다.

기술과 문명은 진보하고 발전하지만 본질은 영원히 변하지 않는다. 오늘 사서 내일 파는 시간 차이를 적절히 이용하는 지혜도 가져야 한다.

욕심 때문에 일확천금을 노리는 주식 투자는 하마처럼 정신을 둔하게 만든다. 이러한 우매한 짓은 실패의 근원이다.

장사는 단순한 상술이 아니라 전 인격적으로 수양이 갖춰져야 성공한다. 사업은 교향곡과 마찬가지로 자연과 인간을 아우를 수 있어야 성공할 가능성이 높다. 돈은 약속 잘 지키고, 어질고, 용기 있는 사람에게 흘러간다는 얘기는 동양그룹 창업주 서남 이양구의 교훈이다.

사람이 잘못되는 원인은 욕심에 있다. 나는 한때 한 학교의 재단을 설립했다가 어떤 연유로 타인에게 이양했다. 그때 나는,

"하나님, 부처님, 공자님! 이 가난하고 불쌍한 여자가 돈이 좀 생겼다가 없어졌다고 해서 죽는다면 얼마나 비참합니까! 차라리 모든 것을 포기할 수 있는 용기를 주십시오."

하고 기도했다. 그랬더니,

"네 나이 70이 넘었는데 돈 벌어서 뭐할끼고?"

하고 되묻는 것이었다.

"이제 그걸 가지고 무얼 하겠어요. 우리 아들이나 건강하게 해주시면 감사하고, 물질은 안 주셔도 개의치 않겠습니다."

능력도 재력도 없는 빈껍데기 노인네의 이야기를 하느님이 들

어줄 리 없다. 사마천이 나타나서 한 재산 뚝 만들어 준다면야……. 후훗!

나는 이젠 세상과 타협을 할 수 없는 늙은이가 되었다.

자부심을 가지고 부처님을 믿고 살지만 어떻게 사람이 하나님이나 부처님의 말씀대로만 살 수 있을까? 죄도 짓고, 잘못된 일을 하기도 하고, 거짓말도 할 수 있는 게 사람 아닐까? 그래도 큰 길을 인도하는 부처님과 하나님이라 생각하고, 그에 따르며 올바른 길이라면 보리밥이라도 마다하지 않을 것이다.

아껴 쓰고, 부지런한 것은 생업을 다스리는 바른 길이고, 자신의 온힘을 던지는 진심과 열정은 발전으로 가는 지름길이다.

삼 시 세 끼도 제대로 먹지 못하고 자란 칠순의 노인이 이런 말을 할 자격이 있는가 하고 나 자신을 되돌아보면 씁쓸한 웃음이 나온다.

60년대에 나는 한겨울에도 외투 없이 살았다. 정말 스토익(stoic: 금욕주의자)이라고 평할 만큼 물질을 경멸하고 극단적 가난을 감수하면서 배우겠다는 일념 하나로 학창 시절을 보냈다. 그때 굶주리고 사는 것을 부끄럽게 생각했다면 어찌 지금의 내가 있겠는가? 그러니까 나의 처녀 시절의 자화상은 비참함, 바로 그것이었다. 등록금을 맞추기 위하여 전기값을 아끼려고 촛불을 단 1개만 켜놓고 밤을 새워가며 공부를 했었다. 이러한 것은 엄니에 대한 반항

이기도 했다.

그럼, 지금쯤 나는 부자가 되어 있어야 하는 것이 아닌가?

그야말로 입에서 단내가 나도록 노력해서 세운 재단이 어느 한 순간에 서서히 흐르는 물처럼 흘러가버렸다.

가난하게 산다는 것이 무엇인가? 사실 가난에서 해방되기 위해 스스로 개척하는 가운데서 배운 것이 많다. 공부에 대한 갈망, 가난에 대한 저항, 무학자 엄니에 대한 반항 등으로 미칠 듯이 울었던 생각이 아직도 생생하게 기억에 남아 있다.

부자란 정해진 직업이 없으며, 재물 또한 정해진 주인이 없는 게 분명하다. 능력이 있는 사람에게 재물이 모이고, 능력이 없는 사람에게서는 흐르는 물처럼 흘러나간다.

우리들의 삶은 하나의 약속으로 이루어지는 게 아닐까? 한 가정과 직장, 사람과 사람 사이에서 이루어지는 모든 행위는 약속을 거쳐 진행된다. 서로 지켜야만 되는 법칙, 법률, 윤리, 도덕 등 여러 형태의 규정이 바로 하나의 약속이기 때문이다. 그런가 하면 종교에서는 영원히 변할 수 없는 계명으로 지켜진다.

약속은 국가 간의 조약 같은 커다란 약속에서 고사리 같은 새끼손가락을 걸고 하는 소꿉친구 사이의 약속에 이르기까지 모두가 불가결한 것이며, 그만큼 귀중한 것이다.

약속은 상호 간의 신뢰와 믿음이 확립되는 것을 의미한다. 때문에 지켜지지 않을 것이라는 불안, 불신이 있을 때는 절대로 이행되지 않는다.

약속이 이행되지 않을 경우, 약속을 믿고 지킨 사람이나 약속을 지키지 못한 사람 모두 큰 손해를 보거나 생각지 못한 비극을 초래할 수 있다. 그러므로 어떤 경우에도 약속은 지켜야 되는 의무이다.

TV의 드라마에 나오는 주인공 같은 사람들은 우리 주변에도 얼마든지 있다.

6 · 25전쟁 때 결혼을 했는데 결혼한 지 며칠 만에 남편이 징용으로 끌려갔다. 부인은 남편을 기다리며 지금까지 시부모를 모시고 살아 왔는데 남편은 이북에서 다시 결혼을 하여 살고 있다는 소식을 들었을 때 그 심정은 어떠할까?

여자인 나뿐 아니라 모든 사람들이 가슴 아파하리라.

남편에게도 그만한 사정이 있겠으나, 많은 유혹을 물리치고 기다린 아내처럼 남편도 약속을 지켜 주었더라면 얼마나 아름답고 값진 선물이 되었을까!

그러나 이런 일을 감히 누가 비판할 수 있으랴. 그저 묵묵히 가슴 아파할 수밖에 없는 것이 우리 인생이다.

이런 특별한 경우에 약속이 깨어짐은 어쩔 수 없다 하더라도 지키기 가능한 약속은 이를 악물고라도 지켜주어야 영웅스럽고, 고

귀한 승리자가 된다.

나는 인간으로서 좀 더 아름답게, 누구도 걸어갈 수 없는 참된 생활을 실천하고 싶었다. 바로 마음의 약속이었다. 지켜지지 않는 약속, 지키는 약속, 모두가 나에게는 어려운 명제였다.

내 삶에 등불이 되어주었던 엄니와 나 사이에는 한때 마음의 벽이 두터웠던 나날이 있었다. 참으로 괴롭고, 고통스런 나날이었다.

신의 그림자는 내 마음속 깊은 곳에 숨어 있는 나의 반려자였다. 나는 사방을 모르는 험준한 미로에서 헤매고 있었다. 물질도 정신도 존재하지 않는 상태에서 초라하고 남루한 자신을 파도에 던져버릴 뻔한 고비도 수없이 있었다.

작은 나무 잎새 하나도 기후와 습도가 맞는 계절을 따르고, 먹이를 물어 나르는 개미도 자연의 미묘한 변화에 따라 생명을 유지한다. 이렇게 자연의 섭리에 따라 고요히 마음의 여유를 갖는다면 지키지 못할 약속은 하지 않을 것이다.

약속은 진심이 통하여 얻어낸 결과물이다. 숙명적인 깨어짐은 어쩔 수 없다 하더라도 믿음으로 맺은 약속은 지켜져야 한다.

약속을 정확히 지킬 줄 아는 사람은 믿어도 된다. 그리고 상거래에서 신용을 잃으면 끝장이 난다. 아무도 그와 거래를 가지려 하지 않기 때문이다.

사람은 불완전하여 약속을 어길 가능성은 항상 상존한다.

따지고 보면 부처님이나 하나님에 대한 믿음도 일종의 약속이다. 따라서 신앙심이 돈독한 사람은 사람과의 약속도 잘 지킬 것이다.

작은 약속이든 큰 약속이든 믿음에서 출발하고 믿음에서 완성되는 것은 분명하다. '하늘은 스스로 노력하고, 열심히 사는 사람을 돕는다.' 고 했다. 또 '운명의 수레에서 앞바퀴는 내 바퀴요, 뒷바퀴는 하나님의 바퀴다.' 라는 말도 있다. 이런 말은 모두 절대자의 뜻에 따르는 순종을 의미한다. 그래서 불자는 부처님의 도움이라 할 것이고, 기독교 신자는 하나님의 가호라 할 것이다. 이처럼 자기들의 종교를 내세우는 것도 믿음의 약속이다.

요즘 젊은 엄마들은 운명을 개척한다 하며 해산 날을 임의로 조정한다. 운명적으로 좋다는 일시를 택하여 출산을 함으로써 태어난 아이의 사주팔자를 조작하고자 하는 것이다. 한마디로 우매한 짓이다. 이름까지 바꾼다고 하니 조상의 탓도 아니요, 부모의 탓도 아닌, 오로지 요행을 바라는 변질된 세상이 되어 버린 것이다.

불구의 몸으로 건강한 사람보다 더 열심히 보람 있게 사는 사람, 인간관계를 지성껏 관리하여 출세하는 사람, 자기를 희생함으로써 가정의 파탄을 막아내는 사람, 가지가지 형태로 역경을 헤쳐 나가는 사람들은 모두 다 믿음과 약속을 지키는 사람들이다.

약속을 잘 지키는 사람은 하나같이 사람에 대한 믿음이 있다. 넘어져도 오뚝이처럼 일어서는 강한 의지도 있다.

사주팔자는 믿음과 약속에 해당되는 것 같지는 않다. 운명은 스스로 만들 수 있는 것이 아니기 때문이다.

사람은 현실에 만족해야 행복을 느낄 수 있지 않을까? 현실을 캐고, 따지고, 부정하면 어떻게 만족한단 말인가!

사람은 무엇보다 약속 속에서 인격이 드러난다고 말하고 싶다.

독일의 아이들

나는 아직 가까운 일본 여행 한번 해보지 못한 사람이다. 그렇다고 꼭 한번 구경해야 할 텐데 하는 생각도 해본 일이 없다.

어떤 지인은 시간만 있으면 골프를 치러 미국으로, 일본으로, 중국으로 여행을 하고 돌아온다고, 무슨 벼슬이라도 한 것처럼 자랑하는 것이 한두 번이 아니었다.

“저요? 돈 한 푼 없는 가난한 주제에 무슨 외국 여행입니까? 조 교수나 좋은 구경 많이 하고 재미있게 다녀오시고, 쓸데없는 자랑은 이제 그만 하시죠!”

“박 교수, 참 모르는 소리 하는군. 글쟁이가 세상을 돌아보고 그 나라 풍물도 견학을 하면 좋은 글이 나오는 것쯤은 알고 있을 텐데.”

“나는 돈이 없어 못 가겠네요. 그리고 우리 대한민국만큼 아름다운 나라가 또 어디 있던가요? 물 좋고 산 많고, 경치 좋고……. 다른 나라에서 볼 수 없는 우리나라의 경치도 아직 다 보지 못했습니다.”

외국 여행 한 번 해보지 못한 것을 부끄러워해야 하는 것인지, 꼭 가야 하는 것인지, 나는 관심조차도 없다.

그러던 어느 날, 나를 따르던 제자가 찾아왔다. 아들이 호주로 유학을 가는 바람에 아들을 따라 몇 개국을 다녀왔다고 했다.

독일에서는 대부분의 부부가 같이 직장 생활을 하며, 생활비는 공동으로 책임진다고 한다. 그리고 아이들은 탁아소나 비싼 보육료를 내고 어린이집에 맡긴단다. 우리나라와 별다른 차이는 없는 것 같았다.

언젠가 신문에서 ‘열쇠 아동’이라는 제목으로 맞벌이 가정의 자녀들에 관한 기사를 본 일이 있다. 부모가 직장에 나가 있는 동안 집 열쇠를 맡아 쥐고 혼자서 집을 보거나 밥도 차려 먹고, 숙제를 하며 부모의 귀가를 기다리는 아이를 가리키는 말이라고 했다.

신문의 내용인즉 이러했다.

“열쇠 아동들이 부모와 함께 있어야 할 시간에 굶주리고, 고독한 환경에서 자라는 경우 왜곡된 성격이 형성될 위험이 있다.”

"한 개의 맛있는 빵보다 엄마의 얼굴을 보여달라."

"냉장고에 맛있는 것이 없어도 엄마가 집에 있는 것을 원한다."

그러니까 호화스러운 옷보다, 맛있는 빵보다 부모를 원한다는 기사였다.

사랑을 충분히 받아야 할 시기에 혼자 외톨이로 생활하다 보면 성격이나 정서적으로 문제가 없지 않을 것이다. 그러나 상황이 그렇게 될 수밖에 없다면 긍정적으로 받아들여 현명하게 대처하는 것이 지혜로운 사람의 행동이다. 비록 외롭기야 하겠지만 혼자 생활하면서 자신이 해야 할 일을 스스로 하다 보면 강한 자립심이 길러지는 계기가 될 것이다. 부모의 과잉보호로 응석받이로 자라는 부잣집 아이들에 비해 책임의식이 분명해지는 장점도 있다는 이야기다.

독일 아이들은 아예 처음부터 자기 일은 자기 혼자의 힘으로 해결하도록 교육한다고 한다. 그래서 자신의 일에 대한 개념을 분명하게 인식시켜 주는 것이다. 때문에 그 아이들에겐 철학적 사고가 발달되지 않을까 하고 나 혼자 생각해본다. 그들도 1990년대 초, 안정된 생활 기반이 조성될 때까지는 산아 제한을 해야 한다는 의견들이 팽팽했었다.

열쇠 아동 현상이 있기는 하지만 방임하지는 않고 뒷바라지에 최선을 다한다. 주부들의 육아와 가사와 직장에 대한 복종 원칙은 전 총리 집권 시에 주장된 이야기지만 사회적으로 공감대가 형성되어 있다고 한다.

전 세계적으로 부모의 권위는 세계 제2차대전을 겪는 동안 무너져 버렸고, 맞벌이 부부의 보편화로 아이에게까지 손길이 안 가는 것이 당연한 일로 되었다.

때문에 아이들은 무엇을 생각하고, 무엇을 느끼고, 어떻게 행동해야 할지 결정하지 않으면 안 되게 되었다. 이렇게 완전히 내던져진 아이들은 시선을 이성에게로 돌려 연애를 하기 시작했다. 독일의 청소년 사이에 사랑은 매우 신속하고, 매우 일상적이어서 우리 한국과는 대조적이라고 한다. 일단 사랑을 하게 되면 변명이나 책임 회피가 있을 수 없다는 것은 외국에서는 전례로 내려오는 풍습인지도 모른다.

결혼 연령도 옛날에 비해 빨라져서 학생 부부도 많다고 한다. 그런 커플들은 약혼자라고 해도 사실상 부부라는 것이다. 그래서 출산 관리를 철저히 하지만 그래도 사생아의 수가 놀랍게 많아졌다고 한다. 이성관계를 갖는 나이도 여자는 15세, 남자는 17세라고 하니 우리는 상상도 못할 현상이다. 그래서 요즘 독일의 젊은이들은 인성이 날카로워지고, 점점 에고이스트로 변해간단다. 완전히 혼자이다 보니 믿는 것은 자기 자신밖에 없게 된 것이다. 그 결과 젊음의 분출구로 이성에 집착하게 될 수밖에 없을 것이다. 단순한 탈선이 아니라 시대의 모순이 엉뚱한 현상으로 나타나게 되었다는 이야기이다. 자기 상실과 허무에 고민하는 그들은 그것이 유일한 자기 증명의 방법이 아닐까?

그들은 학교를 졸업하고 직업을 가지면 생활 걱정은 하지 않는다. 특히 취업률은 백 퍼센트라고 한다. 그런 가운데 믿는 것은 자기뿐이고, 자기표현의 한 방법으로 열심히 살고, 사랑도 열심히 한다. 그들이 그러는 이유는 부모로부터 따뜻한 애정을 받아보지 못했고, 진정한 애정을 줄 수도 없었기 때문이 아닐까?

사랑은 자신의 내부에서 일어나는 생리적인 현상이다.

독일의 젊은 청춘들은 한국의 청춘에 비하여 부정적일까, 아니면 긍정적일까? 이것은 미지에 속하는 일일 것이다.

어떤 유명한 작가는 말했다.

'밖을 보지 말고, 자기의 한계를 초월하려고 시도하지도 말고, 자기의 내부로 파고드는 것이 젊은이들이 할 수 있는 전부이다.' 라고.

가보지도 못한 독일 아이들의 얘기를 듣다 보니 내가 독일을 다녀온 기행문을 쓰는 듯한 착각이 든다.

아이들의 마음속에도 모성의 본능이 숨겨져 있다. 작은 것, 불쌍한 것들을 보면 자기들이 돌보아야 한다는 의무감을 갖는다. 친척이나 형제간이 아니더라도 사랑하는 마음이 생기게 되는 것이다.

이야기를 듣다 보니 세상을 모르고, 사회를 모르고, 그것에 좌우되지 않는 순수한 어린아이의 마음이 부러웠다.

어른들은 애정이라는 명분으로 아이에게 스트레스를 가하면서 '사랑하고 있다' 라고 강조한다. 바로 우리 한국의 어머니들이다. 천진한 아이들의 예민한 감수성은 그 비진실성을 직관적으로 간파한다. 그래서 허위의 냄새를 맡게 되면 반발을 일으킬 수도 있다.

엄마가 아이들에게 어떤 일을 부당하게 요구해놓고, 그 일이 이루어지지 않으면 화를 내는 것이 그 예이다. 감정을 아이들 앞에서 터트려 위협을 주는 것이 어떤 영향을 미치게 될지 한 번쯤은 생각해봐야 할 것이다.

독일은 무에서 부를 일구어낸 나라이다.

아이가 있다고 아동실이 꼭 따로 있지는 않다. 봄이나 여름, 가을뿐 아니라 추운 겨울에도 공원에서 유모차를 끌고 다니는 어머니를 쉽게 볼 수 있고, 화창한 날씨에는 한적한 들길에까지 유모차를 끌고 온 부모로 초만원을 이룬다고 한다.

주 중에 같이 있어 주지 못한 관계로 일요일이면 아이들을 데리고 여가를 즐기는 어머니들의 성실한 모습이 인상적이었다고 한다. 그런데도 대부분의 주부들이 가정부 없이 이이들을 기르고, 부엌일을 하면서 직장에 다닌단다. 일상적인 일도 주부들이 남자들보다 많다고 한다.

독일 여성은 절약을 위해서 가계를 계획적으로 운영하고, 안정된 분위기 속에서 위생 관리를 철저히 하며, 영양을 중심으로 식생활을 한다. 또 주택의 전기화를 통하여 낭비를 줄였기 때문에 여유 있는 생활을 하는 것이 우리나라와 너무나 대조적이라고 한다. 그렇게 여유가 있다 보니 교양이나 정치에 대한 관심이 높아지는 것은 당연할 것이다.

아이들의 교육은 출생할 때부터 시작해야 한다는 것이 독일인들의 주장이다. 수유나 기저귀를 갈아주는 것도 시간을 엄수해서 하고, 아무 때나 안아주거나 뽀뽀도 하지 않는다고 한다. 시간을 지키고, 분량을 지켜 수유해야 자기가 자기를 관리할 줄 아는 독립심이 생긴다는 것이다.

후에 사회에 나가서 타인의 눈에 어떻게 보일지, 독일을 위한 인물이 될지를 미리미리 생각하면서 교육을 체계 있게 진행한다고 한다. 아무리 울어도 정해진 시간이 아니면 절대로 달래주지 않기 때문에 아주 어린아이도 우는 법이 없단다. 넘어져서 피가 흐르고 몹시 아프게 보이는 때도 오히려 부끄러운 듯이 얼굴을 붉히고 스스로 휴지를 꺼내서 상처를 닦는 모습을 본 일이 한두 번이 아니었다고 한다. 그렇게 길러진 독일 아이들의 자립심은 기막힐 정도라고 감탄했다.

아이들과 부모, 그리고 가정은 뗄 수 없는 관계다.

그 제자가 방문했던 여러 가정은 항상 따뜻한 분위기로 넘쳐 있었으며, 무엇보다 방문한 손님에게 친절하고 상냥했다고 한다. 또 집집마다 꽃들이 많았다고 한다.

생활의 모든 것이 잘 정리 정돈되고 질서가 정연하더라는 독일의 이야기를 들으면서 우리 한국과 비교해보지 않을 수 없었다.

독일은 독일인들 스스로 독립심과 도덕성을 가지고 일궈낸 국가다. 그에 비하면 우리나라는 아직도 삭막한 생존경쟁으로 싸우고, 헐뜯는 데에 머물고 있다.

모든 것이 선진국형으로 정리 정돈된 독일과 어찌 우리나라를 단순 비교할 수 있겠는가? 그러나 그들의 독립심과 도덕성, 자율성은 배워야 할 것이다.

우리들도 시야를 넓혀 의식을 개선하고 삶의 질을 업그레이드 시켜야 할 때다.

정치인에게 나도 한마디

일반인이 생각하는 정치인, 특히 국회의원들은 굉장히 똑똑한 사람들이고, 영리한 사람들이다. 그래서일까? 그들은 저마다의 주장이 강하다. 그것이 그들의 본모습일 것이다.

계층을 넘어서고, 학력을 넘어서고, 나이도 초월하고, 잘살고 못살고는 물론이고 더 배우고 덜 배운 것도 상관없이 목소리에 힘만 들어가면 그만이다. 그런데 그들은 스스로를 평가할 때는 헌신적이고, 봉사적이고, 진솔하고, 정직하다고 외친다. 공천을 받아 국회의원에 당선만 되면 그 자리에서 밀려나더라도 밑질 것이 없다. 정치인으로서 계산이 있기 때문이다. 욕을 먹어도 괜찮다. 손가락질을 받거나 죄를 짓는 것은 국회의원이 되면서부터 각오했을 것이다. 심지어 죄를 짓고도 죄라고 생각하지도 않는 것 같다. 흔히 금배지를 달게 되면 어쩔 수 없이 죄를 짓게 된다고 한다.

사람은 저마다 행복을 추구하는 존재이기 때문에 국민이나 권력자나 나서서 말할 필요를 느끼지 않는단다. 아무나 국회의원이 될 수 없는 한, 그에 걸맞은 특권을 가질 수 있기 때문이다. 천박한 정치 환경과 언론 환경을 쇄신하자는 말은 구호에 지나지 않는다.

민주화 이후, 평화적인 정권 교체를 경험한 대한민국의 정치인.

모든 국회의원들에게 당신들은 과연 헌법기관으로서 역할을 제대로 하고 있느냐고 묻고 싶다. 국회에는 당리당략만 취하는 집단만 보이지, 국민을 위하여 일하는 진정한 국회인은 보이지 않는다.

국회에서 의사결정을 할 때도 마찬가지다. 한 사람 한 사람의 의견을 구하지 않고, 주먹구구식 패거리 집단으로 몰아붙인다. 당론이라 해서 '이건 A로 가시오, 이건 B로 가시오' 하고 멋대로 배정한다. 강경파에 휘말려 피싸움을 벌이면서 죽일 놈, X새끼 해보자, 하는 게 일상화되어버렸다.

강경파들은 국민들에게 책임을 지려는 의식이 없는 것 같다. 때문에 책임 있는 명령을 내릴 리더가 없다. 의원으로서 책임과 역할을 제대로 하느냐에 따라 공천이 결정된다는 얘기를 들었다. 작심하고 국민을 모욕하고, 공약을 일순간에 강물에 던져버리는 의원을 보면 나도 그들을 향해 돌팔매질을 하고 싶은 심정이다.

가을 들녘엔 황금물결이 일고, 집집마다 빨간 감이 익어간다. 가을걷이에 나선 농부의 입가엔 웃음이 흘러넘친다. 그런데 이 좋은 사회에서 왜 보릿고개가 그리워지는 걸까? 국민의 의식과 동떨어진 폐쇄적인 정치 구조와 황금알을 낳기 위해서 국회의원이 되려는 그들 때문이라고 한다면, 내 말에 동의할까?

"국민 여러분, 국가가 국민을 위해 무엇을 할 수 있는가를 물어주십시오."

미국 대통령 오바마의 취임 연설 중에 나오는 말이다. 그의 연설은 신선하고, 감동적이다. 그런데 우리나라 정치판은 어떠한가? 국회는 싸움만을 벌이는 각축장이다. 지난 연말 '폭력 국회' 당시 한나라당이 보인 행태는 집권당의 책임 있는 태도가 아니었다. 한마디로 당파 싸움판이었다. 국회의원들은 전쟁판의 병졸처럼 우왕좌왕했고, 수차례 전략회의를 가졌지만 당은 두 파로 갈려졌다. 국회의원은 국민의 동반자라는 책임 의식을 가지고 소신 있게 행동하는 게 옳다. 그래야 정치인들을 백안시하는 민심을 되돌릴 수 있다.

국회의원들은 당선이 됐다고 해서 아무 책임 없이 권한만 누리려고 해서는 안 된다. 외국에서는 우리 국회를 보고 쓰레기 정치장이라고 한단다. 망치가 나오지를 않나, 책걸상을 던지지를 않나, 자기들끼리 멱살을 잡고 발로 차지를 않나, 정말 한심한 정치꾼이라 비웃을 만하다. 정치와 당무를 완벽하게 소화하지도 못하고 촌철살인을 하는 정치인들, 국회 금배지에 의존하는 정치인은 이젠 옛날 얘기다.

온 세계의 경제가 어려워 빨간불이 켜진 지 오래다. 이러한 때에 나라의 운명을 깊이 생각하지 아니하고 개인의 영달이나 소속 정당의 당략에 따라 경거망동하다가는 대한민국이 무너지는 순간 자신들의 존재 가치도 사라진다는 사실을 알아야 한다. 여야를 떠나 공동 운명체라는 생각이 머릿속에 박혀 있어야 한다.

세월보다 빨리 변하는 게 국민과 정치인의 관계다. 우리보다 뒤처지는 후진국에서도 말만 있고 행동으로 실천하지 않는 정치는 대한민국뿐이라고 비아냥댄다. 국민들은 '이젠 좀 나으려나? 이젠 좀 더 괜찮아지려나?' 하고 애타게 기다린다. 망치로 국회 출입문을 때려 부수어도 이를 제재하지 않는 여당이나, 시정잡배들도 하기 힘든 언행을 자행하는데도 이를 수수방관하는 국회의원들. 외국에서 보면 참말 웃기는 나라라고 동정할 것이다. 여당은 여당대로, 야당은 야당대로 으르렁거리며 서로 못 잡아먹어서 불을 튕기면서도 자신들이야말로 명실상부한 개혁세력이라고 우긴다.

여야 간의 의석 수에 따른 총체적 모순 구조를 알면서도 이를 인정하지 않고 완력으로 자기들의 주장을 관철시키려 하니 전쟁으로 갈 수밖에! 여당은 야당에게 선전포고를 하고, 야당은 여당에게 너희들 멋대로는 안 된다고 대든다. 몇 년 전 그 기세등등했던 상당수 국회의원들은 정치판을 떠났고, 진보 세력의 전폭적인 지지를 안고 출범한 노 정권은 집권 내내 불안해하다가 탄핵 세례까지 받은 부끄러운 정치로 마감을 한 사실을 벌써 망각한 것 같다.

이제 나도 분통이 터져 한마디 해야겠다.

"수출 물동량이 눈에 띄게 줄고, 경기 침체가 한눈에 보입니다. 온 대한민국이 위축되어가고 있습니다. 더구나 이곳 부산에는 서민층이 많이 밀려오고 있습니다. 이제 세상은 진정한 사랑과 의리가 소멸되어 가고 있습니다. 부자는 가난한 사람에게 주먹질을 해대고, 자식은 부모를 배반하고, 권력을 탐하여 스승을 비방하는 사례도 빈번히 벌어지고 있습니다. 세상도 거꾸로 돌아가고 있습니다. 정직하고 선량한 사람들은 굶주림에 시달리면서 살아가야 하는 세상이 되어가고 있습니다.

인간의 가치는 점차로 낮아져 정도를 상실하고 있고, 정치인들은 정치인들까지 잡아먹는 세상이 되어가고 있습니다. 시장에 가면 시장통 전체가 파리만 날리고 있습니다. 며칠을 굶은 사람이 슈퍼에서 라면 한 봉지를 훔쳤다는 얘기도 있습니다.

여당 국회의원님들, 이젠 이명박 대통령이 죽이라도 먹여주겠지 하는 기대는 접어 두어야 하나요?

옛날 대학 동기가 적이 되고, 친지가 원수 되는 이런 파란만장한 정치 싸움은 이제는 근절되어야 하지 않을까요?

정치 생명은 파리 목숨과 같다는 어느 국회의원의 말이 실감이 납니다. 이 나라를 위하고, 국민을 위한다면 타협도 하고, 서로가 한 발 양보하는 미덕을 가지는 것을 잊어서는 안 되겠지요.

작은 조직이든 큰 조직이든 앞에서 끌고 가는 사람의 역할이 중요합니다. 지도자가 비전을 제시하지 못하고, 따르는 사람이 땀 흘리지 않으며 열정을 쏟지 않는다면 그것은 모래성 쌓기와 다를 바가 없습니다. 대통령은 국가의 미래를 위해 노심초사하고, 국회의원들은 어떻게 하면 국민이 잘살 수 있는지 연구 노력하여 주기를 국민들은 소망합니다. 이 늙은이는 대통령님을 사랑합니다.

지난 4월 15일 천안함 침몰 사건으로 세상이 시끄럽습니다. 국민들은 오열하고 있습니다. 특히 천안함 사건 이후 우파 시민 사회는 원칙적이고 단호한 대응을 주문하고 있습니다. 이명박 대통령님, 무엇을 그렇게 어렵게 생각하고 계십니까. 한밤중에 해군 초계함이 폭음과 함께 두동강이 나면서 침몰하였습니다.

북한에 특이 동향 없다, 북한 개입 증거 없다, 예단 말라 했습니다. 그러나 많은 희생자가 생겼습니다. 천안함 전사자 46인은 대통령님께 묻고 있습니다. '대통령 각하, 우리는 왜 죽었습니까?'

진지한 반성이 필요한 시간입니다. 지금까지 선동 투쟁으로 많은 시간을 허비했습니다."

여자는 남편하고 결혼한다

원래 여성은 지속성을 지향한다고 한다.

지금 우리 한국은 완전히 지속성을 상실하고 모든 일이 순간에 결정된다. 그리고 순간은 새로운 공간을 주고 생기를 부여해준다.

인간의 마음속에는 거짓된 주체성의 느낌이 생겨나게 되고, 그 느낌은 다음 체험이 올 때까지 지속된다.

어느 날, 나는 강의를 마치고 무심코 개인적인 질문을 했다.

"학생들은 무엇이 제일 무서운가요?"

"사랑이요."

의외로 생각지도 않은 대답이 나왔다.

순간 나는 질문을 잘못했구나 생각했다. 황량한 들판에서 잉잉거리는 벌 떼들에게 집중적으로 공격을 당하는 느낌이었다. 그것은 어떻게 생각하면 남성관의 비약적인 변화라고 말해야 할 것 같다. 끊임없는 방황에 전전긍긍하는 남자의 세계 속에 실로 인간적인, 지극히 인간적인 욕구의 갈등 때문에 밑바닥에 버려져 있다는 느낌이었다. 그러자 갑자기 세상에서 가장 무서운 비밀을 훔친 것 같은 느낌에 빠졌다.

남성들의 강함과 욕구를 모험으로 생각하는 여자들이 많다. 어떤 성질의 것이든 간에 선택은 각자가 해야 할 일이지만 술을 마신 끝에 호텔 앞에서 몸을 요구하는 광경을 대수롭게 보아 넘길 일이 아니다. 그러니까 학생들은 그것을 심각하게 생각해야 한다는 대답이었다.

서로가 사랑을 주는 데서 육욕肉慾은 있을 법한데…….

남자도 여자도 서로 사랑하지 않을 경우 여자의 뜻대로 받아들이는 것일까? 마음이 약해서, 그리고 어리석은 동정심에서?

인간은 비밀 없이 살 수 없는 것인지도 모른다.

아내가 부부관계를 더 이상 유지할 수 없다고 집을 나가버려 폐인이 된 어떤 학자의 이야기는 우리를 안타깝게 한다. 때로 생활력이 있는 사람들이 젊은 청년들 혹은 젊은 아가씨들과 술을 마시고 담소하고 즐긴다. 강력히 항의하는 청년들, 나는 지금 살려고 하는 것이지 쾌락 때문에 그러는 게 아니라고.

요즘 세상은 성 문제에 있어서 여자가 주체인 것 같다. 남자와 똑같이 일하는 여자로서 남자와 똑같이 나누려고 하는 정사. 유흥의 분위기 속에서 마지막 결정까지 책임 있는 결단을 내리는 게 요즘의 신식 여성이다.

실제적으로 모든 남자들은 여자에게 주권까지 뺏기고 살고 있다고 봐야 한다. 날로 복잡해지고 음흉해지는 상황이 여자들의 안일한 태도로 정착되고 있다. 어떤 경우에도 하나의 원칙으로만 머물 수 없는 것이 현실이라고 대수롭지 않게 넘겨 버린다. 또 자신을 완전히 버리고 아내의 자리를 곱게 지켜 나가며 혼자 사는 여인 또한 숱하게 많다.

남성들 역시 바라는 여성상이 있을 것이다.

이러한 원칙을 지키면서 마지막 결과까지 다 감당하는 책임 있는 태도 역시 여자에게 허용하고 있는 것 같다. 그러나 모든 여자에게 허락하고 있는 것은 아니다.

이것은 생활 면에서의 이야기이고, 정신 면에서 한 남자와 포괄적인 의미로 공존하게 되며, 내적 변화를 여자에게 전달할 수가 없을 것이다. 어떤 저명한 작가는,

"여자는 남편하고 결혼하는 것이지 남자하고 결혼하는 것은 아니다."

라고 했다.

옳은 말이다. 진리일 수도 있다.

여자는 그 남편 속에서 남자를 추상해 내려고 노력한다. 그런 모색 과정에서 남성의 본질을 어렴풋이나마 잡아내는 것이다.

남자를 사랑하는 결혼 생활에서 관용과 타협과 체념은 검은 때처럼 여자들의 시야를 덮을 수도 있을 것이다. 그것을 슬퍼해야 할지 기뻐해야 할지는 그때그때의 상황에 따라 다를 것이므로 새삼스럽게 모든 것을 새로 시작하고 싶은 사람은 없을 것이다. 다만 모든 것은 이성적으로 처리해야 한다.

당신이 지금 미혼이라면 타인과 지금의 생활 정도로도 결코 융화될 수가 없다. 무언지 구속되는 듯한 무시무시한 것을 내포하고 있는 세계에서 헤매일 것이다. 당신이 여자든 남자든 현재까지 미혼이었다면 말이다.

이런 얘기에 나는 상당한 구미를 느낀다. 왜? 사실이니까.

대부분의 독신 남자는 매캐하게 홀아비 냄새만 풍기는 침구 속에서 몇 번이고, 몇 번이고 잘살아 볼 것을 다짐할 것이다.

결혼 생활만 해도 당신의 머릿속에는 관념적인 것으로 일반화되어 있을 것이다. 그것을 위해 죽거나 미치거나 자살하지는 않을 것이다. 여운이 뇌리에 와 닿는데도 나는 지금도 이성을 모르는 독신을 고수한다. 그래도 남자들의 모습, 여자들의 모습, 이 모습,

저 모습이 내 마음에 와 부딪친다. 아예 꿈도 꿔보지 않는 일들인데도…….

여자들은 자기의 삶 전부를 한 남자에게 꽉 맡겨버리고 자신은 더 이상 필요 없이 부부 생활만 잘 적응하는 것을 결혼이라고 인식한다. 그러나 이것이 진정한 결혼 생활인지 좀 더 내면을 들여다 볼 필요가 있지 않을까? 나는 여성의 자주성을 찾으려는 노력이 필요하다고 말하고 싶다.

여성의 물질과 성에 대한 애착이 비난의 심각한 근원이 될 수도 있다. 여성은 아이들과 살고 있는 까닭에 자기가 이루지 못하는 것을 '남자는 생각할 것이다.' 라고 생각한다. 자기를 완전히 보상해주고 부드러운 감촉으로 위안해주는 환상의 역할을 억누르려 하는 남자와는 다르다. 믿고 있는 충만, 또 누구나 가지고 싶은 가정을 이루기 위해 여성들은 전력할 것이라고 의식할 때 우리는 생이 진정한 것이 아니었고, 불성실하게 된 것을 인식한다.

남자 여자를 막론하고 인간이라는 무서운 조건에 있는 여성은 본질적으로 약점을 노리는 자신의 순간을 초월하면서 사는 것이다. 물질을 지배하는 곳에 빠져 일시적인 눈가림으로 불성실한 생활 태도가 흘러가는 여자들의 손에 쥐어진 경제적 특권, 남자의 사회적 가치, 결혼과의 명예와 약속, 남자에게서 얻은 효과, 이러한 모든 것을 여자들 마음에 들도록 애쓰고 있다는 것이 요즘 남편들의 생각일 것이다.

어느 나라에서도 여성과 남성과의 대립이 완전히 제거된 적은 없다. 그러고 보니 한 발자국 더 가까워진다. 자신에 대해서, 남편에 대해서, 자식에 대해서 비로소 눈을 뜨게 되었는지도 모른다. 아이들도 남편도 언젠가는 어머니가 가졌던 의문 때문에 방황하지 않을까 하는 고민도 하게 될 것이다.

그러나 사회 상황의 변화에 따라서 남녀가 정말 동등한 입장이 되고, 여자도 남자도 마찬가지로 자기를 초월하는 행위를 한다면 이것은 희망적이다.

무서운 고독과 절망과 싸우면서는 자아를 쫓아갈 수 없다. 현재도 있고, 내일도 있고, 모레도 있듯이 현재의 자기를 확신하면 여자의 결점을 열거하기보다 자기의 존재가 가능해질 것이다.

불성실한 생활 태도는 자연 소멸하고, 우리 어머니들도 딸들도 눈높이보다 참된 과제로 삼게 될 것 같은데…….

일기

1990년 10월 ◯◯일

풀리지 않는 고뇌와 슬픔 속에서 무엇인지 있다는 느낌을 받고 있다. 무언가에 열중하는 상태, 자신에게 기쁨을 주는 어떤 일에 몰두하는 상태를 통해서 만족감을 얻어낸다.

새벽 1시까지 원고지와 씨름을 했다.

지금까지 울었던 눈물과 괴로움 전부를 생략시키고 살고 있다.

혜민이에게서 전화가 오려나? 혜민이가 나에게 행복을 가져다 준다. 아름다운 할머니로 기억을 남겨주어야지. 보다 깊고 아름다운 순간을 만들어 주어야지.

오늘은 빡빡한 강의가 있다. 잠깐 눈을 붙이자.

2006년 1월 ○○일

나는 지금 재력도, 명예도, 아무 것도 없는 노쇠한 늙은이다. 천국적인 환희와 지옥적인 고뇌가 교차하며 지배하고 있는 초라하고 허약한 여인이다. 굳게 닫혔던 동굴 속에 갑자기 한 줄기 햇빛이 들어온다 해도 한 생명을 뒤흔들어 깨워버리고 말 것 같은 그런 두려움밖에 없다.

언제 눈이 올지……. 내일은 화창한 겨울 날씨가 될 거란다.

일기예보는 예측할 수 없이 하루에도 몇 번씩 변한다.

과장과 허구가 적절히 뒤섞여 평균화된 지식의 시대에 사는 자신이 놀랍다.

자신의 일을 적당히 위장하면서 살고 있는 자신이 어떤 때는 혐오스럽다. 백화점에 진열해놓은 마네킹을 망치로 때리는 듯한 통증이 나의 머리를 흔들어 놓는다.

돈에 대한 절망이 끝없이 끓어오른다. 오늘도 은행 직원과 입씨름을 했다. 굴욕이다. 여기에서 멈춰 서야 한다.

사람은 사람에게 인정받기를 원한다. 지금 나는 양심에 남아 있는 사명보다 연체금을 갚아야 하는 일만 남아 있다. 원수놈의 파란 종이의 만 원짜리 지폐 앞에서 어떻게 지성과 양심이 바르게 행동할 수 있단 말인가!

은행과의 치열한 공방이 시작되었다. 예민한 반응을 보이는 손님들, 나는 이런 순간들을 수없이 경험했다. 그래서 최대한 이성적이려고 한다. 상대편이 감정적이기 때문에 나도 감정에 치우쳐 흥분의 도가니가 된다.

금융계의 판단은 비타협적이다. 자기들의 소속에서 절대로 양보하지 않는다. 그들에게는 한 개인을 순식간에 거렁뱅이로 만들 수도 있고, 부자로 만들 수도 있는 특권이 있다.

나는 걷잡을 수 없이 허물어져 가는 자신을 의식했다. 불행을 아는 순간, 슬픔보다 더 무서운 고독만이 따르는 오늘 하루였다.

밤에까지 너무 피곤하여 맥주 두 캔으로 잠을 청했다.

2006년 3월 ○일

"'한 알의 밀이 땅에 떨어져 썩으면 많은 열매를 맺는다. 그렇지 못하면 한 알의 밀알 그대로일 뿐이다.' 자기 희생을 뜻하는 말입니다. 그렇습니다. 사람은 땅에 떨어져 썩어서 많은 열매를 맺는 밀알이 되어야겠지요."

노인대학 첫 시간에 밀알 얘기로 강의를 시작했다.

무수히 겪어온 아픔 같은 것이 순간순간 가슴에 저며들어 열변을 토했다.

그랬다. 이젠 훌훌 털어버리면서 많은 사람들에게 빛과 소금이 되는 의무를 다하고 싶었다.

훈이가 왔다. 며칠이면 법무관을 마치고 사법연수원으로 들어간단다. 날이 갈수록 예뻐지는 혜민이와 함께 행복한 모습을 보여주었다.

혜민이의 표정은 정말로 황홀 그 자체였다. 그 감동이 나의 가슴으로 뭉클뭉클 온다. 나에게 손녀의 축복이 있기까지는 지금은 다 잊혀졌지만 진한 희생과 원망도 있었다.

놀이터에서 아장아장 혜민이를 걸리며 따스한 바람을 호흡했다. 인간의 생명 그 자체가 연민이 되고…….

2006년 5월 ○○일

"인생을 아파할 줄 모르는 사람이 어떻게 글을 쓸 수 있습니까? 그래도 살아온 삶들이 작품이 되고, 시가 되고, 인연의 줄에 의해 얽히고 설키어 소설이 되는 것이지요."

친하게 지내고 있는 허 교수의 얘기다. 이런 섭리가 절대자의 섭리에 의한 것이라면 너무 많은 모순의 숙제일 것이다.

서로 행복한 마음을 나눌 수 있는 만남은 좋은 인연이다. 서로 고통스런 마음을 나눌 수 있는 만남 역시 좋은 인연이다. 그러나 서로 고통스런 마음을 더해주는 만남이라면 그것은 분명 악연일 것이다. 죄악이나 야망에 흥미를 갖기 전에 눈앞에서 불을 뿜고 있는 문제가 있다.

오늘도 지옥 같은 고뇌가 부글부글 끓었다. 그런 중에도 나만이 아닌 모든 사람들도 외로운 것 같아 다소 위안이 된다.

'외로운 사람은 자신의 얼굴을 나의 어깨 위에 기대어 주세요.'

내가 아직 남에게 위안을 줄 수 있는 능력과 마음의 여유가 있다는 것은 내게 아직 삶이 존재하고 있다는 사실을 말해주는 것이다.

저녁 늦게 예진 에미와 애들이 왔다.

시끌벅적하다. 이층으로 삼층으로 시끄럽다. 짜증이 난다. 나의 성격을 아는 예진 에미는 알아서 일을 하고 간다.

나 자신이 다른 사람에게 싫은 사람으로 만나야 할 때도 있다. 자식 역시 내가 미울 때가 있고, 나 역시 자식이 미울 때가 있다. 이런 관계는 일시적 감정에서 선택되었다가 일시에 사라진다.

2006년 12월○○일

나의 첫 작품집 『고시촌과 어머니』가 세상에 태어났다. 긴장이 된다. 주섬주섬 주워 엮어낸 훈이에 대한 자서전적 기록이다. 픽션이 아닌 있었던 사실을 그대로 썼다.

평이하다고 생각했다. 살아온 생에 얽힌 기록이어서 부끄러움이 없지 않다. 아름답게 쓰고자 노력이야 했지만 독자들에게는 어떻게 비쳐질지……. 장작을 포개어놓고 불을 지피듯 열정으로 쓰면서도 많은 미숙함을 느꼈다.

그러나 정신은 구름을 타고 훨훨 날아다니는 기분이다. 이 원고는 오랜 동면 속에서 오늘을 기다려 왔었다.

사람은 자기를 스스로 찾는 것이지 남이 찾아 주는 것이 아니다.

아름다움이라는 말은 여성을 표현하는 말이다. 나도 나를 찾기 위한 방편으로 시와 수필을 써왔다. 짧더라도 긴장된 삶을 살 수 밖에 없는 이름, 박강순!

2006년 12월 ○○일

조용히 눈이 내리고 있는 밤이다. 크리스마스인 것 같다. 징글벨 소리가 교회 십자가에서 하얀 눈처럼 퍼진다.

오늘은 목욕탕이 휴일이다. 기독교인들이라면 온 집안 식구가 난롯가에 앉아서 촛불도 켜고 성가聖歌를 부르면서 예수의 탄생을 축하하는 축제를 벌일 것이다.

제자로부터 캘린더가 도착했다. 잊어버리고 있었던 이 교수님에게서도 짤막한 연하장이 왔다. 근처에 사는 아들놈은 전화 한 통 없다. 우울하고 힘들게 살고 있는 이 에미에게 관심조차 내색하지 않은 지 오래되었다. 혼자서 힘들게 살아온 의미가 없어진 것 같다. 햇빛처럼, 바람처럼 보이지 않는 나는 언제나 혼자일 수 밖에 없다.

내 나이 69세, 아주 조용하게, 아프지 않고 거짓말같이 가버렸으면 좋겠다. 어둠 속에 끝없이 깊이깊이 빠져들어 가는 것 같고, 천장도 벽도 아무것도 없어진 것 같다.

말없이 슬퍼진다.

2006년 12월 ○○일

책상 앞에서 이책 저책 뒤지면서 이유 없는 공포와 불안에 허덕이노라니 벌써 새벽 4시다. 눈이 펄펄 날린다. 새벽 5시만 되면 제일 빨리 오는 첫 손님, 서 선생님이다.

"어제 크리스마스 잘 보냈습니까? 하루라도 빨리 여기에서 해방되어야 할 텐데……. 어렵지요?"

"네, 그저 그렇네요."

"매일 아침 보고 느끼지만 고생을 참 많이 하고 있어 보기가 안타깝습니다. 그렇다고 도와줄 형편도 안 되고……. 요즘 부동산 경기가 워낙 없어 큰 덩어리는 쉽지 않은 것 같아요."

"항상 서 선생님을 고맙게 생각하고 있어요. 적당한 가격만 나오면 정리하겠는데, 거저먹으려고만 하네요. 어떻게 되겠죠, 뭐."

눈 떨어지는 소리가 들린다. 내 머릿속에서 들리는 고요한 하모니이다.

정신적, 물질적 고통이 얼마나 어려운가를 절실히 느낀 아침이다. 이런 속에서 나만의 고독이 탄생되는가?

고독 속에서 자기를 속이지 않고 세상을 바라보는 것. 고통이면서 언젠가 세월이 말해주기를 기도할 수밖에 없다. 무엇보다 내가 기도하고 염원하는 것은 나는 이길 수 있다는 강한 의지와 신념이다. 그러나 지금 내면에서 외치는 소원은 이곳에서 해방되게 해달라는 것밖에 없다.

'짧더라도 긴장된 생을 이 이상 지속되지 않게 해주십시오.'

2007년 4월 ○일

'이젠 모든 것을 포기할 수 있는 용기를 주십시오.' 라고 기도하고 싶다.

능력도 재력도 없는 이 늙은이에게 어떤 요술방망이가 뚝!하고 나타날 리 없다. 어떻게 사람이 하나님, 부처님 말씀대로만 살 수 있단 말인가! 죄도 짓고, 잘못된 일을 하기도 하고, 거짓말을 할 수 있는 것이 사람이다.

요사이 지칠 대로 지쳐 있는 나에게 빗발 같은 은행의 빚 독촉이 나를 안개 속으로 침몰시킨다. 가슴속에서 소용돌이치고 있는 자신을 돌아보면서 그놈의 돈이 무엇인지 원망에 싸인다. 흉측하기 그지없는 요물들, 모두 마귀에게나 물려 가버려라!

매일 변하는 것이 없다. 미칠 듯한 순간이다. 습관적으로 짜증이 난다. 자식이란 울타리가 전혀 도움이 안 된다. 다 지나간 뒤에야 깨닫게 되는 비인간적이라는 후회. 순간 형언할 수 없는 회한이 가슴에 차오른다.

오후 3시. 탕 안에서 시끌버끌 싸움이 났다. 손님과 여탕 관리인이 대판 싸움을 벌인 것이다. 끔찍한 사건이 터졌다. 손님 옷장에서 지갑이 분실된 사건이었다.

어떻게 수습을 해야 할지, 막막하기만 했다.

분실한 금액은 3만5천 원. 파출소에 연락하면 소문만 번져 영업에 지장이 있을 것 같아 조용히 4만 원을 돌려주고 수습했다.

돈을 돌려받은 아주머니는 그 돈을 왜 사장님이 주느냐고 말했다.

몇 개월 전에도 분실 사고가 났었다. 때문에 내게도 어느 정도 면역성이 생겨 안절부절하지는 않게 되었다. 그러나 가슴이 무거워지는 것은 어쩔 수 없다.

두 다리로 서는 인간이란 동물에 견딜 수 없는 구토가 쏟아진다.

옥상에서 하늘을 쳐다보았다. 오랫동안 더덕더덕 붙어 있는 추한 오물들이 한 꺼풀 벗겨지는 기분이었다. 인생이라는 미궁 속으로 빠지는 것을 절감했다. 피곤한 하루였다.

2007년 4월 ○○일

하늘이 맑고, 햇살이 따뜻하다.

묵은 잔디잎 속으로 파란 새순이 돋아나는 4월이다. 모든 생명이 다 그러한 것 같다. 이 법칙에서 벗어나는 것은 아무것도 없다. 나도 이렇게 머물다가 머지않아 곧 사라질 것이다. 아직은 두 발로 서 있지만 내 생명에서 어떤 특별한 의미를 찾을 건 없고 자연의 한 구성 요소로서 존재할 뿐이다.

세월은 나로 하여금 노년의 고개를 넘게 했다. 흐르는 세월을 누가 막을 수 있단 말인가! 나는 어차피 부잣집 아낙은 어렵고 삼 시 세 끼 밥이나 먹게 해달라고 말했던 것이 엊그제 같다. 그렇게 어렵기는 했지만 최소한 많은 죄는 짓지 않은 것 같다.

퇴임한 교장들 몇 분이 찾아왔다. 나의 초췌한 몰골을 보고 놀란 표정들이었다.

"박 교장, 얼굴이 너무 상했어. 지난번 얘기했던 게 빨리 정리가 안 되네. 요즘 부동산이 꽉 묶여 있어. 노 대통령이 부동산 말만 나오면 껑충껑충 뛰기 때문에 그래. 날벼락이야, 날벼락. 몇 군데 친구들에게 부탁을 해보았지만 어려워."

"사업하는 사람이 사업을 해야지 아무나 하는 게 아냐. 분필 가루 먹던 사람이 사업해서 성공한 사람 하나도 없어요. 멋모르고 뛰어들어 고생하는구먼."

이 세상에는 원형 그대로 머물고 있는 것은 아무것도 없다. 동물이든 사람이든 자연과 조화를 이루어야 한다는 하나의 법칙만이 존재할 뿐이다.

저녁밥을 사주겠다는 그들을 따라 횟집에서 소주 몇 잔으로 마음을 달랬다. 그래도 내 마음을 읽어 준 그들이 고마웠다.

저만치 곧게 이어진 둑길이 위아래로 흔들렸다. 술 탓이려니 하고 하늘을 보며 걸었다.

2007년 7월 ○○일

토요일이다. 푸른 하늘에는 구름이 경쾌하게 떠 있다.

옥상으로 올라가 한동안 흰 구름을 바라다보다가 내려와서 서둘러 원고 정리를 하고 샤워를 했다. 여름날이긴 하지만 아침의 찬물은 선뜩했다.

며칠 전부터 엄니에게 가겠다고 한 약속을 이행하기로 했다. 한 달이면 한 번씩 엄니의 산소를 찾는다. 엄니를 만나는 날이면 나는 미치게 흥분한다.

후텁지근한 열기는 아침부터 기세를 부린다. 토요일이라선지 도처에 등산객들의 인파로 들끓는다. 그 사람들을 헤치고 양산 석계 공동묘지로 가는 시외버스에 몸을 실었다.

차 속도 만원이어서 붐비는 사람 속에 겨우 끼어들었다. 막연하게 공동묘지를 찾아가는 자신의 운명을 보는 듯했다.

양산으로 가는 시외버스는 꼬불꼬불 시골길을 달렸다. 부쩍 많아진 공장의 높은 굴뚝과 콘크리트 고층 건물 사이사이로 들판과 산이 지나갔다. 흔들리는 낡은 의자에 몸을 기대고 눈을 감으니 엄니와 이야기를 하는 것 같았다. 오랫동안 같은 생활을 이어온 동반자처럼 나는 마음속에서 말했다.

'엄니, 몸이 짐이야. 엄니 옆으로 가는 순간까지 지고 가야 할 고달픈 짐. 입고, 먹고, 자고, 감각하는 모든 욕망의 짐. 이 짐을 버리면 이 막내의 영혼은 자유로워질까?'

섭리란 참으로 잔인하다.

사람이 나고, 죽는 것은 애욕의 반복이다. 삶 자체가 애욕이라고…….

지금 엄니의 영혼은 어디에 계실까?

가난하게 자라난 소녀는 공포와 무지로 혼란스럽다.

석계공원 종점에서 내렸다.

조화들이 황금물결을 이루고 있다. 모심기는 이미 끝난 듯 후끈거리는 열기 속에서 흙내음과 풀냄새가 신선하다. 이마와 등으로 땀이 흐른다.

개구리들이 와글와글 기세 좋게 울어댄다. 개구리들은 철들지 않는 새색시를 연상시킨다.

황새들이 하얀 날개를 넓게 펴고 날다가 곤두박질을 하면서 먹이를 잡고 있었다. 길다란 다리가 녹색의 나무 숲과 대비되어 희게 보였다.

엄니가 즐겨 피우는 담배에 불을 붙여 제석에 세워놓고 소주 한 잔을 따랐다.

"엄니, 막내가 왔다. 잘 있었지?"

잡초들이 묘 등성이에 무성하게 우거져 있었다. 가지고 간 낫으로 깨끗하게 베었다. 엄니가 떠난 지 20년이란 세월이 흘렀다. 그 세월을 흘러보내며 아직 내가 존재해 있다는 사실에 생각이 닿는 순간, 나는 모정의 기능을 이 묘지에 묻혀 있는 엄니에게 인수하고 싶지 않다는 욕망에 싸였다. 어느 모로 보나 가장 자격을 갖춘 엄니의 딸은 나이기 때문이다.

오후 5시. 뜨거운 태양이 하늘에서 맹위를 떨치고 있었다.

"엄니, 이젠 팔월에 아이들과 함께 올게."

개울을 따라 걸어오다가 문득 개울 속을 보니 내 그림자도 함께 따라오고 있었다.

2007년 11월 ○일

외로움이 늦가을 바람처럼 뼛속까지 스며드는 것을 막을 수 없다. 매월 지출해야 되는 금전 문제가 가슴을 짓누른다.

날만 새면 눈덩이같이 불어나는 이자. 타오르는 불길 속에서 이렇게 힘들게 인고하여야 한다면 애초에 태어나지 말걸…….

생명이 고苦라면 한 점으로 떠 있는 육신은 끝없는 물욕으로 인하여 초라한 삶으로 변할 것이다. 한순간도 멈출 수 없는 나의 고뇌는 미궁 속에 빠져 혼란이 엄습한다. 어느 누구 하나 컴컴한 하늘에서 내려오는 차가운 바람을 막아 줄 수 없다.

정리되지 않는 지금의 이 현실에서는 앞을 보지 않고 뒤만 보고 살면 편할까?

이런 환경에 함몰되고 싶지 않다는 절박감뿐이다.

노력도 투쟁도 이루어지지 않는 자신이 질식을 할 것 같다.

오늘 역시 적자로 마감했다.

삭막한 분위기 속에서 타협할 수 없는 쓰레기 같은 삶이다. 혼자만의 어둠 속에서 헤매고 있다. 새삼스럽게 돈에 대해서 소름이 끼치는 하루였다.

2008년 6월 ○○일

물질, 돈, 정신 지식에 대한 나의 미숙함.

나의 내부에 꽉 붙어 싹트고 있는, 전신이 뒤흔들리는 듯한 내 어린 마음이 찔린 듯이 고여 있다.

오늘도 나는 내가 무엇 때문에 이렇게 살아야 하는지 갈등했다.

타인과 말을 하고, 검붉게 탄 가슴을 도려내지 못하고, 내일도 모레도 아무도 예측할 수 없는 숨 막히는 시간들의 연속이다. 적막과 외로움이 엄습한다.

나는 지금 당연한 하루의 단계를 밟고 있다. 시간과 공간으로 제한된 기관에 신비한 힘에 의해서 행동하면서도 괴로워하고, 그것과 싸우고, 그것을 포기하고 도피하고 싶은 충동은 하루에도 수백 번씩 몸부림을 친다.

하루에 몇 번씩 전화를 하는 언니. 점점 치매기가 심해진다는 조카의 얘기가 가슴을 먹먹하게 만든다.

"밥은 챙겨 먹고 나가나? 니가 보고 싶어 죽겠다. 이제 이 세상에 너하고 나밖에 없는데 얼굴이라도 한번 보자. 이러다 훌쩍 떠나면 어찌할끼고?"

수화기 속에서 철렁철렁 눈물 흐르는 소리가 난다.

"불쌍한 순아, 어찌 니 팔자가 그렇게 고약하노. 허구한 날 먹고 살겠다고 뛰어다니느라 얼마나 힘드노? 새끼들은 한번씩이라도 오는기가? 자식새끼 다 소용이 없는기라. 젊은 청춘을 다 바쳐 고생한들 우리 엄니 고생했다 하는 자식새끼 못 봤다."

"언니, 그만해라. 나 나가야 된다. 언제 시간 내서 한번 갈끄마! 언니, 방에만 있지 말고 바깥에 바람도 쐬고 다녀라. 다리 운동도 좀 하고……. 그리고 선영이 에미한테도 잘해라. 선영 에미 같은 며느리 없다."

이 세상에 하나밖에 없는 내 살붙이. 팔십 고령의 언니는 아침 저녁 때 없이 전화질로 가슴을 시큰하게 한다. 나 일곱 살 때 시집 간 언니. 서로가 이질적이긴 했지만 이젠 나밖에 없으니 고운 정 미운 정을 안 느낄 수 없는 언니.

2008년 6월 ○일

일요일이다.

아침 일찍 예진이한테서 전화가 왔다.

"할머니, 오늘 할머니 집에 갈 거예요. 할머니 집에 있을 거예요?"

오랜만에 들어보는 큰손녀의 목소리다.

아이에게는 아무것도 요구해서는 안 된다. 또 요구할 수도 없다. 우습게도 손녀에 대해서 열등의식이 있는 게 아닐까?

멀고도 멀지 않은 가까운 곳에 있는 큰손녀. 자유에 속한 문제이므로 자주 전화하라고 강요는 할 수 없다.

도대체 친권이 하는 것이 무엇일까? 엄마와 자식 간에 권리와 의무를 따지는 것은 어불성설이다. 보상이 무한정한 관계다.

손녀는 아들의 딸이라는 끈으로 묶여진 또 하나의 절대적 가족이다. 이 절대라는 것을 한시도 잊어서는 안 된다. 그런데 나는 친

손녀 또는 외손녀라는 관계를 떠나 외로울 때나 보고 싶을 때 스스럼없이 만나는, 그래서 나도 모르게 아이의 자유로운 의식에 동화된 특별한 할머니일까? 아들에 대해 느꼈던 맹목적 사랑이 손녀에게로 전이된 것 같다.

'아이와 어른이란 어떤 존재인가?' 라는 강의를 해야겠다.

2008년 7월 ○○일

일요일. 늦잠을 잤다.

찌르릉 찌르릉 전화벨 소리가 울린다.

"친구야, 오늘 일요일인데 우리집에 한번 안 올끼가?"

오래 전부터 자기 집에 한번 왔다 가라는 얘기를 심심찮게 해온 영순이다. 원고 정리를 접어 두고 친구 집을 찾았다.

친구는 대문까지 나와서 반갑게 맞았다.

처음 온 터라 집안을 둘러보았다. 으리으리한 가구와 골동품들이 빽빽하게 들어 앉아 있다.

"애, 무슨 가구들을 이렇게 많이 늘어놓았니?"

"신랑이 자기 좋은 건 다 사가지고 들어오거든."

남편이 돈을 많이 번다는 소문대로 모든 걸 돈과 연결시켰다.

"친구야, 참 따분해. 모든 게 스위치 하나로 해결하는 이런 생활이 싫을 때가 있어. 나를 가지고 시詩 한 편 써 줄끼가?"

"니한테는 시 같은 소재가 없어 우짜노. 그라고 호강에 겨운 소리 작작해라. 손끝이 닳도록 일을 해도 세 끼 밥도 제대로 못 먹는 사람이 수두룩하다는 거 니도 좀 알아야겠다."

"차라리 그게 낫지."

"니는 행복의 조건을 다 누리고 있다고 들었는데?"

"행복을 얻은 후에는 아무 의미도 없는 거야. 난 친구 니 생활이 부러워. 무엇인가 일을 하고 있으니."

"하느님이 웃겠다. 나는 먹고 살기 위해서 일하는 거 아니가. 니도 철저하게 괴로운 여자구나. 고상하지도 않으면서 유치하지도 않으니……."

나는 잔인하도록 친구에게 일침을 주었다. 고급스럽게 건축된 저택, 수많은 가재도구, 수십 점의 골동품. 그 외에도 친구가 소유하고 있는 것은 많았다. 어쩌면 여자로서 과분한 소유인지도 모른다. 세 끼 밥과 은행에 지불해야 할 이자를 걱정해야 하는 나 같은 사람이 본다면 친구가 누리는 생활은 영화에 나오는 세트장을 연상하게 했다.

벽에 붙은 스위치를 누르며 먹을 것을 가져오라고 하자 가정부 아줌마가 오렌지며, 예쁘게 깎은 메론이며, 고급스런 미제 초콜릿, 빵 등이 먹음 직스럽게 나왔다. 그러나 허기는 지는데 선뜻 손이 가지가 않았다. 너무 으리으리해서 주눅이 들은 건지, 나 자신이 상당히 부자연스러웠다. 나는 주스를 한 모금 마시고 일어났다.

사람의 영혼을 승화시키는 것은 분명히 고통이다. 그러나 신은 선택한 사람에게 고통을 주는지도 모른다.

호화로운 가구가 번쩍이고, 거실에는 황금색 카펫이 깔려 있고, 몇 천만 원 하는 유명한 그림이 벽에서 나를 혼란스럽게 해서 도저히 앉아 있을 수가 없었다.

친구는 일어나는 나를 말리면서 얘기 좀 더하고 가라고 말렸다.

"영순아, 안 볼 것을 본 것 같다. 나는 아직 단돈 만 원을 갖기 위해 몇 시간씩 강의를 하거든. 인생이라는 것은 조금 진지하게 살아야 사는 맛이 있단다. 갑자기 우리집 된장찌개 생각이 난다."

"글쟁이가 되더니 진짜로 글쟁이 냄새가 폭폭 나는구나."

내게서 글쟁이 냄새가 난다니……? 나는 나 자신을 생각하며 씁쓸하게 웃었다.

친구와 작별하고 지하철 역사로 나왔다. 무더운 열기가 푹푹 솟아오른다.

갈매기 여러 마리가 영도의 파란 파도 속으로 가물가물 자취를 감춘다. 이런 저런 친구의 사는 모습에 취하고 동화 속 같은 그림에 취했던 것 같다.

2008년 10월 ○일

지금 내 옆에는 아무도 없고 원고지 몇 장과 볼펜 하나, 그리고 몇 권의 책이 있다. 순간, 혼자라는 공포가 엄습한다. 뇌세포는 엄니의 환상을 떠올린다.

내 육신은 언제까지 이 세상에 유지될까?

뚜렷하게, 그리고 생생하게 육체적으로 많이 늙었다는 느낌이 온다. 젊음은 어차피 영원히 지속될 것이 아닐 터. 시간의 흐름을 의식하지 말고 육체의 늙어감을 두려워하지 말자. 가난하게 자라난 소녀가 이만한 위치로, 이만큼 살았으면 되었지 않은가!

오후 6시, 퇴임한 이 교장과 정 교장, 그리고 나, 셋이서 소주 한 잔으로 저녁을 때웠다. 사람과 사람의 마음은 쉽게 무너질 수 있는 것. 많은 대화를 나누었다. 술의 가치를 인정할 만큼 나는 술과 친근한 친구가 된 것 같다. 인간들과의 관계가 삭막하다고 느껴지는 것은 왜일까?

2008년 10월 ○○일

내가 느끼는 환희 중에서 가장 큰 것은 뭐니뭐니해도 나 자신이 내 마음속에 있다는 것이다. 공허와 슬픔이 아름다움으로 승화되는 미학을 즐기는 것이다.

오늘은 노인대학에서 두 번이나 강의가 있었다. 올해 칠십이 훨씬 넘은 노인 학생과의 대화가 뇌리에 감돈다. 별스럽게 화장을 진하게 하고 화려한 옷을 즐겨 입는 노인이 말을 붙여 왔다.

"선생님요, 제 나이 7학년 7반인데 너무 외롭고 남자가 그리워서 요즈음 사랑을 하고 있어예. 그런데 애인이 내가 너무 늙어 싫다고 하며 다른 젊은 여자와 연애를 한다고 하네예."

나는 어떤 대답을 해야 할지, 감동을 줄 수 있을 만한 말이 도무지 생각나지 않았다.

"할머니, 저 하늘에 큰 구름하고 작은 구름하고 다니고 있지요. 즐거운 상상으로 생각하세요. 젊은 사람도 나이를 먹으면 권태기란 것이 있답니다. 지금은 할머니가 그 할아버지를 놓아준 겁니다. 큰 구름이 작은 구름을 가질 수 없어 잠깐 구경하고 오너라 하고 풀어주듯이 말입니다. 할아버지는 할머니의 사랑을 영원히 보존하기 위해서 잠시 자기의 시간을 가지려는 것일 겁니다. 너무 걱정하지 마세요."

큰 구름은 천사가 되어서 언제나 작은 구름과 같이 떠다닌다는 내 말의 의미를 그 노인 학생이 이해했으면 좋겠다.

오늘은 그 노인 학생으로 인하여 우울한 시간을 보냈다. 가엾은 사람과 함께 울고 동정할 줄 아는 내가 되어야겠다. 그러나 나는 아직 한참 더 가야 할 것 같다.

산전수전 겪어온 할머니, 할아버지들에게 초록빛 사탕 같은 명강의를 들려주도록 노력해야겠다.

2008년 11월 ○○일

사람은 소란과 싸우면서 산다. 그리고 생을 배운다.

온실 속의 꽃처럼 혼자 자라는 사람은 고독과 권태에 말라 죽을 것이다. 나는 언니들은 다 시집을 가고 엄니와 오빠, 그리고 나, 이렇게 셋. 이런 속에서 소녀기를 보냈다. 나눠 가질 것도 없고, 덜 먹고 더 먹을 것도 없는 가난한 살림이다 보니 흔히 말하는 보랏빛 소녀기가 없었다.

가족이 많은 집에서는 계란 하나도 나눠 먹고, 옷도 나눠 입는다고 한다. 그것은 부를 충족하게 이룬 가정의 이야기다.

그나마 갖지 못했던 나는 막연한 소유 관념밖에 없었다.

깨끗한 자기 방과 하얀 쌀밥을 먹는 부잣집 아들딸을 부러워했다. 부모의 손길이 항상 함께 하는 생활이 눈물 나도록 그리운 동경의 대상이었다.

자식은 부모가 돌봐야 한다는 관념이 강했던 것일까? 갑자기 떠날지도 모르는 세상을 눈앞에 두고 어디서 오는 집착일까? 외로운 삶이라서 슬픈 것에 대해서 남다른 정을 느끼게 되나 보다. 제어되지 않고 계속해서 솟는 샘물처럼 나의 감정에 구멍이 뚫렸나? 자신의 진정성을 냄새로 맡고 있는 기분이다. 자신이 미워진다.

2009년 9월 ○일

나의 생이 텅 빈 것, 물질에서 소외시켜진 것, 그것이 나에게 주어진 숙명이라면 그런 나 자신은 단순한 존재의 상태가 아니라 논리의 상태에서 살아온 것만은 사실이다. 언제나 자식을 위해서 존재하는 것이 어머니요, 아버지다. 그러나 이 말은 그들에게는 공허한 메아리에 불과할 것이다. 그 아이들은 제 일을 스스로 할 만큼 성장하면 부모의 존재를 필요로 하지 않는다는 것을 나는 보아 온 터다. 부모 곁을 떠나는 자식들에 대한 어머니의 하소연을 많이 들었다. 나 역시 예외가 아니다.

오늘 어떤 학생 어머니는 아들의 불효를 혼자 삭이지 못하여 내 앞에서 슬프고 안타까운 통곡을 하였다.

그녀는 자신을 위한 생을 택하지 못하고 가족들을 위해 헌신하며 평생을 살아왔다. 그러다가 뒤늦게 보상을 찾고자 하는 것이다. 자기 자신의 세계를 가지지 못한 어머니. 이제 와서 자식에게 요구해 보지만 그것은 환멸로 이어질 뿐이다. 풍부한 생활을 누리는 자식의 어머니로서 권리를 요구하지만 자식은 이미 떠난 후였다.

이미 끝나버린 상황을 지속하려 할 게 아니라 스스로 극복하면서 인간적 가치를 추구해야 할 것이다. 자식과의 관계가 이처럼 복잡해지는 데에는 날로 각박해지는 세태만의 탓일까? 생각이 복잡한 하루였다.

제5부

추억에 대하여

이방인

나는 생명을 받고 태어난 이후 이 나이가 되도록 밝은 세상을 살아 본 적이 없다. 세월이 갈수록 막연해지는 나의 삶. 어떤 순간에는 무엇인가 형체가 보이는 듯하다가도 다음 순간 짙은 안개 속으로 침몰되곤 했다.

가슴속에 소용돌이치고 있는 고통을 설명할 수 없는 내 자신이 안타깝다. 인생이란 이런 것인가? 이 정체가 무엇인지도 모르는, 흉측하기 그지없는 동물적인 것이라면 분명히 내쳐야 할 것이다. 먹고 생식하는 것 이외에는 아무것도 사고思考할 수 없는 동물이라면 차라리 마음이나 편하련만…….

그 사이 살아오는 동안 먹고, 입고, 쉬는 지극히 인간적인 욕망만을 요구했다. 어떤 순간에는 그 욕구가 너무 강해서 나 자신이 힘들 때도 많았다. 그럴 때면 어쩔 수 없이 방황했다. 내 손에 흥건히 고여 있는 땀범벅을 보고 그만 혐오감에 빠져 자괴의 나날을 보내기도 했다. 이 모순은 무엇일까?

나이가 먹어 얼굴에 검버섯이 늘고, 하얀 눈송이를 이고 다니는 이 혐오는 어떻게 정리해야 할까?

요즘 나는 나에게 침묵하고 있다. 그러면서 자신에게 수없이 반문한다. 어떻게 해야 인생이 순연純然해질 수 있느냐고?

흐르는 구름과 바람을 망연히 바라보면서 나는 늘 먼 곳으로, 아주 먼 곳으로 떠나는 마음 준비를 할 때라고 생각한다. 이 세상에서의 이력이 될 가난한 마음 하나 챙겨 들고서.

떠나고 떠나서 가 닿는 곳, 성취와 열망으로 두 눈을 빛내면서 가 닿는 곳, 때로는 숨차게 뛰어서 닿는 곳, 그곳은 언제나 아무도 없는 나의 빈 공간이다. 열정으로 넘치는 이방인, 고단하고 힘든 이방인, 막막하고 가난한 이방인!

그렇다. 나는 늘 어머니가 그립고, 사랑하는 아들이 그립다.

나는 이제 그리워서 목이 메이는 슬픈 이방인일 수밖에 없다.

마음이 절실하면 절실할수록 멀리 떠남에 대해서 생각하게 되고, 또다시 목적지도 없는 더 먼 곳을 향하여 출발하고 있는 나를 보게 된다. 그 순간 형언할 수 없는 감정이 가슴에 차올라 역겨움을 느낄 때가 한두 번이 아니다. 이 비정함을 어느 누구에게 하소연할 수 있을까? 인생이란 참으로 미궁임을 다시 한 번 절감하게 된다.

두 다리를 땅에 딛고 서있는 육신에 대해서 견딜 수 없는 구토를 느낀다. 내 몸에 더덕더덕 붙어 있는 추한 오물들이 한순간에 벗겨질 그때가 언제일지 알 수가 없다. 외롭다는 감정이 내 온몸을 싸고 지나간다. 누군가를 막연하게 기다리고 있다는 뜻일까? 뒤돌아서 가깝게 갈 수 있는 길을 바보스럽게 우회하여 가고 있음을 알고 있다.

죽음에 이르는 길. 나는 거기에 이르러서도 여전히 가난한 여인일 것이다. 그렇다 하더라도 슬픔이나 고통은 모두 잊을 수 있으면 좋으련만……. 미지의 세계에서 목마른 풍경. 그것만이 나의 전부라고 할 수 있다.

내가 태어난 그곳은 맑은 바닷물과 강물이 교차하는 곳. 무진장한 풀꽃들이 흐드러지게 피는 경상도 바닷가의 어느 작은 촌락. 언제나 전설처럼 출렁이는 바다.

그 바람을 등에 이고 지고 살아온 지 수십 년. 오늘의 나는 싸움터에서 돌아온 패잔병처럼 노쇠한 몸뚱아리뿐이다.

인간은 자기 능력으로 지닐 수 있는 한계가 있는 것. 고통받고 외롭고 절망에 빠진 모든 사람에게 힘을 주고 위안을 줄 수 있는 사람, 시간과 공간을 초월해서 모든 사람의 영혼을 구원할 수 있는 사람이었으면 얼마나 좋을까?

몽유병 환자처럼 흐릿한 표정으로 가물가물 사라져 버렸던 어린 날의 기억이 새롬새롬 일어나는 것은 무엇 때문인가? 깊은 땅 속에 광맥을 찾으러 들어가는 것과 무엇이 다르랴! 그런 내 몸을 맡기고 그 속에 숨 쉬는 한 그루의 나무가 되고 싶다.

오랜 세월 속에 비바람을 맞아 검게 썩어 있는 나의 가슴 한복판엔 휑하니 구멍이 나 있다. 삶의 무게는 매양 힘든 부담이고, 나이 먹은 할머니에게는 공포라고 말하고 싶다. 까닭도 없이 기를 죽이고, 주눅이 들게 하는 나이. 이 나이 때문에 내 생활은 점점 더 서툴러지기만 한다.

무엇 한 가지 자부할 만한 게 없다.

이제나 저제나 자식놈과 손녀들에게 반가운 소식을 기다리면서도 나는 정작 더 무겁게 대문을 잠그고 있다.

어느 것 하나 어울릴 수 없고, 도무지 무엇에도 밀착되지 않는다. 주저하고 망설이는 동안에 고통스런 일이 많아져서 마음을 크게 열고 웃을 수가 없다.

사람들은 어떤 때는 행복을 느끼고, 어떤 때는 걱정거리를 안고 산다. 물론 행복하다든가 불행하다고 느끼는 감도는 각자가 지닌 생활관, 혹은 인생관 등이 다르기 때문에 일률적으로 표현할 수야 없다. 그러나 사람은 누구나 자신이 이루지 못한 어떤 잠재 욕구가 있는 것. 배우자를 만나고 싶다는 것은 당연한 일이다.

죽고 싶어도 스스로 목숨을 끊는 것이 어렵다고 한다. 이 말은 내게 있어 바늘로 찔러오는 실감을 준다. 욕망도 패기도 없이 산송장 같은, 이를테면 체념 같은 것을 지우고, 그러면서도 추하지 않게 자연스럽게 살고 있는 지금의 나다.

외로움도 삶의 고통도 자꾸만 투명해진다. 그리고 절망도 자꾸만 높아진다. 하얀 서리가 점점 늘어나고, 어제가 오늘 같지 않게 마음의 통증은 굽이굽이 부끄러워진다. 고통이 점점 깊어지는 종기처럼 속살을 에이고 있다. 인간의 육신을 좀먹는 병균은 악마의 입김인가? 학창 시절에 가졌던 순수와 정열을 던져놓고 싶은데 몸이 말을 듣지 않는다.

나는 어무이에 대해 부끄러운 죄인입니다.
아들에 대한 죄인입니다.
자신에 대한 부끄러운 인생입니다.
자신에 대한 무안하고 염치없는 배반자입니다.

과일이 건강하게 주렁주렁 열매를 맺는 건 풍부한 햇빛과 거름을 공급하는 환경 때문이다.

마음을 시원스레 활짝 열어주는 어무이.

그러나 나는 그런 어무이를 보지 못했다. 삶에 지친 가난 때문이고, 배고픔 때문이었을 것이다. 그 속에서 나는 고단하고 앙상히 메말라 있는 나그네일 뿐이었다.

가끔 어무이 가슴을 만지러 가고 싶어지는 것마저 이젠 불가능하게 되었다. 지금 어머니는 한 줌의 흙으로 누워 계신다. 결과보다도 현실의 과정이 중요하다는 의미가 여기에 있는 것 같고, 죽어서 편히 쉬는 것보다도 살아서 고된 일을 하는 것이 가치 있는 일일 것 같다.

수십 번 변한 세월 앞에서
어무이는 나를 생산하면서
눈물도 흘리지 않고
미역국도 먹지 않았다.

그런 어무이가
해마다 가을이면
나에게 눈물을 흘렸다.
아물아물 어무이 생각에
바닷가에 나와 서니

사나운 파도가 내게 달려들면서
잊어버렸던 고향의 사투리로
'이 가시나야, 이젠 제발 어무이 생각 고만하그라.'
내 귀를 멀게 한다.

나를 키우고
나를 가꾸고
나를 늙게 하는 어무이.

나는 내가 어찌어찌 공부하여 지금의 나를 거느리며, 바다와 산의 사계四季를 생각하는 시간을 갖는다는 것이 신기할 뿐이다.

독신자들의 슬픔. 여자들의 외로움. 모두 고독이 절실한 가을 탓만일까?

실로 50여 년의 세월을 거슬러간 옛날, 그때는 아부지와 어무이에게 꿈이란 것이 없었다. 자신에 대해서 모든 것을 잊고 사는 희생뿐이었다.

공동묘지에 초라하게 누워 벌써 삼십 해를 넘긴 그리움의 어무이. 나도 머잖아 어무이 옆으로 갈 것이다.

11월 한 장의 캘린더를 뜯어내고 나니 금년 가을도 끝이 났다.

나이가 든다는 것. 나이가 들면 육체는 시들어 주름지고, 정신도 무기력해진다. 그리고 마지막은 결국 죽음이다.

이제 곧 이 해도 저물 것이다.

한 해가 저물면 한 살을 더 먹게 된다. 어렸을 적엔 슬픔 속에서도 나이를 먹는 것이 기뻤었는데 이제는 서글픔이 먼저 앞선다.

늙은이가 젊은이보다 앞설 수 있는 것은 인생에 대한 경험을 먼저 했다는 것. 이런 의미에서 항상 자상한 스승이 되고 싶다.

나이 든 사람에게는 기쁨과 행복을 헤아릴 줄 아는 힘이 있다. 먹이를 물고 기어가는 개미에게 느끼는 연민은 세월 앞에서 고요히 안주할 수 있는 마음의 여유로 바뀐다. 그래서 나는 고향이 그립다. 만약 그 고향에 다시 갔다올 수 있으면 하고 공상을 해본다.

추억을 삼킨 여자

간절하게 울고 싶다.

무어라고 말을 하면 금방이라도 울음이 터질 것 같은 기분이다.

나의 경우 울고 싶다는 충동만큼 기분 좋은 일은 없다.

한번 터트린 울음도 필경 그쳐야 할 때가 있다. 그러나 봇물처럼 터져 나가는 울음의 꼬리를 허겁지겁 잡아채서 거둬들이기란 쉽지 않다. 한번 울음이 터지고 나면 추상적으로 경험했던 두려움과 절망, 원망이 구체적인 모습으로 재조립되면서 울음 보자기 속으로 야금야금 스며든다. 그러고는 싸늘한 공허가 가슴을 적신다.

한동안 침묵이 흘러간다. 바람벽으로 울음의 마귀가 머리를 빗던 빗살무늬의 등잔불 그늘이 벌레처럼 스물스물 기어오르다가 다시 미끄러져 내리곤 한다.

오후의 햇살이 설핏해져서 노을이 지기 시작하면 어디서 날아드는지 모르는 새 떼가 곡식을 널어놓은 멍석에 내려 앉아 극성을 피운다. 나는 노을이 지기 전에 멍석을 거두어들인다.

하늘을 찌를 듯이 자란 미루나무 한 그루가 망연히 서 있다. 가슴속 회한이 안개처럼 펼쳐지면서 한 줌의 허탈감으로 남는다.

나의 손과 몸이 오열하고 있다. 길고, 격렬한 오열이 목줄기를 타고 솟구쳐 오른다. 자의식自意識이 빠져리게 나를 엄습하는 순간, 볼을 타고 내린 소태 같은 눈물이 입술을 적시고 있다는 것을 깨닫는다. 내 가슴에 진 얼룩은 누가 씻어줄 것인가! 나는 언제나 외로운 여인이었다.

나는 호된 비난을 받기에 충분했다. 이마에서 흘러내린 핏물 같은 땀방울이 내 일생의 종지부가 될 줄이야.

나는 기차 타기를 좋아했다. 12월이나 1월에는 무작정 떠나는 버릇이 생겼다. 성에가 하얗게 낀 차창 안에 낯선 여행객들이 빼곡히 앉아 있는 것이 좋다.

두 줄기의 눈물이 흘러 내려서 인중을 적신다. 나 자신에게서 처음으로 발견하는 창피하고 어눌한 모습이다. 이런 모습은 나 자신에 대한 아름다운 기대와 환상을 무자비하게 깔아뭉개기에 충분하다. 내 추억 속에 흐트러져 있는 짧은 모든 순간들을 고리로 연결시킨다 하더라도 그때 겪었던 고통의 시간만큼 길 수는 없다. 더욱이나 내 창피하고 추한 몰골을 완벽하게 노출시킨다는 것은 모멸이다.

무명옷은 빛이 바랠수록 눈부신 법이다. 나이도 마찬가지다.

나는 눈꺼풀을 질끈 감아 눈시울에 고인 눈물을 짜낸다.

지금 사위四圍는 바닷 속처럼 적막하다. 불현듯 까마득한 외로움이 살갗 속속들이 배어든다. 거꾸로 매달린 얼굴에서 매혹적으로 유도하는 목소리가 들려온다. 가슴이 터무니없는 조바심으로 방망이질을 시작하고 있다.

복도 쪽 창문 밖에는 몰려든 다른 반 아이들의 얼굴이 굴비 두름처럼 줄레줄레 엮여 있다. 나는 얼굴에 묻어 있는 먼지나 거미줄을 손바닥으로 털어낸다.

드넓은 교정에는 햇살이 고즈넉하고, 교정 뒤쪽에는 교사校舍가 고속버스의 듬직한 칸들처럼 동서로 길게 뻗은 채 누워 있다.

나는 자신 속으로 맹목적으로 갇히려 드는 속성을 도저히 이해할 수가 없다. 나의 진실은 새로운 것의 거부와 반항을 넘어서 놀라운 역습을 당한다. 놀라운 역습임에 틀림이 없다.

나는 오늘의 공격을 분석해서 나 자신에게 의미를 줄 것이다. 그러나 퇴색하고 곰팡이 낀 쓰레기를 주워 담을 힘과 능력이 없다. 세상 누구도 나의 일을 나만큼 꿰뚫지는 못할 것이다. 하늘과 땅이 말을 할 수 있다면 몰라도…….

세상 사람들이 생각하는 것은 모두 오류투성이다. 그들은 그러한 오류를 내세워 나를 탐구하면서 질타할 것이다.

지금은 극대치의 긴장이고 흥분이다.

시간이 흘러 지나고 나면 오류투성이면 어떻고, 또 내가 쓰레기를 주워 담았다고 해서 침을 뱉을 사람이 누가 있겠는가? 불행이나 번민은 늪과 비슷한 속성을 갖고 있어서 빠져나오려고 발버둥 칠수록 더 깊은 수렁으로 빠져들게 된다.

뒤돌아보면 모두가 아름다운 추억의 편린에 불과할 뿐이다.

지금 생각하면 아슬아슬한 고비도 많았다. 메마르고 메말랐던 가슴 한복판에서 깊은 절망의 소녀가 무력함에 통곡했던 시절.

감추고, 감추려 해도 감추어지지 않는 삶을 누구에게 원망한들 소용 있겠는가!

어렸을 적 나는 눈 감고, 귀 막으며 살아왔다. 두려움 속에서 나만의 기적을 가지려고 눈물겨운 세월 동안 황폐하고 굶주린 창자 속에서 콘크리트 벽을 뚫는 소리를 허구한 날 들어야 했다. 무엇에 쫓기는 듯 여유 없는 내 생활은 아스팔트에 밀려 없어져 버린 오두막 초가삼간이 내 속에서 무너지는 아픔을 견디어야 했다.

나는 낮과 밤이 없는 세월의 뒤에서 아픈 세월을 살아온 여인이었다.

나는 바다, 나는 이슬이었다.

아무도 생각나지 않게 눈과 귀와 입을 막아버린 혼자였다. 내 가슴에 진 얼룩은 내 마음으로밖에 씻을 수 없는 적막한 것인가?

행복하지도 외롭지도 않다는 세인들로부터 모멸의 화살이 나에게 떨어질 것이 분명하기에 그들의 비난과 조소를 막아내면서 나를 정당화시키려고 몸부림쳤지만 결국 굴복하고 마는 일이 허다했다.

생도 추억이요,
살아온 삶도 추억이어라.
아카시아 가지에서 칡넝쿨로 뻗어가는데
그러나 숨결 하나만은 내 숨결인 것을.

세월은 털어버릴 건 털어버리는 청소도구.
스스로 내일은
부풀어 오르는 가슴.
세월 속에 가게 했으면
세월보다 나보다
땅속으로 파묻어 버릴걸.

가슴마다에 굽이굽이
이 세상 모두를 적신다.

학부형들은 모이면 극대치의 긴장이고 흥분이었다.

그들은 나에게 인간 심리에 초점을 맞추고 집요하게 전쟁을 걸어왔다.

사람이 유리알처럼 맑고 성실하게만 살 수 있을까? 각자 자기의 원칙 속에 감금되어 살아가는 것이 아닐까?

학부형들은 어떻게 해서라도 나를 매장시키기 위한 작전으로 줄기차게 몰아 당기는 기세였다.

물론 나는 그런 절망적인 사태에 직면하지 않으리라고 기대하지는 않았다. 그들은 나의 일거일동을 정탐하면서 내가 스스로 자퇴하기를 바랐다. 그것은 별로 어려울게 없었지만 당장은 아니었다. 그까짓 월급 몇 푼 더 받기 위하여 버티고 있는 것은 아니었다. 학부형으로부터 당해야 할 빈축과 저주는 나를 얼마나 괴롭힐까? 저주로부터 시작된 앙갚음은 내가 학교를 그만둔다고 해결될 문제가 아니었다.

나는 그들에게 완벽한 냉정성을 보였다.

잠시 왔다 가는 인생의 기복이 나의 과거 십여 성상을 헤아린다고 하면 고난의 사실은 정착점을 바라보는 창이 될 것이다.

인간사 새옹지마라고 하던데 나를 두고 한 말인 듯했다.

하늘이 오락가락 빈혈이 일어나 쓰러질 것 같았다.

나는 교정을 벗어났다. 교문 언저리까지 나오는 동안 미동도 없이 뭇 인간의 감정이 단절되어 가는 비정을 그대로 느꼈다. 이 곤혹스런 여행이 언제 끝날지, 섬뜩한 두려움이 가슴에 밀고 들어왔다.

바람 한 점 없는 날임에도 코끝을 날릴 것처럼 매몰차게 추운 날이 있는가 하면 바람이 불어도 춥지 않은 날이 있듯이, 작아도 큰 것보다 무거운 것은 얼마든지 있다.

이러한 깨달음은 언제나 느닷없이 터져 놀라움을 안겨 주기 때문에 전전긍긍할 따름이었다. 사람이 갖게 되는 여러 가지 협소한 생각이라든지 괴롭고 고통스러운 갖가지의 일들마저도 전부 받아들여 고운 체로 걸러내어 성숙한 세계로 이끌어 갈 수 있는 충만한 삶이었으면 좋으련만…….

꽤 오랫동안 움츠렸던 어깨를 마음껏 펴고 고개를 들면 머리엔 예나 다름없이 넓고 큰 하늘이 그대로 열리어 있어, 그 큰 영원성 앞에 나의 자질구레한 삶이 부끄러웠다. 세월이 먼지로 쌓여진 마룻장 아래에 나 혼자 내동댕이쳐져 있다고 생각하니 나는 정말 외롭고 불쌍한 여인이 아닐 수 없었다.

내 나이 열두 살, 초등학교 육학년. 싸리문 뒤편으로 살금살금

기어 학교를 다녔던 오십여 년 전의 그 시절로부터 많은 세월이 흘러간 지금, 몇 푼의 품삯을 받기 위해 잡초를 뽑던 엄니의 젊었던 시절과 지금의 내 모습이 너무나 일치되는 까닭을 알 수가 없다. 지금도 그때 엄니의 뒷모습을 훔치고 있긴 하지만 옛날처럼 울지는 않으려고 한다.

내가 학교에서 생쥐마냥 소리도 없이 돌아오면 엄니는 방 아랫목에 꽁보리밥 한 그릇과 묵은 시레기된장국 한 뚝배기를 차려 밥상보로 곱게 덮어 놓곤 했다. 그러나 항상 그렇지는 않았다.

지금 엄니가 불쑥 내 앞에 나타날 것 같은 환상에서 곤두박질하고 있다.

오십여 년 전 엄니의 처연한 모습이 가슴 한가운데서 뭉클하게 요동을 치고 있다. 불현듯 달려가서 엄니를 안고 싶다는 충동이 일어난다.

낡은 무명 적삼을 걸친 허약한 엄니는 몇 날을 들로 밭으로 품팔이를 하러 다녔다. 그 스산한 행색이 60년이 지난 지금까지 내 머릿속에서 지워지지 않으니 이 일을 어쩌면 좋아, 어쩌면 좋아!

귀밑으로 스쳐간 많은 바람의 조각들이 시야가 흐려지는 울타리로부터 다시 나에게 불어온다. 기쁠 때나 슬플 때나 얼굴에 하나둘 세월의 표적으로 불어나는 주름살이 나이에 관련되고 있다는 사실이 나의 가슴 깊게 찡하게 들어오는 것을 어찌 막을 수 있을까! 그럴 때마다 호흡을 가다듬고 심장을 달래는 시늉을 한다. 인생의 향기를 잃어가는 현실에서 조화造花처럼 살아가는 자신이 때론 안타깝다.

저 하늘 밑 어디엔가 조용히 눈을 감고 있을 엄니! 나는 당신이 안겨준 삶을 그런대로 한가닥 한가닥 알뜰하게 짚으며 걸어온 것 같다.

이제 내 나이 70이 넘은 산봉우리에 올라 서서 걸어 온 지난 길을 굽어보노라니 갈 길이 멀지가 않다는 생각이 든다. 제대로 좋은 가문에 태어나서 곱게 잘 자라지 못하고, 엄니의 몽둥이 삿대질을 맞아 가면서도 고학하느라 굶주린 배를 찬물 한 바가지로 채우고 살아왔다. 그런 딸년을 지켜보면서 엄니인들 어찌 잘살아 주기를 바라지 않았겠는가!

용모 또한 특별히 눈에 띄게 예쁜 얼굴도 아닌 데다가 아무것도 없는 가난한 주제에 머리는 트여 공부는 1, 2등을 할 정도였으니, 우수한 머리를 가졌다는 칭찬은 들었었다. 거기에다 어떤 일이든 꾸준히 집착하고 노력하여 소망하는 일은 조금씩 조금씩 이루어 갔다.

이제 새삼스럽게 나의 인생도 벌써 반 이상을 걸어왔구나 하는 생각이 들어 내가 걸어온 험난한 길을 되돌아보게 된다.

언젠가 어머니 무덤가에서
어무이와 이야기했듯이
왜 이 딸년을 세상에 내어 놓았소.

언젠가 비가 오는 무덤가에서
어무이와 이야기했듯이
왜 이렇게 가난하게 그냥 두었소.

항상 쓸쓸한 이야기
항상 슬프고 배고픈 이야기
어머니에게 미안하다.

언젠가 낙엽 떨어지는 무덤가에서
어무이에게 이야기했듯이
왜 이렇게 복도 없느냐고.

'미안하다 딸년아!
니 운명이 그러하니 우짜겠노?'

내가 그 어머니의 나이가 되고, 여인이 되어 자신의 도가 차지 않았다고 푸념하는 것은 나의 가슴속에 가득 차 있는 외로움 때문인지도 모른다.

어머니라는 숙명은 누가 지워 주었기에 같이 싸우고 토라져 울고 웃으면서도 지금까지도 계속되고 있으니 기가 찰 뿐이다.

황혼, 그리고 서러움

참된 별은 황혼에 나타나서 어두워질수록 그 빛이 더 밝아진다고 한 말이 생각난다.

황금색으로 물든 노란 은행잎이 현란하도록 아름답다. 인간의 생명도 저 나뭇잎처럼 아름답게 종말을 장식할 수 있다면……. 하지만 인간의 죽음은 항상 추하다. 추한 육신을 남겨 놓고 떠날 수밖에 없다. 저 나뭇잎처럼 아름답게 장식할 수는 없다 해도 최소한 고통만이라도 사라질 수 있으면 좋으련만.

50을 넘어 80을 바라보게 되니 저승으로 다가가는 것 같아 두려운 생각이 든다.

사람은 각자 나이에 걸맞은 멋스러움이 있겠지만 아무리 좋다

기로 20대 청춘만 하겠는가! 그러하니 나이를 먹어 갈수록 노욕老慾만은 경계해야 할 것이다.

요즘 늙은 홀어머니를 시골 고향에 내버리고 외국으로 도망가는 현대판 고려장이 버젓이 행해지고 있어 심각한 노인 문제로 대두되고 있다. 어쩌면 그것은 태어나는 순간부터 주어진 운명이 아닐는지…….

논밭 다 팔면서도 먹지 않고, 입지 않고 자식을 가르쳤더니 그 자식들이 부모를 내팽개치는 부도덕한 사건이 수없이 터진다. 지금 내 나이와 같은 70대의 노인들이 그런 일을 많이 당하고 있다고 생각하니 착잡한 마음 그지없다. 부모와 자식과의 인연은 제일 가까운 인연인데 이웃사촌보다 못하다는 얘기다. 이럴 때 나는 세상이 원망스럽다. 미움보다 가련함과 안타까움이 앞선다.

영화나 드라마에서도 늙은 부모를 서로 모시지 않겠다고 동서와 동서 사이에, 형과 아우 사이에 칼부림이 나는 끔찍한 사건이 시도 때도 없이 사회를 혼란스럽게 한다. 하지만 그것은 인생을 제대로 산 사람이 할 짓이 아니다. 인연의 줄이 운명적으로 단단하게 맺어져 있지 않기 때문에 그런 일이 벌어질 것이다.

어떤 노인이 의사인 아들에 의해 서울의 한 여관에 버려졌다는 기사를 읽고, 처지를 딱하게 여긴 어느 선교사가 주선하여 의료시설이 좋은 양로원에 보냈다는 얘기를 들었다.

사람은 누구나 늙는다. 세월이 예외 없이 누구나 늙게 만드는 것이다. 그런데도 왜 자기에게 닥칠 노년의 입장은 생각해 보지 않는 것인지……. 나 역시 몸과 마음의 서러움을 많이 받고 있는 지금, 1년 안에 다가올지 내일 다가올지 모르는 최후에 대해서 염려하고 있다.

소크라테스는 '노인은 두 번째 아이'라고 했다. 또 우리의 옛시조 중에 황혼기의 심리를 잘 묘사한 글이 있다.

> 뉘라서 날 늙는다고 하는고.
> 늙은이도 이러한가.
> 님 보면 반갑고 술잔 잡으면 취한다.
> 나이 먹어 서러운데 백발 되어
> 낸들 어이하리.

내 나이 65세에 첫 수필집을 냈다.

요즘 할머니들은 나이를 말할 때 7학년 5반, 또는 6학년 7반 식으로 초등학생들에 비유한다. 어린 초등학생에 비유함으로써 몸도 마음도 늙지 않기를 바라는 기원이 담겨 있는 것이다.

나는 정신력과 마음의 상태에 따라서 인생의 청춘을 연장할 수 있다고 생각한다. 모든 것은 마음먹기에 달려 있고, 그런 의미에서 열심히 일하며 살고 있다는 사실이 중요하다고 생각한다.

늙은이도 사랑을 해보고 싶은 이성을 마음속에 지니고 있다. 이성을 느끼는 감정을 부인할 수 없는 것이다. 인생의 말년에 다른 할 일도 많은데 늙은이한테 무얼 그리 대단한 관심을 갖느냐 하는 아들과 며느리의 얘기를 듣게 된다면 그 어머니의 마음은 당장 자살이라도 하고 싶은 심정일 것이다.

부부의 사랑도, 부모님에게 하는 효도도 사랑에 속한다.

행복과 불행의 다른 얼굴로 부모님을 대하는 것은 불효다. 부모들이 자식에 거는 기대나 희망은 누구도 막거나 따를 수 없다. 아픔을 감수하는 고통과 희망 속에서 자식을 키우기 때문이다. 부모는 자식을 위한 고통을 겉으로 표현하고 싶어하지 않는다. 자신의 속에서 태어난 자식이기에 모두 감수한다.

사랑과 고통은 비록 모습은 다르지만 원인은 같을 수도 있다.

요즘 나는 나를 반겨주거나 기다려 줄 아무도 없는 집이지만 어김없이 6시면 들어온다. 구석구석 원고지 부스러기, 책들, 조각들, 그런 것들이 있기에 지금 내가 있는지도 모른다.

집에 들어와도 마음은 우울하고 착잡하다. 혼자 지내는 '마음의 병' 을 앓는다는 것이 얼마나 무서운 일인가를 아프게 느낀다. 화분에 심어둔 꽃 한 포기에서, 구겨진 원고지 한 장에서, 오늘의 나를 있게 만들어준 저 책들 속에서 나는 억지로라도 생명을 느끼려고 애쓴다. 그래서 나는 내가 맡은 일을 철저하게 하는지도 모른다. 이런 나에게 외로움이라는 고통을 주는 것은 무엇인가?

세상의 남자 여자들은 일단 결혼만 하면 오로지 배우자와 자식을 위해 희생해야 되고, 그것을 최고의 미덕으로 여기지만, 부모를 위한 희생은 얼마만큼이나 될지, 회의적이다.

나는 때때로 지나친 환상 속에 묻혀지는 때가 있다. 남이 나에게 불친절할 때도 그렇고, 또 무슨 불행의 씨가 자라고 있지나 않나 하는 지나친 생각을 할 때도 그렇다.

나는 지금 전생의 세월들과 사후에 땅에 묻혀 보낼 세월을 생각한다.

사람에 따라, 또는 시간을 보내는 방법에 따라 50시간이 되고, 70시간도 되는 마술이라는 것을 깨달아야 한다. 한정된 시간을 어떻게 활용하느냐 하는 것이 시간의 마술이다.

일하는 할머니를 자랑스럽게 여기고, 허무와 공허에 휘둘려 어쩔 줄 몰라 하는 부모의 세계를 이해해 주는 것은 자식의 도리이다.

오늘 나는 70년이라는 세월이 엄청나게 슬프게 느껴져서 참으로 힘든 하루를 보냈다. 정신적 초조함을 잊기 위해 일을 찾아 헤맸다. 미혼모라는 딱지 앞에 뿌리를 내리지 못하고 흘러다녀야 했던 외로운 내 영혼. 그것이 절망이고 무서운 외로움이라는 사실을 왜 자식들은 외면하는가?

그러다 보니 그 아픔이 아름다움일지도 모른다고 자위하면서도 마음 한켠은 늘 휑하니 비어 있다.

그렇지 않아도 무거운 삶을 애써 더 무겁게 만들 필요는 없다.

며칠 전 강의 도중에 이런 얘기를 했다.

‘20대에는 심장과 머리로 생각하고, 30대에는 힘과 발로 뛰며, 40대에는 뜻으로 생각하고, 50대에는 마음속의 눈으로 생각하고, 60대에는 손으로 생각한다는 말이 있다. 어느 것으로 생각하든 자신이 결정해야 할 문제다. 높이 나는 새가 멀리 볼 수 있다. 삶의 무게가 짓눌러 와 정신을 혼란하게 만들더라도 세상의 모든 것들을 수용해서 삶을 쟁취하는 것도 나쁘지는 않을 것이다.’

작은 행복이라 해도 잡아야 한다. 현란한 세계를 잡으려고 넘보는 것은 무모한 욕심이다.

많은 세월이 흐르는 사이 이제 머리는 하얗게 백설로 변하고, 시력도 떨어지고, 체력도 달린다. 서서히 퇴보해 가는 것이다.

나 역시 엄니가 눈 감기 전 한 번도 편하게 모시지 못했으니 아들에게 효도를 바랄 수야 없겠지만 지금 자신을 생각하면 안경이 흐려지고, 원고지에 떨어지는 눈물방울을 주워 담을 수가 없다.

한이 가슴에 서린다. 미래가 어두울 것 같아 마음이 울적하고 슬프다. 내 미래는 안 그렇다고 누가 단언하랴! 똑같은 시간에 똑같은 일상의 연속이다. 지지리 복도 없이 태어난 이 몸이 지금 겪고 있는 독거 노인의 현실은 고려장보다 더 비참하다. 지금의 나는 숨만 쉴 뿐이지, 몸과 마음은 이미 고려장을 받은 것과 무엇이 다르랴.

자식이 있다는 것은 울타리에 지나지 않을 뿐이다. 멀리에서 관심 없이 사는 자식이 무슨 소용이 있겠는가. 그래서 가까이 있는 이웃사촌보다 못하다는 말이 생겼으리라.

하늘에서 벌꿀이 쏟아질 리 만무하다. 설령 찬란한 미래가 또 있다고 하더라도 과거에 대한 애착이 나에겐 더 강하다.

우리 인간의 삶은 언제 뒤바뀔지 모른다. 영화에 나오는 시어머니와 아들, 며느리 애기들이 나의 일이 아니고 남의 일이기를 간절히 바랄 뿐이다.

인간의 본심은 원래 착하고 어질다. 아내와 자식을 사랑하는 마음으로 부모를 섬기면 그 자식에게도 복이 온다. 영원한 여행을 떠난 사람은 오래오래 빛을 남겨 주련만……. 고독과 적막함 속에 살고 있는 자신을 생각하니 마음이 아프다.

나는
나에게 주어진 많은 고통과 외로움을 참아야 했습니다.
그것은 나를 쳐다보고 있는 아들이 있었기 때문입니다.

젊은 날의 꿈은 화려했습니다.

꿈꾸는 모든 것은 다 이루어질 듯했습니다.

그러나 화려한 꿈은 헛된 공상이었습니다.

진실로 값진 꿈이 되려면 무한한 노력이 필요하겠지요.

산다는 사실이 슬픔으로 괴어오기 시작한다. 불행인지 다행인지 나의 감정은 어느새 현실화되어 버린 모양이다.

나만의 보석

정녕 서투르고 무지한 나라는 존재가 이 시간, 이 공간에서 숨 쉴 수 있는 것은 전적으로 어무이의 지혜에 힘입은 바 크다. 또 제자들과 함께 한 시간들을 영원히 잊을 수 없는 것은 그들과 공동으로 만든 추억들이 가슴속에 자리매김하고 있기 때문이다.

나의 삶 속에 있는 갖가지 행적은 긍정적이든 부정적이든 나를 되돌아보게 하는 거울이 되었다. 이제 어리석음도 현명함도 나와 같은 동시대인에게서 배우며 살려고 한다. 이런 것들이 나만이 발견한 보석일지도 모른다.

나는 참는 것도 잘하고, 기다리는 것도 잘하고, 외로운 것이나 슬픈 것도 잘 참고 견디는 편이다. 그중에서도 배고픈 것만은 특히 잘도 참는다. 이런 것들을 터전 삼아 밟으면 밟을수록 강해져서 좋은 글을 많이 쓰고, 그 책의 주인공이 되어 많은 사람들에게 웃음과 기쁨을 주고, 아름다움을 줄 수 있는 글쟁이가 되고 싶은 것이 나의 소원이다.

선택되는 사람에겐 축복이지만 선택되지 못한 무수한 사람들은 기나긴 세월을 고통과 좌절 속에서 헤매게 된다. 그들에겐 웬수 같은 돈이 발목을 잡을 것이고, 하루하루가 답답하고 힘든 지옥일 것이다.

한 알의 밀이 땅에 떨어져 싹을 틔우면 많은 열매를 맺는다. 하지만 싹을 틔우지 못하면 그 밀알은 그냥 그대로 남아 있는 것이 아니고 썩고 썩어서 곰팡이가 된다.

그것이 생명의 본 뜻이다.

파우스트는 이 세상 모든 학문을 두루 섭렵했지만 모든 것이 다 부질없다는 공허감에 빠져 탄식했다.

인간의 지혜가 가지는 한계를 넘어서고자, 악마의 힘을 빌려 무한한 세계를 경험하기 위하여 여행을 떠났다는 파우스트. 그러므로 살아 숨 쉰다는 것은 희망이요, 꿈이라고 할 수 있다.

사람이 없어야 사람의 소중함을 알고, 늦었다고 생각할 때가 빠르다고 하는 평범한 진리를 사람들은 깨닫지 못하고 있다.

빼곡하게 쌓아 놓은 시루떡 같은 높은 고층 건물이 하늘로 치솟고 있다. 오늘따라 무척 낯설다.

도시의 변두리에서나 시골에서는 영양실조로 누렇게 뜬 얼굴들이 득실거린다. 태어나지 않았더라면 좋았을 사람들의 발버둥과 몸부림으로 상상할 수 없을 만큼 어지러워지고 있는 현실을 안타까워하면서 나는 걷고 있다.

아스팔트를 달리는 택시는 교통 체증으로 딸꾹질을 하듯 우왕좌왕하고 있다.

벌 떼가 와글거리는 상자들을 아무렇게나 늘어놓은 듯한 도회의 한복판에 자동차들이 밀물에 밀려가는 쓰레기처럼 떴다 가라앉았다를 반복하면서 흘러가고 있다. 언제까지 이럴 것인가?

나는 사거리에서 파란불이 켜질 때까지 빨간불에 갇혀 서 있다.

보도 위의 사람들이 와르르 신호를 따라 건너간다. 저 우글대며 조금이라도 빨리 가려고 앞장서는 사람들 속에도 골치 아픈 사람들이 수없이 많을 것이다.

지금 나의 앞에는 콩나물시루처럼 빽빽하게 사람을 실은 버스가 줄지어 파란 신호를 기다리고 서 있다. 버스의 손잡이에 고사리 같은 손들이 호박 넝쿨의 줄기처럼 엉키어 있다.

나는 정류소에서 버스를 탔다.

거울 속에 비친 얼굴이 일그러져 있다. 점점 자신을 갉아 먹는 커다란 구멍, 허전한 공백이 비로소 메워지는 것처럼 느껴졌다.

눈가에 골목을 만들어 놓은 주름살, 찌푸려진 눈살, 딱딱하게 굳어진 핏기 없는 입술, 민숭민숭한 얼굴에선 도저히 여인으로서의 모습은 찾을 수가 없다.

가을 햇살에 황금색으로 물든 은행잎이 휙휙 스쳐간다.

이렇게 은행잎이 예뻤던가! 이렇게 햇살이 아름다웠던가! 이렇게 바람이 상쾌했던가! 매일같이 지나가던 골목이면서도 그동안은 못 보고, 못 느끼고 지나다녔다.

나는 가슴에 커다란 구멍이라도 난 것처럼 휑해지는 느낌을 받았다.

스쳐가는 창밖에는 무심한 사람들이 낙엽처럼 지나간다. 예쁜 목도리를 하고 큰 가방을 어깨에 걸치고 깔깔거리며 지나는 아가씨들. 아기를 둘러업고 어디를 가는지 바쁘게 가는 젊은 엄마. 비루하고, 고달프게 살아온 나.

가난한 사람이 자존심마저 버린다면 거지가 된다. 얼마 되지 않는 돈을 위해 무슨 짓이든 하게 되는 세상. 때로는 작은 성냥갑 속에 갇힌 듯 답답하고 영원히 뚫고 나오지 못할 것처럼 숨이 막혔다. 동화 속 신데렐라처럼 마술 지팡이를 상상한 적도 있었던 젊은 시절. 가느다란 시곗바늘 소리가 혈액을 수혈할 때 뽀닥뽀닥 떨어지는 생명의 소리처럼 들린다. 순간, 나는 천사의 음성처럼 느껴지는 어머니의 목소리를 듣는다.

커피 향기에 젖어 한 줄 두 줄 써내려 가는 동안 나의 생명에 대한 경외심敬畏心은 참으로 돈독해졌다. 아니 이런 거창한 주제는 밀쳐두고 한낱 보잘 것 없는 것이라고 관심을 갖지 않을 수도 있는 진한 갈색의 커피병, 각이 진 설탕병, 얼룩무늬의 찻잔, 낙서 부스랭이, 이런 것들에서 기묘한 무드에 젖어보는 것이 나만의 보석인지도 모른다.

하지만 그것은 상상으로 만족해야지 현실에서 그런 바람을 갖는다면 허욕과 사치가 되겠지. 그저 돈 많은 사람만 쫓아다니는 징그러운 벌레가 되어버린 지 옛날! 당장 눈앞의 배고픔을 위해 발버둥쳤던 어린 시절! 그러나 어머니와 아버지도 아들도 딸도 단순한 의무로 맺어진 숙명만은 아니었다. 나의 어머니가 그랬듯이, 내가 할머니가 되어서도 어머니 마음을 영원히 버릴 수가 없다. 이것이 또 다른 나만의 보석일 수도 있다.

얼룩진 가을

—무無와 공空

운동장에는 빛바랜 광목처럼 하얀 햇빛이 내려 퍼지고 있다.

'가을이 가까이 왔구나!'

나는 가을이라는 계절은 외로움과 우수만을 안겨주어 싫어했었다. 아득한 벼랑 끝에 선 기분을 느끼게 하기 때문이다. 행여나 좀 더 좋은 나날이 있겠지 하는 기대와는 달리 마음의 여유를 주지 않는다.

이 세상에서 내가 소유하고 있는 것은 아무것도 없다. 내 앞에 있던 것들도 다 제자리로 돌아갔다. 어무이도 아들도 손녀도 내 육신까지도……. 가장 마지막으로 나에게 남겨질 것은 무엇일까?

마음은 형체가 없다. 뿐만 아니라 끝없이 유전流轉한다.

결국 내가 살아왔던 삶은 한낱 환영처럼 아무것도 손에 잡히지 않는 쓸쓸한 가을, 그 자체였다. 현실과 부딪칠 때 나는 생사를 건 전쟁을 하는 것처럼 생활을 하게 된다.

가을이면 나는 사람이 필요했다. 절박하고 쓸쓸한 순간을 잊게 해줄 사람이. 그러나 아들의 목소리가 듣고 싶고, 손녀가 보고 싶어도 참아야 했다. 사랑하는 아들이 내 옆에 있어준다면 얼마나 좋겠는가! 하지만 그 아들은 너무나 먼 곳에 있다. 이 쓸쓸한 순간에도 내 손에 닿지 않는 먼 곳에……. 먼 곳에 있다는 것은 나에게서 떠난 것을 의미한다.

나는 실컷 울고 싶을 때가 많다. 뿌리를 내리지 못하고 흘러 다니는 외로운 내 영혼은 나의 가슴속에서만 안주한다. 그것은 나에게 절망이고, 무서운 외로움이다. 이 아픔은 어쩔 수 없이 내가 지고 가야 할 슬픈 아름다움일지도 모른다.

늙어버린 내가 지금 무엇을 갈망하는가? 이 처절한 외로움과 고독, 육신의 갈망이 무無와 공空이라면 이는 어디에서 연유된 것일까? 한 해도 아니고, 10년도 아니고, 숱한 세월을 간직하고 있다는 것이 얼마나 무서운 일인가!

언젠가 흔적 없이 사라질 수 있다는 것은 스스로의 운명을 지배할 수 있다는 장담일 수도 있다.

"선생님, 가을을 많이 타네요. 야위셨어요."

"늙어가는 것이겠죠."

"늙다니요. 선생님 표정은 소녀 같은데요. 아무튼 선생님은 그지겨운 어른은 안 될 것 같습니다."

중년 고개를 넘어선 여자를 보고 어른이 되지 않을 것이라는 그 말은 듣기에 따라 엉뚱한 말이었지만 사실 나는 아직 노년이 된 것 같지는 않다. 노년의 어른이 갖는 탐욕스런 감각, 나는 아직까지 그런 감각을 한 번도 실감 있게 소유해 본 적이 없다. 열렬히 사랑해 본 적도 없다. 다만 막연하게 인생이라는 것을 아들과의 인연으로 연결 지었고, 마지막엔 죽음의 준비와도 같은 것이라고 느끼고 허둥대며 살아가고 있다. 세월이 더 이상 흐르지 못하게 붙잡아 두고 싶은 심정에서인가?

나는 더운 보리차를 마시며 비로소 야릇한 가을을 느끼기 시작했다.

먹고 살기가 어려웠던 시절에는 생존 경쟁의 마라톤에서 바통을 움켜쥐고 고달픈 삶을 달려야 했다. 어리석은 자학이라는 것을 느꼈고, 가슴이 스륵스륵 무너져 눈물이 괴어도 마음속에 생명력을 저축하면서 살았다. 사랑 한번 제대로 해보지 못하고 살아온 나는 미태媚態에 대해서는 영원히 모르게 될 것이다.

가을은 나의 인생 여로에서 쓸쓸하고 고독한 벗이며 분리되지 않는 그림자이기도 하다.

지금 거리엔 단풍이 아름다운 풍경을 만들고 있다.

나는 고달프고 불안할 때면 길들여지지 않은 야생 동물처럼 원시적이 되고 거칠어진다.

외로운 것이 무서워서 자존심을 팽개치고 운명과 부딪치는 날들이 많다.

고개를 들면 막막하고 희뿌연 하늘색 세계가 비닐하우스에서 숨 쉬는 겨울 배추같이 빈약한 나의 흐린 눈으로 스며든다. 어쩌면 그것은 곡절 많았던 나의 인생의 디딤돌인지 모른다.

하나씩 둘씩 인도 위에 떨어지는 낙엽을 보며 생뚱맞게 낙조를 떠올린다.

나뭇가지에서 떨어지지 못해 애절하게 흔들리는 나뭇잎의 몸부림. 역시 떨어져야 할 것은 떨어져야 하나 보다.

계절의 회전에 따라 낙엽에게도 춘일春日이 있다. 그런데 그러한 회전이 없는 인생은 얼마나 적막한가!

여인의 눈물과도 같은 가을, 나는 밤새 모진 서리로 가슴 아파했다. 때문에 어쩔 수 없이 해장국과 함께 한잔의 소주가 필요할 것 같다. 이것이 나의 자화상이다.

시간과 세월에 대한 부질없는 초조감에서 잠시나마 헤어나고 싶을 때가 많다.

가슴속의 눈물은 내 인생의 고달픔을 말하여 주는데 마음은 말이 없다. 결국 나도 겨울을 맞아야 할 운명이어서일 것이다.

내 가슴속에 진 얼룩은 내 마음으로밖에는 씻을 수 없기에 마음속에 구공탄이라도 피워야 할 것 같다. 이때 구공탄은 생명력이요, 예술이기도 하다. 그러니 정열의 구공탄을 이 가을에 놓칠 수는 없다.

11월이 지나고, 12월이 지나면 마음의 얼룩은 씻겨질 것이다. 아름다운 마음과 아울러 간직한 바람도 잠이 들 듯 나뭇잎의 비명도 그칠 것이다. 남는 것은 내 가슴에 진 얼룩뿐이다. 황혼의 배경속으로 떨어지는 낙엽이 거울(鏡)을 이루기 전에 내 가슴속의 얼룩도 씻어내야 한다. 누구를 위한 것이 아니라 내 일과 내 삶을 위해서 기적을 꿈꾸어야 한다.

사람들은 자기 자신 속에 부닥치는 비극을 그렇게 객관적으로 바라볼 수 있느냐고 물을 것이다. 무엇 때문에 이 가을이 이렇게까지 슬퍼지는 것인가?

내 눈물의 뿌리는 너무도 깊은 곳에 있는 것 같다. 잠시 왔다 가는 인생의 부침浮沈과 더러는 낙엽에 파묻혀 있는 나그네의 얘기가 신화 같은 미지의 세계까지도 말해줄 듯하다. 그것은 견딜 수 없는 외로움이요, 가난이 주는 고통이다.

바람 따라 떨어지는 낙엽 소리가 강렬한 향수 같은 것을 내 가슴에 뿌리고 지나간다. 이런 때면 생각나는 선생님의 얼굴. 진학을 적극으로 후원해준 별명이 '검둥이 선생' 이었던 김동현 선생님의 배려가 새삼스레 가슴을 뭉클하게 한다. 그 검둥이 선생의 절대적인 교훈은 '남학생과는 교제를 하지 말아라.' 였다. 나는 그 교훈을 그대로 지켜왔다.

환희도 고난도 많았다. 4년간의 고학 생활은 비참하다 못해 처절했다. 그것이 어찌 소녀 시절의 순정, 그것에 비할 수 있으랴!

과거를 토막 지어 십여 성상을 헤아린다고 하면 환희와 처절한 고통이 지금에 와서는 글이 되고, 시가 되고, 작품으로 엮어지고 있다. 좋은 작품을 볼 때마다 그 완성이 바닥에 깔린 작가의 모체를 보는 듯하다. 내 인생의 항해도 거기서부터 시작되었고, 지금은 그 검둥이 선생과 그 시절에 함께 웃던 친구들도 세상을 떠났다.

종착점을 바라보는 나의 항해도 언젠가는 끝날 것이다.

산다는 것은 외롭고 가난한 사람들끼리 정을 나누는 것이요, 천륜을 같이 해온 자식들과 사랑을 나누는 것이다.

이젠 나의 인생 여정도 잠시 쉬었다 갈 정도의 시간밖에 남지 않았다. 외로움과 슬픈 추억을 남긴 계절이기는 하지만 한편 우수와 절망과 상실의 계절이기도 하다.

이 가을이 지나고 얼마 남지 않은 시간이나마 인생에 대한 막연한 기대와 불안을 느끼고, 지우고, 생각하고, 의욕도 가져 보고 하면서, 오늘도 이렇게 늙은이라는 것을 감쪽같이 잊고 살고 있다.

나이의 의미

나는 나이를 생각해보지 않았다.

인생의 길은 양의 창자처럼 아흔아홉 번만 꺾이는 것이 아닌 것 같다. 이 어려운 길을 따라 지게꾼처럼 인생을 짊어지고 오르고 내리며 살아 왔다. 이러한 생활은 365일 하루도 빠지지 않고 계속 되었다. 삶이 무겁고, 힘겹더라도 가볍게 생각하고 가야 했다.

나 자신에 대해서 흥미가 없어진다는 것은 한 세상을 돌부리에 채여 가며 혼자 걸어온 탓일 것이다.

여느 해와 마찬가지로 올해도 긴 세월과 더불어 고뇌의 삶을 겪어야 할 것 같다.

찬바람이 한꺼번에 불어닥치는 골목길에 서서 자신에게 미래가 없음을 느낀 탓일까? 미래에 대한 호기심이 일어나지 않는 순수하게 체험한 향수 같은 무거운 느낌은 어디서 오는 것일까?

겨울, 시린 손을 비벼보지만 외로움을 채워줄 마음자리가 보이지 않는다. 외로움을 느낀다는 것은 마음의 빈자리를 채우지 못하고 있다는 의미다. 훈훈한 입김, 위로와 격려의 말이 가슴에서 빠져나가는 징후가 몇 년 전부터 머릿속에 자리매김을 한다. 내 심장의 고동이 어둠 속에서 이따금 날개를 터는 동작과 더불어 호수의 파동처럼 주름을 잡는다. 부질없이 생각하고, 그걸 따지는 인연의 줄기가 한꺼번에 쏟아져 취한 내 가슴속에 이슬로 괴어 있다.

마음이 시리지 않다는 것은 마음속의 뜨거움이 밖의 추위를 이겨준다는 뜻이고, 그것은 외롭지 않을 때 가능하다.

몇십 년 전부터 나에겐 상실의 사태가 있었다. 바쁜 일과로 밀린 원고 작업, 자신에 대한 호기심의 고갈, 미래에 대한 강렬한 흥미보다 현재에 주어진 냉담, 불안, 이런 상태의 연속이었다.

미래에 대해서 꿈을 접어 둔 것은 사실이다. 40세가 지나고, 50세가 지나 눈보라가 나를 휘감고 있을지라도 일시적이나마 공허감을 벗어나려고 꿋꿋하게 지나쳐 왔던 나였다. 그 어려운 고학생 시절에도 인생이 신비했고, 불행과 가난을 이겨나갈 수 있다는 자신도 있었다.

가난과 고통은 본질적으로 같은 것, 그것이 하나가 될 때 마음의 빈자리가 나를 눌러 끌고 가는 중압감마저 느끼게 만든다.

광적일 정도로 열렬한 작품 의욕과 꼭 해낼 것이라는 자신감으로 자아가 굳어진 것을 발견하게 되었다. 인생 전부를 현실에서 독립시킬 수 있다는 생각을 갖기도 했다. 고통이 오고 갈 수도 있고, 두려워하는 마음도 있었으나 실현하고자 하는 인내와 노력으로써 자신을 추스르다 보면 스스로의 의견이 일치해가고 있다는 행복감도 있었다.

그래서 무한한 가능성으로 열려 있는 자신감과 포부를 가지고 도전했다. 그러나 어쩔 수 없는 현실의 무게 때문에 언제나 피동적이었던 것이 지금까지의 태도였다. 내 운명은 내 손안에 있다는 낙천적인 시대는 나도 모르게 지나가 버렸다. 그래서 완벽하게 살아야겠다는 인식이 새롭게 형성되기 시작했다.

그러므로 남은 사람들은 긍정적인 삶을 살자고들 한다. 살아온 날은 퍽 빠르다고 하면서 인간은 후회를 먹고 사는 동물이라고도 한다.

후회한다는 것은 잘못을 뉘우친다는 것이다. 다만 새로운 인생에는 참고 인내하는 삶을 살다가 마지막에 가슴을 치며 후회하는 사람이 되지 말아야 한다.

삶의 질서에 충실하는 것과 자식과 따뜻한 체온을 나누는 것이 그것이다.

누구나 남을 자신처럼 사랑한다는 것은 거짓말이다. 남을 위한 동정심은 일부분일 뿐이다. 현실의 환희가 다디단 것이라고 표현하는 것은 어떤 것을 소유하고 싶다는 말이다. 즉 혀에 이끼가 돋아나고, 머리가 증발하고, 손이 얼음같이 되고, 그리고 눈이 빛나는 것은 새로운 것에 대한 갈증을 느끼고 있다는 뜻이다.

늙어간다는 것은 가벼운 것이 아니고 힘겨운 것이기에 눈물과 한숨이 있고, 아픔과 괴로움이 있어 인내와 용기를 필요로 한다. 어리석은 자학심이 아니라는 것을 느꼈고, 그 자학심이 클수록 무너져 가슴 깊이 눈물이 괴인 것이 어디 한두 번이었던가!

고민과 희생과 뜨거운 피 속에서도 자갈과 물이 섞여 시멘트가 굳듯이 나이도 세월 따라 굳어가는 것 같다.

한 세상의 인생길을 혼자서 터벅이고 가는 것은 불행이다. 때문에 나는 지금 이렇게 오래 살고 있음에 대해 울고 있다.

그러나 비참한 울음만은 아니다. 완전하지는 않았지만 나름대로 가치 있는 삶이었다.

이제 언제 어떻게 죽음이 다가올지 모른다. 그래서 앞으로는 나이를 잊고 살려고 한다.

이유 없는 고뇌가 나를 뒤덮을지언정 삶의 여로가 조금씩 조금씩 좁아져 가는 것은 속일 수 없는 일이다. 육십이나 칠십이나 어떤 한계선을 경계로 해서 밀폐된 마음을 조금씩이라도 열고 살아갈 것이다. 그러한 숙명이 내 혈관 속에 자리매김해 있는 것 같다. 어쩌면 나의 엄니의 피가 아닌 집시의 피가 0.1방울이라도 섞여 있을지도 모른다고 혼자 공상해 본다.

2010년도에는 내 영혼의 밑바닥에 고여 있는 그리움의 샘물을 퍼올려 하루만이라도 내 가슴 가득히 채우고 싶다. 그러나 이런 막연한 공상을 현실로 바꾸려면 요술주머니라도 만들어야겠지.

불확실, 불분명할 때 신비한 꿈을 꿀 수 있는 것 아닐까?

자신에 대한 동경 속에서 나는 내 생명의 연소를 보고, 순간만이라도 새로운 삶의 설계를 하려는 것이다.

나는 이제 먼 메아리 같은 광기를 가슴속에 꽉꽉 묻어놓고 찬란했던 겨울과 결별해야 한다.

눈앞에 있는 70세의 봄은 정말 괴롭다. 지난 세월에서 앙금으로 남는 회한이 약간의 취기에도 눈물이 되어 흐른다. 누가 그랬던가, 인생은 속아서 산다고.

나도 오늘보다 내일이 행복할 것이라는 막연한 기대를 갖고 살고 있다. 돈 있는 사람은 더 많은 돈을 벌기 위하여, 연예인은 더 많은 인기를 독차지하고 싶어 저마다 온 힘을 다할 것이고, 작가는 좋은 작품을 쓰겠다며 속아 살 것이다. 그래서 나는 덜 서글펴졌고 덜 혼자인 듯한 느낌을 가진다.

살다 보면 극히 작게라도 희망사항이 이루어질 수도 있는 것. 그럴 가능성마저 없는 미래라면 나머지의 삶이 얼마나 삭막하랴. 내일이라는 희망이 성립되지 않을 거라면 어린 시절의 추억과 감동에 넘쳤던 한 페이지도 남겨야 할 이유가 없다.

어릴 때 나에게는 무서운 것이 없었다. 있다면 미움보다, 분노보다, 가련함과 부족함보다 희망을 성취하겠다는 욕망뿐이었다.

지금의 나는 분명히 황혼기에 접어든 모양이다. 그런데 이상스럽게도 잎이 홀로 피었다가 먼저 가고, 꽃이 나중에 홀로 피기 때문에 유리알처럼 맑게 사는 재미가 없지 않다. 그러니 허전하다는 것은 향수 속에 산다는 의미로 생각할 수밖에.

또 이 나이를 먹도록 무얼 했던가 하는 생각을 실감 있게 각인시켜주는 주민번호의 숫자가 머리에서 떨어지지 않는다. 앞으로는 더 이상 괴롭거나 불행한 일이 없을 거라고 생각한다. 나 자신에게 부닥치고 있는 비극을 담담하게 객관적으로 바라보며 살아온 나였기에…….

그래서 완전한 헌신으로 무無가 되는 게 건전한 삶이 아닐까?

지나온 세월 동안 얼마나 충실히 살았느냐가 중요하고, 가족과 같이 존재한다는 것에 의미를 두어야 할 것 같다.

인생은 마지막 계단에 올라서버리면 그만이다. 내려서려 해도 불가능하다. 이러한 진리를 1년 365일 머릿속에 넣고 살아야 하다니 이 또한 고역이다. 그 고역을 피하기 위해서는 망각이라는 것도 때론 필요하다.

나이 70의 인생도 망각에서 성립이 가능하다. 흘러가는 한 장의 뜬구름 같은 것이 내 인생의 전부라면 이제 종점에 가까이 온 것 같다는 느낌이 든다.

나의 인생 끝자락에서 죽음의 만가挽歌가 어느 사이에 들려오는 듯하다. 그러나 이런 부질없는 생각을 접어 두고 삶에 대한 축복이 금빛으로 숭고하게 쏟아지는 길을 걷고 있다고, 그런 세상을 살고 있다는 것이 행복하다고 생각을 하자.

이제 묵은 세월을 몸에 휘감고 거울 속에 석상처럼 박혀 있는 자화상을 본다.

남은 동안 내가 부딪치는 모든 것은 무엇이나 스승이라 생각하고 그들에게서 늘 배우면서 살아야겠다.

가을은 이상한 계절이다

오랜 세월이 흘렀다.

그런데 봄 여름 가을 겨울 중에 가을은 참 이상한 계절이다.

내 마음에 영원히 잊을 수 없는 아름다운 낙인烙印을 찍어 주고 있다.

가을이 낙엽을 재촉하자 외로움과 고독이라는 병이 나의 주위에 스며들어 나를 더욱 괴롭히고 있다는 사실 하나만으로도 숨통에서 뿜어나오듯 폭발하는 자신을 망각하고 있다.

이 순간에 슬픔이라든가 절망은 나와는 아무 관련이 없는데도 꼬장꼬장한 신경작용을 일으켜 나를 노기 띤 표정으로 변하게 하니 그 까닭을 모를 일이다.

가을 어느 날 밤, 무서리를 부르는 듯 비구름이 별을 몰아붙이고, 어떤 희비극을 연출하지 않으면 안 되는 집요한 그 무엇에 고문을 당하는 필연이 아닌 필연으로 돌아 체념을 해야 하는 멍든 자학이 나를 괴롭히고 있는 것이 사실이다.

형식에 대한 동경이나 애착 때문에 환상에 사로잡힐 때가 한두 번이 아니다. 푸른 하늘 아래서 나무들을 바라볼 때면 나는 새삼스레 착해지려고 한다.

나뭇잎처럼 우리들의 마음도 엷은 우주에 물들어 가는 그런 계절인 모양이다. 퇴근을 하고 집으로 돌아오는 버스 안 대중가요의 속이 빤히 들여다보이는 가사 하나에도 곧잘 귀를 모으는 천진한 아이가 된다.

오늘 학교에서 수업 중 장난꾸러기 정숙이에게 서운하게 해준 일이 마음에 걸린다.

불현듯 옛날 학창 시절 단짝이던 영순이 생각이 난다. 지금은 어느 하늘 아래서 어떻게 지내고 있을까? 좋은 신랑 만나 애기는 몇이나 낳았을까? 착하기 때문에 행복하게 잘 살 거야.

새삼스레 옛날 친구나 제자들이 궁금해진다.

깊은 밤 전등 밑에서 졸업 앨범을 펼쳐들고 친구들의 얼굴을 들여다본다. 몇 십 년 전 졸업을 하고 교정을 나가면서 '선생님, 자주 뵈러 올게요!' 하던 제자들의 그 음성을 기억해 낸다.

확실히 가을은 옛날 추억을 생각나게 하는 계절인 모양이다.

꽃이 피기 시작한 계절에 눈보라가 치고, 지붕과 나무들 위에 눈이 얹히어 있는 풍경이 나에게는 시詩일 수도 있고, 소설일 수도 있으며, 또한 마음의 동경일 수도 있다.

가난한 나는 그것을 밑천으로 해서 시를 쓰고, 수필을 쓰고, 또 구질구질한 가난 속에서 벗어나 보려고 발버둥을 쳤던 일이 어디 한두 해였던가?

그저 눈에 보이는 것만으로 판단하는 부자들은 산기슭에 게딱지처럼 붙어 살고 있는 판잣집 속 사람들의 답답한 나날을 어찌 상상이나 하겠는가! 그들은 세속과는 멀리 떠나 꿈같은 생각만 하고, 호화호식하며 살고 있으니 말이다. 부잣집의 얘기는 화려한 비극 같아서 아웅다웅 뒤틀린 현실과는 인연이 멀다는 생각이다.

스스로 생각해도 빈민굴의 삶이 불쌍하다고 눈물을 흘리면서 동전을 한푼 한푼 모으던 할아버지와 아낙네들. 나의 가난보다 더한 그들의 가난이 내 마음을 아프게 했는데, 이제 그 몇십 년 전 장면이 다시 떠올라 우울해지는 이유는 무엇일까? 나는 그때 그 슬픈 드라마를 나의 인생과 견주어 보며 서러워 울었다.

가랑잎 구르는 소리 하나에도 마음 아파하는 연약한 존재임을 새삼스레 깨닫는다. 이 시대, 보이지 않는 연줄로 맺어져 서로가 믿고 기대면서 살아가는 인간인데도 어찌 그러하지 못하는가?

지금 내가 살고 있는 현실은 지나간 과거처럼 느껴진다.

젖줄 같은 강물이 유연한 가락처럼 굽이굽이 흐르고 구름이 헐벗은 산자락을 안쓰러운 듯 쓰다듬고 있다.

도시에도, 시골에도, 넓고 좁은 길은 곳곳에 이어져 있다. 첫걸음을 내딛던 그 길목에서 사랑하는 어머니도, 아버지도 마주 볼 수 있고, 정다운 벗을 찾아갈 수도 있는 길. 길은 이렇듯 사람과 사람 사이를 맺어주는 탯줄과 같은 인연이다.

그러니까 미워하고 싸우기 위해 만나는 그런 길이 아니라 서로 의지해 사랑하려고 아득한 옛날 옛적에 만들어 놓았을 것이다.

그러나 답답한 현실에서 숨 가쁘게 일하다 보면 이런 환경에서 벗어나려고 무진 애를 쓰고 있는 자신이 슬프다 못해 허황한 공상을 좇고 있는 것 같아 안타깝다.

항상 따지고 계산하는 고등 수학이 되어서 희망이 성취될 수 있게 된다고 하더라도 바다와 같은 욕망을 모두 다 채우겠다는 생각은 없다. 그런데도 지금의 나에게는 진정 소주 한잔을 나누어 마시며 즐거워하거나 마음 놓고 울분을 토로할 만한 벗이 없다.

원고 부스러기 속에서 작품을 생각하다가도 차 소리, 낙엽 소리 같은 잡음이 들려오면 여지없이 깨어지기 일쑤다. 홀로 서 있는 듯한 외로운 마음은 발을 구르며 울고 싶을 때가 한두 번이 아니다. 그럴 때마다 집을 뛰쳐나와 기차를 탄다. 그러나 몇 정거장 가서 다시 집으로 되돌아 오고 만다. 그리고 한 잔 두 잔 술을 마신다. 그러나 웬일인지 취하지가 않는다. 취해보고 싶어도 취하지 않는다.

내가 아주 바보 술을 배우기 시작한 것은 개인 사업을 시작하던 무렵, 크리스마스의 눈 오는 겨울이었다. 그때만 해도 나의 표정에는 희망이나 환희의 빛이 없었다. 오직 지쳐서 마지막 상태에 있는 감각 속에서 술을 마시고 술기운이 주는 용기로 악을 바락바락 쓰며 은행원들과 계속 싸워야 했다. 그때는 단 하루만이라도 편안하게 보내는 것이 유일한 소망이었다. 이러한 절망 속에서 실오라기만 한 환희도 내게는 없었다. 절망이라기보다 죽음이라는 말이 적합할지 모른다.

나는 아주 평범한 가정주부로 살고 싶었다. 그러나 그러지 못했다. 때문에 그냥 평온하게 사는 인생을 경험하지 못한 한이 늘 가슴에 어려 있다.

아무리 슬퍼도, 또 한 맺힌 일이 있어도 묵묵히 삼키면서 살아야 했다. 지금 내 마음은 끝없는 먼 하늘의 달처럼 언제나 불안과 연민의 정으로 가득 차 있다. 그래서 나는 취하지 않는지도 모른다.

그리고 가을은 언제나 이상한 계절인지도 모르고…….

추억을 먹고 사는 여자
어느 여교사의 인생노트

지은이 · 박강순
펴낸이 · 임종대
펴낸 곳 · 미래문화사

초판 1쇄 인쇄 · 2010년 7월 1일
초판 1쇄 발행 · 2010년 7월 5일

등록 번호 · 제3-44호
등록 일자 · 1976년 10월 19일
주소 · 서울시 용산구 효창동 5-421 1F
전화 · 715-4507 / 713-6647
팩시밀리 · 713-4805

E-mail · mirae715@hanmail.net
홈페이지 · www.miraepub.co.kr

ISBN 978-89-7299-381-0 03810